달리기의 맛

달리기의 맛

누카가 미오
장편소설

서은혜 옮김

창비

2. 뒤쫓는 자

1.
사라지는 자

오전 9시 3분 2구간 출발 지점 쓰루미 중계소

온다.

옆에서 들리는 속삭임. 어깨를 두드리는 손길에 마이에 하루마는 머리부터 뒤집어쓰고 있던 바람막이를 가만히 벗었다. 1월의 시린 공기가 입과 코에서 몸 안으로 스며든다. 냉기가 온몸을 꿰뚫으며 열기를 거둬 갔다.

"이제 곧."

옆에 서 있던 오가타 선배가 먼 곳에 눈길을 주며 중얼거렸다.

게이큐 본선인 쓰루미시장역에서 멀지 않은 쓰루미 중계소는 주택가나 상점가와도 가까운 곳이었다. 평상시엔 조금 더 조용한 곳이겠지만 오늘은 다르다.

1월 2일과 3일. 하코네 역전 경기가 열리는 이틀 동안, 1구간에서 2구간으로 어깨띠를 넘겨주는 이 장소는 수많은 구경꾼들로 소란스럽다. 국도 15호선을 가로지르는 육교에는 '제92회 도쿄-하코네 간 왕복 대학 역전 경기'라는 현수막이 걸리고, 길가엔 구경꾼이 넘쳐 난다.

심호흡을 하자 새하얀 입김이 눈앞을 가렸다. 그 너머로 표식이 보인다. 중계소 앞뒤 100미터 구간은 표식 설치가 금지되어 있지만 이를 벗어난 곳에는 자주색, 남색, 연보라색, 분홍색, 빨강, 파랑, 노랑, 초록…… 갖가지 색깔의 표식이 있다. 수많은 대학명이 적힌 헝겊이 바람에 나부끼며 팔랑팔랑 흔들린다. 관객들이 흔드는 작은 깃발과 응원 소리가 섞여 마치 커다란 생물의 숨소리처럼 들렸다.

"마이에, 부탁해."

하루마가 입고 있던 바람막이를 받아 든 도우미 역의 오가타 선배가 다시 한번 좀 전보다 세게 어깨를 두드렸다. 4학년인 그는 2학년, 3학년 때는 하코네 역전 경기에 참가했지만 마지막 경기인 올해는 주자로 뽑히지 못했다.

"알았어요."

짧막하게 답하고 하루마는 천천히 일어섰다. 그 자리에서 가볍게 제자리걸음과 점프를 반복했다. 몸에 닿는 공기가 한층 차가워진 듯하다.

마치 역전 경기를 위해 만들어진 듯한 갓길에는 단체 방한복을 걸친 스태프들이 무인 중계 지점에서 국도 15호선을 지켜보고 있었다. 그 시선 끝이 도쿄였다. 오테마치를 출발하여 하나의 어깨띠를 옮겨 오는 남자들이 이곳으로 들어오기를 조마조마해하며 기다리고 있다.

스태프 하나가 하루마가 소속된 대학 이름을 불렀다. 후지사와 대학, 하는 추위 따위 아랑곳없는 큰 소리에 끌리듯이 하루마도 크게 대답했다. 잰걸음으로 갓길에 나서니 관객 누군가가 이름을 불렀다.

마이에, 파이팅, 마이에.

후지사와, 후지사와.

이겨라, 후지사와.

코스 앞에 1구간 주자의 모습이 보였다. 레이스에서 빠져나와 갓길로 들어서서 그 모습이 커지면서 응원 소리는 환성이 되었다. 누군가의 이름도 응원의 말도 아니고 와아,라든가 오오, 하는 열띤 고함 소리가 된다. 남녀 할 것 없이 어른, 아이, 노인 관계없이 열광한다.

아아, 그렇지, 이게 바로 하코네 역전 마라톤이야. 올해로 세 번째 경험이건만 새삼스레 하루마는 그렇게 생각한다. 고작 대학생 마라톤이지만, 간토 학생 육상 경기 연맹에 가입되어 있는 대학들만 출전하는 지역 대회건만. 그런데도 새해 정월 한복판에 있는 사람들을 열중하게 만든다. 신년을 맞이하는 기쁨과 신선함이 깃발을 타고 하늘 높이 솟아오른다.

후지사와 대학의 1구간 주자로부터 10미터쯤 뒤에 두 명의 주자가 달려온다. 운영 스태프가 다른 대학 이름을 추가로 불렀다. 일본 농업 대학, 에이와 학원 대학. 거의 동시에 두 남자가 대답을 하더니 재빨리 갓길로 나섰다.

선명한 자주색 유니폼을 입은 에이와 학원 대학의 스케가와 료스케와 순백과 진녹색 유니폼의 일본 농업 대학의 후지미야 도이치로. 무지개색 광선이 번쩍이는 스포츠용 선글라스를 낀 스케가와의 표정은 거의 읽을 수 없다. 선글라스를 쓰지 않더라도 감정이 그다지 얼굴에 드러나지 않는 인간이니 별 의미가 없으련만. 한편 후지미야는 어딘가 굳은 표정이었다. 입술을 한일자로 다물고, 하루마의 얼굴도 스케가와의 얼굴도 쳐다보지 않고 천천히 중계선 위에 섰다.

"오랜만입니다, 스케가와 선배님."

어쩌나 보려고 스케가와에게 말을 걸었다. 후지미야를 사이에 두고 나란히 선 스케가와는 이쪽을 흘낏 보긴 했지만 아무런 대답도 없었다.

"마지막이라고 꽃다발을 안기진 않을 거예요."

개의치 않고 하루마가 말했다.

"아, 그건 후지미야 씨도 마찬가지고요."

옆에 선 후지미야의 얼굴을 들여다보며 그렇게 말하자, 너한테 꽃다발 따위 안 받아, 하고 스케가와가 뒤늦게 반응을 보였다.

"나도 그래."

후지미야도 끄덕이며 어깨를 으쓱했다. 그런 짓을 했다가는 끝나는 순간 네 형한테 얻어터질걸, 하며.

그러고는 아무도 입을 열지 않았다.

제92회 도쿄-하코네 간 왕복 대학 역전 마라톤. 1월 2일 경기는 맑은 하늘 아래 시작되었다. 그로부터 대략 한 시간. 1구간이 곧 끝날 참이었다. 각 대학 선수가 서로 견제하면서, 대개는 예상했던 대로 여유 있게 시작된 1구간은, 전체 21.35킬로미터 가운데 17킬로미터를 좀 지날 때까지 줄곧 다닥다닥 붙은 상태로 달렸다.

마지막 3킬로미터. 로쿠고바시 내리막길에 들어선 순간, 세 명의 선수가 치고 나왔다. 과거엔 칠 년 연속 종합 우승을 자랑했고 올해는 삼 년 만의 종합 우승을 노리는 후지사와 대학. 작년 우승팀, 에이와 학원 대학. 작년, 재작년 모두 5위에 그쳤던 일본 농업 대학. 앞서거니 뒤서거니 하는 공방전이 3킬로미터 이어졌고 거의 마지막의 마지막에 후지사와 대학의 1구간 주자, 하세가와가 앞으로 나섰다. 에이와 학원 대학과 일본 농업 대학 선수는 10미터 정도 떨어져 후지사와 대학을 뒤쫓았다.

오른손을 크게 흔들면서 하루마는 하세가와의 이름을 불렀다.

"하세가와! 끝이야, 끝!"

어깨띠를 벗어 손에 쥔 하세가와는 힘들다는 듯이 약간 눈살을 찌푸리더니 끝에 가서 다시 한번 속도를 올렸다. 양손으로 든 어깨띠를 앞으로 내민다.

출발 자세로 하루마는 하세가와에게서 어깨띠를 받아 들었다. 올해 하코네 역전 마라톤의 첫 어깨띠 릴레이는 후지사와 대학의 것이었다.

움켜쥔 손안에서 강렬한 어깨띠의 감촉을 느끼며 하루마는 뛰기 시작했다. 21.35킬로미터를 달려온 어깨띠는 땀으로 젖어 있었다. 이것이 한 명분, 두 명분 쌓이면서 어깨띠는 조금씩 무거워진다. 달리고 싶어도 달리지 못하는 선수, 감독, 코치, 매니저, 부모, 친구, 은사. 셀 수 없이 많은 이들의 마음이 담겨 있는 것을 알기에 이 헝겊 한 조각을 죽어도 놓칠 수 없다고 생각한다.

이미 후지미야나 스케가와에겐 눈길도 주지 않고 하루마는 앞만 보았다. 두 사람과는 10미터 정도 거리가 있지만 23.14킬로미터나 되는 2구간 코스에선 차이가 없는 거나 마찬가지다.

오늘은 한낮 기온이 3월 중순 정도 된다고 예보했다. 더위 속 레이스가 될 모양이다.

강풍까진 아니지만 맞바람을 받으며 경기가 이어지겠지. 공기도 건조하다. 출발 전에 수분 보충은 잘해 두었지만 도중 급수도 중요하다.

우선은 뒤의 두 사람에게 신경을 쓰면서 가능한 한 거리를 벌려

놓고 3구간 주자에게 어깨띠를 넘겨주고 싶다. 하지만 그것만으론 안 된다. 3구간 4구간 5구간. 그리고 내일 돌아오는 코스. 경기의 흐름을 내가 여기서 만든다. 후지사와 대학의 종합 우승을 내가 끌어낸다. 에이스 구간인 빛나는 2구간을 맡긴 의미를 잘 알고 있으니까.

분리대 위에 설치된 나무틀 위에는 니혼 티브이의 카메라맨이 커다란 중계용 카메라를 설치해 두었다. 후지사와 대학과, 그 뒤에 있는 두 대학의 어깨띠 릴레이를 열심히 찍고 있었다. 그 곁을 통과하여, 어깨띠 릴레이 선수를 본뜬 하코네 역전 마라톤 기념상의 배웅을 받으며 갓길에서 나섰다. 내 앞을 달리는 선수는 없다. 아무도 없다.

하지만 언제나 어김없이 하루마는 자기 눈앞에 어떤 사람의 모습을 떠올린다.

자기가 아무리 빨리 달려도, 누구보다 앞서 달릴지라도, 그곳엔 언제나 그가 있었다. 그가 달리고 있었다.

그는 바람처럼 달려간다.

짐승처럼 늠름하게.

총알처럼 힘차게.

거침없이 자기 앞을 달리는 그 등을 응시하며 자신이 가진 언어가 얼마나 보잘것없는가, 하루마는 생각한다. 그가 달리는 모습의 힘과 아름다움, 그런 것들을 단 하나도 제대로 표현할 수가 없다.

그는 달린다. 바람을 가른다,라기보다 바람에 올라탄 듯이. 온몸이 바람 속에 스며들듯이, 가볍게 날듯이. 그 모습은 다른 누구와도 달랐다.

그의 어깨가 흔들릴 때마다, 다리가 앞으로 뛰쳐나갈 때마다, 숨을 쉴 때마다, 그 몸에서 튕겨 나간 공기가 빛의 알갱이가 되어 부서진다.

그 조각이 자기에게 날아온다. 코끝을 스치고 하루마를 감싸더니 사라진다.

그는, 친형인 마이에 소마는 그렇게 멋들어진 녀석이 아니다. 착해 빠지고. 마이 페이스. 여자에게든 손아랫사람에게든 결코 강하게 못 나가고. 우유부단. 부탁은 거절 못 하고 줄곧 손해만 본다. 리더십? 없고.

자기보다 고작 일 년 일찍 태어났다는 이유로 형 노릇을 하고는 있지만 정말 그것뿐이다.

일상생활에서 형으로서 존경할 만한 구석은 좀처럼 찾아 보기 힘들다. 말싸움이라도 하면 확실히 하루마가 이긴다. 몸싸움을 한 대도 마음먹고 밀어붙이는 건 자기 쪽이 한 수 위이리라.

그렇게 생각하건만 형이 달리는 모습을 떠올리면, 그런 생각을 하는 자신이 정말 지질한 인간처럼 여겨져 버리는 것이다.

철이 들 무렵부터 그렇게, 형이 달리는 모습은 어느 누구에게도 지지 않게 근사했다. 착해 빠지고 우유부단에 요령이라곤 없는, 이쪽에서 보고 있자면 짜증이 솟구치는 그런 형의 단점들도 모조리 달리는 것에 대한 대가로 주어져 있는 듯 여겨졌다. 달리고 있을 때의 형은 최강이었다. 강하고 품위 있고 아름답고 누구보다 빠르게 모든 사람을 앞서 달린다. 그의 시야에는 아무도 없었고, 그곳엔 오직 그만의 세계가 펼쳐져 있다. 얼마나 기분 좋고 얼마나 산뜻한 풍경일까?

부디 그 세계를 나에게도 보여 주지 않을래?

그렇게 생각한 순간, 형은 돌아본다. 이런 마음을 읽었다는 듯이 고개를 살짝 기울이며 하루마를 본다.

그리고 아무 말 없이 웃어 보인다. 하얀 이를 드러내고 가느다란 눈을 하고 기쁘다는 듯 얼굴을 활짝.

너도 여기까지 와 봐. 엄청 기분 좋고 즐겁고 상쾌하다고.

하긴, 내가 있는 한 무리겠지만.

형답지 않은 시건방진 말이 들린 듯했다.

귀를 기울였다. 뒤따르는 발소리나 호흡은 들리지 않는다. 발을 내디딜 때마다 팔을 휘두를 때마다 형의 등이 가까워진다. 형의 숨소리가 가까워진다. 자신이 숨을 들이쉬고 내쉬는 소리가 형의 것과 겹친다.

손을 내밀면 닿지 않을까, 싶었을 때 형은 다시 이쪽을 돌아보았다. 웃고 있지 않았다. 그렇다고 놀라는 것도 아니고, 다시 앞을 향한다.

다음 순간, 형은 하루마보다 훨씬 앞에 있었다.

한 걸음, 두 걸음, 세 걸음, 순식간에 거리가 벌어지고 뒤떨어졌다. 너무 간단히, 여유 만만하게.

자신의 몸이 머리카락이나 손톱 하나하나, 세포 하나에 이르기까지 기쁨으로 떨고 있음을 알겠다. 아아, 좋아 좋아 좋아 좋아! 달린다는 건 얼마나 좋은지! 그런 단순한 기쁨에 온몸이 튀어 오른다.

자, 따라잡아 줄게. 나란히 달려 주지. 그리고 추월해 줄 거야.

마이에 소마, '빠른 말'이라는 이름을 지닌 형의 등을 노려보며, 하루마는 달렸다.

광휘에 찬 그 등을 보고 있는 한, 힘든 것도 피곤도 통증도, 모든 것이 사라져 버릴 것 같았다.

아스파라거스·토란·돼지고기볶음　마이에 소마

"틀림없이 설교를 듣는 줄 알았는데요."

교복 윗도리를 벗고 와이셔츠 소매와 바짓단을 접어 올린 소마는 낫을 들고 습한 흙 위에 오른발을 내려놓았다. 발바닥에 흙이 달라붙는 듯한 감촉이 신발 밑창에서 전해져 온다.

"왜, 뭐 나쁜 짓이라도 했냐?"

미노루는 밭고랑 양쪽으로 가랑이를 벌리고 서서 툭 튀어나온 배를 접듯이 허리를 굽히고 있었다. 머리엔 커다란 밀짚모자. 목에는 잔꽃무늬 수건.

"아뇨. 방과 후에 담임이 어깨를 치면서 끝나고 좀 와라 하면, 누구나 그렇게 생각하죠."

더구나 교무실도 아니고 생물 준비실. 생물 담당 교사인 미노루에게 아무도 없는 방과 후 생물 준비실로 호출을 받다니, 뭔가 나쁜 일이 벌어질 게 분명하다 싶었다.

"너무하네. 나는 학생이 법이라도 위반하지 않는 한, 야단 안 치는데."

"그럼 다행이지만."

소마가 현재 하고 있는 나쁜 짓이 에둘러서 비난당하는 것 같았다. 법은 어기지 않았으니 나는 아무 소리도 안 한다만, 하는 식으로.

"마이에, 너 지금 구두 신고 밭일을 할 참이냐?"

얼굴을 든 미노루가 소마의 발을 가리켰다. 통학용 구두를 신은 채로 소마는 밭에 발을 들여놓았다.

"버릴 텐데."

"뭐, 괜찮아요. 깔끔 떨 마음도 없고."

"네가 괜찮은 건 좋지만 내가 괜히 미안하니까 장화 빌려줄게."

그렇게 말하더니 미노루는 교사 한편에서 장화 바닥의 진흙을 떨어내고는 밭 바로 앞에 있는 생물 준비실로 사라졌다가 잠시 후 검은 장화를 안고 돌아왔다.

"자, 신어."

말없이 끄덕이며 건네준 장화로 갈아 신었다. 그 등에 대고 육상 그라운드에도 구두 신고 들어가는 건 매너가 아니지? 하는 비난투의 말이 날아들었다.

장화를 신고 다시 밭으로 들어간 소마는 미노루 옆의 밭고랑을 두 다리 사이에 두고 허리를 굽혔다. 그다지 크지 않은 밭에 다섯 고랑. 검은 흙 위엔 선명한 녹색 아스파라거스가 줄지어 서 있다. 똑바로는 아니고 약간 삐뚤빼뚤, 마치 장거리를 달리고 있는 선수들을 상공에서 보고 있는 것 같다. 출발 후 조금 시간이 지나 뭉쳐서 달리다가 흩어지기 시작할 무렵의 모양과 똑같다.

"이거, 그냥 낫으로 자르면 되는 건가요?"

"그럼, 너무 가는 놈들은 남겨 두고 나머지는 싹싹 잘라."

이렇게, 이런 식으로. 직접 해 보이는 미노루를 따라 소마도 하나씩 아스파라거스를 잘라 나갔다.

장거리 경기를 떠올린 탓에 마치 꼴찌 녀석들부터 착착 탈락시켜 가는 듯한, 그런 상상을 하고 말았다.

베어 내는 속도는 미노루 쪽이 단연 빨랐다. 소마보다 몇 걸음 앞서서 사악 사악, 리드미컬하게 아스파라거스를 베어 나간다.

"아스파라거스는 한 번 심으면 한 십 년은 수확할 수 있거든. 그 대신 씨를 뿌려서 기르려고 하면 수확할 때까지 삼 년은 걸리지."

"삼 년씩이나 걸려서라도 아스파라거스가 먹고 싶었던 거예요?"

"나는 성질이 급하니까 모종을 사 왔어. 심은 건 작년."

먼저 첫 번째 밭고랑 수확을 끝낸 미노루는 소마를 사이에 두고 다음 고랑으로 옮겨 갔다. 뒤를 따르듯이 소마 역시 두 줄 옆 고랑으로 이동했다. 그다지 넓지 않은 밭이라서 몇 분 만에 아스파라거스 수확은 끝났다. 바구니에 잔뜩 쌓인 아스파라거스를 생물 실험실 앞 수도로 가져가 찬물로 씻고 있으려니까 바로 옆 통로를 여학생 몇이 달려갔다. 체육관에서 운동하고 있는 배구부거나 농구부, 아니면 배드민턴부일까?

생물 실험실 앞의 밭, 일명 '미노루의 밭'은 노란빛을 띤 살아 있는 나무 울타리로 둘러싸여 있다. 적당한 넓이의 토지에 크기가 다른 밭 네 면. 비닐하우스가 하나. 아스파라거스가 심겨 있던 밭은 그중에서도 가장 작은 밭이었다. 다른 밭에서는 토마토니 양배추 같은 것들이 쑥쑥 자라고 있다. 저 녀석들을 거둘 때도 조만간 도와주게 될지 모른다.

뭐, 어때. 전혀 안 될 것 없어.

"왜 이렇게 밭이 있는 거예요? 우리 학교가 실업계도 아니고."

타일을 붙인 개수대 앞에 앉아서 밭을 둘러본다. 물 줄 때 쓰는 샤워 호스, 소형 경운기까지 있다. 처음 보았을 때는 이 고등학교에 농업과가 있는 게 아닐까 생각했다.

"내 취미야."

"이걸 전부 혼자서 하는 거예요?"

"가끔 담임하고 있는 애들이나 지도하는 동아리, 동호회 녀석들이 도와주기도 하지. 해마다 남모르게 조금씩 면적을 넓히고 있어."

여기는 원래 중정의 일부였다. 거기에다 미노루는 부임 후 삼 년

째에 멋대로 밭을 만들었다.

그 소문은 아마도 사실일 것이다.

수돗물에 씻어 반짝반짝 빛나는 아스파라거스를 대바구니에 담더니 미노루는 그걸 그대로 소마에게 건네주었다.

"자, 이거 조리 실습실에 좀 갖다 줘."

"조리 실습실요?"

"아스파라거스는 수확하면 바로 먹는 게 좋거든. 육상부의 저력을 보여 줘."

"저력씩이나, 한 층 올라가는 거잖아요?"

생물 준비실은 일반 교실이 모여 있는 동에서 떨어진 특별 동 1층에 있다. 조리 실습실은 그 2층이다.

"사실 단거리는 빠르지 않아요, 나는."

"내가 전력 질주 하는 것보다 훨씬 빠를걸."

나도 나중에 갈 테니까, 부탁해. 소마의 어깨를 두드리더니 미노루는 생물 준비실로 들어갔다. 설마 이 아스파라거스로 요리라도 할 작정? 미노루가 요리를 할 수 있는 건가?

아이고, 설마, 그것도 나한테 시키려고?

흰 셔츠에 흙이 들러붙은 것이 보였다. 이런, 집에 가면 세탁기에 집어넣기 전에 애벌빨래를 해야겠네. 교복 윗도리는 벗어 두고 일을 했으니 무사했지만 군청색 바지 역시 군데군데 더럽혀져 있었다.

특별 동 계단을 다 오르자 눈앞이 바로 조리 실습실이었다. 복도 쪽 창문에서 빛이 들어와 누군가 있다는 걸 알 수 있었다. 창문으로 안을 들여다보다가 안에 있던 사람과 눈이 마주치고 말았다.

여학생이었다. 주변의 다른 중학교 여학생들에게 귀엽다고 인기가 있는 진회색 점퍼스커트 교복 위에 척 보기에도 오래 입은 듯한 앞치마를 두르고 있다. 갈색 섞인 머리카락을 하나로 묶고 머릿수건까지 쓰고 있었다.

여학생의 커다랗고 까만 눈동자가 소마의 얼굴에서 양손에 든 대바구니 쪽으로 옮겨 간다. 아스파라거스를 확인하더니 뛰듯이 다가와 소리를 내며 문을 열었다.

"미노루가 뛰어가라고 시켰구나, 너?"

귀엽다고 할까, 어딘가 청초해 보이는 인상과는 달리 거친 말투로 그녀는 소마의 손에서 아스파라거스를 채 갔다. 우와, 맛있겠다! 하며 갓 수확한 아스파라거스를 본다.

"역시, 미노루야."

그 등 뒤에서 맛있는 냄새가 풍겨 온다. 밥을 짓는 냄새였다.

"너, 수확하는 것도 거들었지? 품삯은 받았어?"

소마의 셔츠에 묻은 흙 얼룩을 가리키며 그녀는 묻는다. 고개를 가로젓자, 그래? 그럼 이리 와, 하더니 소마를 조리 실습실로 이끌었다.

"미노루 나중에 온다던데."

"올 거야. 음식이 다 될 때쯤에."

언제나 그러니까, 하며 그녀는 대바구니를 작업용 테이블 위에 놓았다. 포니테일이 살랑 흔들리며 기울기 시작한 햇빛을 받아 반짝반짝 빛났다.

동급생일까, 후배일까? 본 적이 없는 아이였다.

"그거 지금부터 요리하는 거야?"

"당연하지. 너 무료 봉사 할 거야? 자기가 거둔 걸 맛있게 먹어야지, 안 그러면 손해잖아."

가스와 수도가 설치된 테이블 열 개가 늘어서 있고 그녀가 아스파라거스를 두었던 테이블엔 이미 냄비가 가스 불에 올려져 있다. 칼이니 도마도 놓여 있고 밥솥에선 김이 나고 있었다.

"너, 요리 동아리라든가 뭐 그런 거야?"

그런 게 있었던 듯한 기억이 어렴풋이 났다.

"여자더러 대뜸 '너'라니, 무례한 녀석이네."

"초면 댓바람에 '너'라고 먼저 한 건 그쪽일 텐데."

얼버무리듯이 웃으며 그녀는 가스 불을 껐다. 슬쩍 들여다보니 토란이 껍질째 들어 있었다. 그녀는 물을 따라 내고 토란을 바구니에 쏟아 개수대에 놓더니 빈 냄비에 다시 물을 담아 불에 올린다.

"너, 2반 마이에 소마지? 육상부."

소마의 이름을 설핏 흘리고는 이사카 미야코는 아스파라거스 한 줌을 도마 위에 놓았다.

"같은 반이었던 적, 있었던가?"

"전혀. 체육도 선택 과목도 전부 각각."

"어떻게 날 알아?"

"장거리 대회에서 입상하고 몇 번이나 전교생 앞에서 상을 받았잖아? 스케가와 료스케랑 같이."

그런가? 생각해 보니 맞는 소리다.

"그쪽은?"

"3학년 1반, 이사카 미야코. 요리 연구부라는 것도 정답. 나 혼자뿐이지만, 부원은."

말하면서 칼로 싹싹, 아스파라거스를 3센티미터 정도 폭으로 잘라 나간다. 딱딱한 껍질을 벗기고 굵은 뿌리 부분도 잘라 낸다.

"다 될 때까지 좀 걸리니까 어디서 시간을 좀 보내다 오지? 거기서 있는 건 살짝 방해되는데."

"……뭐 좀 도와줄까?"

가미노무카이 고등학교는 동아리 활동이 활발하다. 야구부라든가 축구부 같은 메이저 동아리부터 퀴즈 연구회니 더블 더치* 동호회까지 폭넓게 활동하고 있다. '공부와 과외 활동 병행'을 내세우고 있긴 하지만 학생들의 관심은 과외 활동 쪽으로 상당히 편향되어 있는 듯하다. 그러다 보니 동아리 활동을 열심히 하지 않는

---

* 두 개의 줄을 사용하는 줄넘기. 마주 선 두 사람이 두 개의 줄을 서로 반대쪽으로 돌리고 그 안에서 뛰는 사람이 기술을 섞어 가며 줄을 넘는 운동이다.

인간이 있을 곳이 교내에 별로 없다.

"너, 요리할 수 있어?"

눈을 동그랗게 뜨고 미야코가 이쪽을 올려다본다. 자신 있다고 하면 어폐가 있겠지만 못하는 것도 아니다.

"일단은 집안일을 하고 있으니까."

"와, 의외네. 부엌에 들어선 적도 없습니다, 하는 얼굴인데."

자, 거기 식혀 놓은 토란 껍질 벗겨 줘. 그게 끝나면 남은 아스파라거스 껍질도 벗기고. 재빨리 그렇게 말하더니 미야코는 교실 뒤쪽 선반에서 앞치마를 꺼내 던져 주었다.

"알겠습니다."

미야코와 똑같은 앞치마는 소마에게 약간 짧았다. 소매에서 와이셔츠가 쑥 삐져나와 소매를 걷어 올리고 다시 추스렸다.

뜨거운 물에서 건진 토란은 꼭지만 따면 껍질이 손으로 쉽게 벗겨진다. 아스파라거스는 딱딱한 부분만 필러로 깎아 내듯 벗겨 준다.

"이거 전부 요리하는 거야?"

대량의 아스파라거스를 고갯짓으로 가리키자 테이블 건너편에 서 있던 미야코는 당연하다는 듯 고개를 끄덕인다.

"아스파라거스·토란·돼지고기볶음, 아스파라거스히타시*, 아

* 자작하게 데친 푸성귀 요리.

스파라거스 오븐 구이. 거기에 밥이 오늘 메뉴. 오븐 구이는 너한
테 맡길게."

그렇게 말하며 미야코는 B5 사이즈 노트를 소마 앞에 펼쳤다.
'아스파라거스 오븐 구이'라고 하는 제목 아래 씩씩한 글씨로 조
리법이 적혀 있다.

색연필이나 일러스트도 전혀 없는 쌀쌀맞은 레시피였다.

알루미늄 포일 위에 올린 아스파라거스에 올리브유를 떨어뜨리
고 소금, 후추를 뿌려 200도 오븐에서 이십 분. 예열 필요 없음.

"꽤나 간단하네."

레시피에 적힌 작업은 그뿐이었다. 그 후엔 오븐에서 구워지기
를 기다리는 것뿐.

"손이 많이 간다고 맛있어지는 것도 아니니까, 뭐."

소마가 오븐 구이에 열중하는 동안에 히타시가 거의 완성된 모
양이었다. 데친 아스파라거스를 간장, 설탕 등을 넣은 우린 국물에
담가 냉장고에.

오븐은 어떤가 싶어 들여다보고 있으려니 등 뒤에서 기름이 지
글거리는 소리가 난다. 아아, 듣기만 해도 배가 고프다. 좋은 냄새
가 나는 소리.

돌아보니 미야코가 프라이팬에 잘게 썬 돼지고기를 넣은 참이
었다. 테이블에 펼쳐진 레시피 노트를 뒤적여 '아스파라거스·토
란·돼지고기볶음'을 찾았다. 청주, 맛술, 간장, 설탕, 소량의 고추

냉이로 양념장을 만들어 돼지고기를 볶는다. 아스파라거스를 넣고 얼추 익었을 때 토란을 넣어 양념장이 잘 스며들 때까지 볶으면 완성.

고개를 드니 미야코는 조금 전 소마가 껍질을 벗겨 둔 아스파라거스를 프라이팬에 넣고 있었다.

"요리, 흥미 있어?"

요리용 젓가락을 손에 들고 미야코가 이쪽을 본다.

"흥미라고 할까, 일단 집에서 하고 있으니까 남들은 어떻게 만드나 싶어서."

"부모가 맞벌이라든가, 아님 부자(父子) 가정?"

"후자 쪽."

"흐응, 우리랑 같네. 동아리 하면서 집안일이라, 힘들지 않아?"

"이런 식으로 제대로 된 요리 같은 건 안 하니까. 대개는 그냥 볶으면 끝이야."

미야코가 프라이팬에 큼직하게 썬 토란을 넣었을 때, 복도 쪽에서 무거운 발소리가 들렸다. 조리 실습실 문이 열리고 우와, 냄새 좋은데, 하며 미노루가 들어왔다. 정말 조리가 거의 끝날 무렵에 온 거다. 미야코가 그치? 내말대로잖아? 하고 이쪽을 본다.

"마침 잘됐네. 미노루, 그릇 좀 꺼내요."

학생들에게 이름을 불리는 것은 가미노무카이 고등학교에서 미노루뿐이다. 더구나 존칭도 없이. 미야코나 소마뿐 아니라 미노루의 담임 반이거나 그의 수업을 받은 학생 대부분이 저절로 그렇게 되어 버린다. 담임과 학생으로 날마다 얼굴을 보게 된 지 아직 한 달 정도건만 소마 역시 '미노루'라고 막 부르게 되었다. 물론 미야코처럼 당사자를 앞에 두고 부르지는 못하지만.

미야코의 명령에 따라 미노루는 선반에서 세 명분 그릇을 꺼낸다. 밥그릇에 접시, 히타시용 종지. 소마는 미노루와 함께 지어진 밥을 푸고 막 완성된 오븐 구이를 접시에 담아 냈다.

"그러고 보니 국물이 없네."

하더니 미야코는 소마더러 프라이팬을 보고 있으라고 했다. 타지 않도록 한 번씩 저어 주면 된다면서.

냉장고에서 물을 담아 두는 티포트를 꺼내 오나 싶더니 바로 옆 작업 테이블에 냄비를 올리고 안에 있던 것을 부었다. 티포트엔 엷은 갈색 국물이 들어 있었다.

"뭐야, 그게?"

"우린 국물이야. 일일이 다시마라든가 가다랑어포를 우려내는 거 힘들잖아? 티포트에 가다랑어포랑 다시마를 넣고 물을 부어서 냉장고에 하룻밤 재워 두면, 이렇게 우린 국물 완성."

우린 국물이라니, 소마는 생각도 해 본 적이 없었다. 언제나 시판 분말을 사용할 뿐이었다.

"그런 방법이 있었구나."

"귀찮아져서 포기해 버리기보다는 이런 꼼수를 써서 즐겁게 계속하는 편이 훨씬 낫지?"

그런가? 그렇구나. 감탄해야 하겠지만, 득의양양 뻐기고 있는 미야코를 앞에 두고 그 말을 삼켰다. 끓어오른 국물에 마른미역과 후(麩)*를 넣고 간장과 소금으로 간을 맞추니 국 한 가지가 뚝딱 만들어졌다. 국물이 끓고 나서 순식간이었다.

제일 먼저 미노루가 자리에 앉았다. 아스파라거스·토란·돼지고기볶음을 담은 큰 접시가 테이블 중앙에, 히타시와 아스파라거스 오븐 구이를 담은 납작한 접시는 사람 수만큼, 갓 지은 밥과 국이 놓이니 완성.

"이런 시간에 이렇게 먹어도 되는 걸까?"

시간은 5시 반을 넘어가고 있었다. 저녁으로는 좀 이르다. 그렇게 생각하는데도 배 속에서 웅장한 꼬르륵 소리가 들렸다. 두 사람에게 들리고도 남을 만큼 묵직한 꼬르륵 소리.

"3학년은 오후부터 체육이었고 연달아 두 시간이나 영어 수업도 있어서 힘들었지? 얼른 먹어."

국을 한 모금 삼키며 미노루는 소마에게 젓가락을 들라고 재촉했다. 수확을 도와준 답례거든, 이거, 하며.

"배가 고프다는 건 몸이 건강하다는 증거지. 그래도 공복은 몸에 좋지 않아. 맛은 보증하니까 어서 먹어, 어서."

* 글루텐을 주원료로 한 가공식품.

미야코도 그렇게 말하며 볶음을 자기 접시에 덜어 냈다. 소마는 젓가락을 양손에 들고 잘 먹겠습니다, 하며 미야코과 미노루에게 고개를 꾸벅하고 국을 한 입 먹었다.

"맛있다."

"그치? 맛있다니까, 내 요리는."

정말 맛있는 국이었다. 제대로 우려낸 국물이라 이런 맛이 나는 걸까? 집에서 먹는 인스턴트 국에 비할 수 없이 맛있다. 오후 수업을 마치고 비어 있던 위장에 스며드는 듯한, 부드럽고 온유한 맛이었다.

"맛있게 먹는다, 너."

"그런가?"

"맛있어,라고 얼굴에 쓰여 있어."

볶음에 젓가락을 가져간다. 윤기 흐르는 아스파라거스를 우선 한 입 베어 문다. 수확하면 바로 먹어야지, 했던 미노루의 마음을 잘 알 수 있다. 매콤달콤한 양념 맛과 함께 베어 문 순간에 아스파라거스 속 수분이 흘러나오는 것이다. 토란도 부드럽고 돼지고기의 기름기가 더욱더 식욕을 자극한다.

"정말 맛있어."

밥과 함께 열심히 씹는다. 미야코가 눈에 거슬릴 만큼 자신만만한 얼굴로 뽐내지만, 그래 좋아, 생각했다. 맛있는 밥에는 짜증이 못 이긴다.

묵직한 맛의 볶음에 비해, 히타시는 깔끔하다. 만든 지 얼마 안 된 까닭에 마요네즈와 된장을 찍어 먹는다. 사각사각하는 감촉과 약간의, 그야말로 약간의 쓴맛. 그것도 신선함 덕분에 불쾌하진 않다. 오히려 상쾌하다고 할까?

"네 작품도 꽤 맛있어."

오븐 구이로 만든 아스파라거스를 하나 통째로 먹으면서 미야코가 웃었다. 껍질을 벗겨 자르지도 않고 그대로 오븐에 구웠을 뿐. 양념도 소금과 후추뿐인 간단한 요리. 그렇기에 오히려 갓 수확한 아스파라거스의 맛이 전면에 등장. 오븐의 온도가 걱정이었지만 뿌리까지 온전히 부드럽다.

음식을 깨끗이 먹어 치울 무렵엔 이미 밖은 어두워져서 운동장에서 연습하는 운동부 녀석들의 목소리도 띄엄띄엄 들릴 뿐이었다. 설거지를 마치고 작업 테이블이 깨끗해지자 미야코가 소마의 얼굴을 들여다보았다.

"맛있었어?"

"몇 번이나 말했잖아."

잘난 체하는 얼굴을 보면 살짝 화가 나긴 하지만, 맛있는 건 맛있는 거다. 그리고 맛있는 음식을 해 준 사람에게 감사하지 않다니, 소마는 그럴 수 없는 인간이다.

"맛있었습니다. 고마워."

"그 솔직함을 높이 사서 선물로 이걸 줄게."

내민 것은 플라스틱 밀폐 용기였다. 좀 전에 먹은 볶음이 잔뜩 들어 있다. 또 하나, 좀 작은 밀폐 용기도 건네받았다. 이쪽은 히타시였다.

"미노루도."

같은 것을 미노루도 받았고 아내가 기뻐하겠네, 하며 싱글벙글이다.

"……선물이라고?"

"히타시는 하룻밤 재워 두면 더 맛있어. 오늘은 시간이 없어서 마요네즈랑 된장 찍어 먹었지만 내일은 그냥 한번 먹어 봐."

미야코는 자기 몫의 밀폐 용기를 손가방에 넣으며 진심으로 그 맛이 기대된다는 듯한 표정을 짓고 있었다. 포니테일이 흔들리고 귀 뒤로 넘겼던 윤기 나는 앞머리가 쏟아지며 찰랑, 소리가 나는 듯했다.

알루미늄 포일을 깐 접시 위에는 미노루가 나눠 준 아스파라거스가 담겨 있다. 오븐 속은 빨갛게 달아 있고 타이머는 재깍재깍 시간을 잰다.

주방 테이블에 기대어 기다리고 있으려니까 현관문이 끼익, 하며 열렸다. 무거운 발소리가 이쪽으로 다가온다.

"어서 와."

돌아보지도 않은 채 말한다. 확인하지 않아도 누군지 아니까.

"다녀왔습니다."

힘없는 소리를 남기고 하루마가 자기 방으로 걸어간다. 자박자박, 맨발로 마룻바닥을 딛는 소리와 가방을 끌고 가는 소리가 오늘의 연습량을 말해 준다.

오븐이 찡, 소리를 내고 꺼졌다. 접시를 꺼내려다가 아차, 했다. 너무 뜨거워서 꺼낼 수 없는 접시를 일단 그냥 두고 하루마의 방으로 달려갔다.

"하루마, 자지 마."

그렇게 말하며 방문을 열었지만 하루마는 교복도 벗지 않은 채 다다미 위에 널브러져 있다. 군청색 교복 속 셔츠 단추가 완전히 잘못 채워져 있다.

"야, 하루마, 일어나."

오른발로 등짝을 걷어찼다. 돌아누운 하루마가 이쪽을 올려다보면서 눈을 흘긴다.

"깨어 있어."

"잠들기 삼 초 전, 하는 얼굴로 뭔 소리야?"

게다가 이런 시간에 잠들면 자칫 아침까지 깨지 않는다. 억지로 깨워 놓으면 엄청 기분이 나빠져서 제대로 말도 하지 않고.

"아, 진짜! 오늘 진구바시까지 세 번 왕복했다고. 돌아와서도 이것저것 했고."

"그 정도는 이 시기엔 보통이잖아."

다다미 위엔 가방과 함께 편의점 비닐봉지가 던져져 있다. 페트병과 도시락이 비쳐 보인다.

"편의점 갈 힘은 있었네."

"안 그랬다간 밤에 먹을 게 없잖아?"

언제나 그렇다. 버스 정류장과 집 사이에 있는 편의점에 들러 하루마는 날마다 이렇게 도시락을 사 온다.

봉지 속을 들여다본다. 500밀리리터 스트레이트 홍차, 작은 오므라이스, 참치 샌드위치 하나.

"아스파라거스·토란·돼지고기볶음."

한숨 대신 소마는 그렇게 말했다. 하루마가 뭐? 하며 올려다본다.

"있는데 먹을래?"

"아니, 됐어. 아스파라거스도 토란도 질색이고."

"편의점 도시락만 먹으면 안 된다고 코치도 말했잖아."

"괜찮아, 채소도 먹고 있고."

오므라이스 구석에 들어 있는 익힌 채소 이야기인가?

"그런 문제가 아니잖아. 집에서 만든 음식을 제대로 먹어야 된다는 거지."

"괜찮다니까. 나 못 먹는 것도 많고. 나한테 맞춰서 요리하려다간 힘들걸? 형도 아빠도."

"뭐, 그렇긴 하지만."

내가 먹을 만한 걸 네가 만들 수도 없을 거고, 애당초 네 요리에 맛 따위는 기대 못 하지. 그런 얼굴이었다. 할 말이 없다.

둘뿐이긴 하지만 막내는 막내. 오냐오냐 기른 동생은 제멋대로에 마이 페이스, 아울러 응석받이에 편식쟁이. 채소 싫다, 생선 싫다, 콩도 싫다, 버섯도 싫다, 고기도 기름기나 내장은 안 된다. 과자와 홍차만 좋아한다. 게다가 소식까지 하시니 골치 아프다.

"몸이 나빠지는 원인이라고."

내가 봐도 시어머니 잔소리. 그렇게 생각하며 하루마에게 등을 돌리고 문을 열었다. 아스파라거스가 오븐에 든 채로 있다.

"그런 소리 하는 자기가 먼저 나빠졌으면서."

문이 도중에 멈춘다. 동그란 손잡이에 손을 얹은 채 대답할 말을 찾았다.

천천히 돌아본다. 괜한 소릴 해 버렸네, 하는 얼굴로 하루마는 소마의 안색을 살피고 있다. 그걸 보고 못 들은 체해 주기로 한다.

"밥 먹자. 배고파."

그렇게 말하고 얼른 주방으로 돌아온다. 한참이 지나서야 하루마의 방문 열리는 소리가 났다.

결국 하루마는 편의점에서 산 것 말고는 입에 대지 않았지만.

*

아침밥 사는 걸 깜빡했어, 하며 하루마가 주방으로 들어왔다. 뭐

없을까? 하면서 냉장고와 찬장을 열어 본다.

"어제 그 볶음 있는데."

어제 미야코가 준 볶음과 하룻밤 재운 히타시를 냉장고에서 꺼낸다. 여기에 밥과 인스턴트 된장국이면 자기와 아버지의 아침으로는 충분하다.

"빵 없어, 빵?"

"그저께 네가 다 먹어 치웠잖아."

"그랬구나."

한숨을 쉬며 주방에서 나가려 한다. 안 먹고 나가서 편의점에서 사 먹을 작정인 것이다.

"밥을 퍼 줄 테니까 후리카케라도 뿌려 먹어. 달걀도 있고."

"날달걀 싫어."

"부쳐 줄 테니까 조금만 기다려."

하루마가 의자에 앉는 소리가 난다. 프라이팬에 기름을 두르고 달걀을 하나 깨 넣는다. 네가 해 먹어, 하고 싶지만 그럼 편의점 갈게, 할 것이 뻔하다.

두 사람 몫의 밥을 푸고 아스파라거스·토란·돼지고기볶음과 히타시를 테이블에 올린다. 돼지고기만이라도 먹으려나 싶어 볶음 그릇을 하루마 앞으로 밀어 놓았다.

하루마가 천천히 그릇에 젓가락을 옮긴 것은 그가 좋아하는 대로 바싹 익힌 달걀프라이가 완성될 무렵이었다. 후리카케를 뿌린 밥에도 질린 것일까, 좀 맛이 진한 음식을 먹고 싶었던 걸까, 볶음이 든 접시에 슬쩍 젓가락을 대더니 돼지고기 한 조각을 입에 넣었다. 밥과 함께 씹더니, 삼켰다. 그리고 묻는다.

"이거, 형이 만들었어?"

"뭐, 그런 셈이지."

사실대로 말했다간 귀찮아질 것 같아 그렇게 넘겼다.

"흐응, 그렇구나."

한 입 더, 돼지고기를 먹는다. 볶음 옆에 있던 달걀 프라이엔 눈길 한번 주지 않는다.

소마도 자리에 앉아 아스파라거스 히타시를 밥에 얹어 먹었다. 하룻밤 재워 둔 만큼 맛이 스며들어 맛있다. 더구나 어제보다 부드럽고 이 정도면 마요네즈도 된장도 필요 없다.

"맛있어?"

볶음을 계속 집어 먹는 하루마에게 그렇게 물었다.

"응?"

"볶음, 맛있냐고."

"맛있나?"

"아스파라거스랑 토란도 먹어 봐. 맛있으니까."

"아아, 됐어."

그렇게 말하며 달걀 프라이에 케첩을 잔뜩 뿌린다. 기껏 소금 후추로 간을 해 주었건만.

"토란, 볶음 양념 맛이 스며서 맛있으니까 시험 삼아 한번 먹어 보라니까."

끈질기게 권했더니 마지못해 토란을 젓가락으로 조그맣게 잘랐다. 작은 조각 하나를 밥과 함께 입에 넣는다.

졸린다는 듯 반쯤 감겨 있던 눈이 활짝 열렸다. 그 눈이 소마를 본다.

"이거 정말로 사 온 거 아니지?"

"그렇다니까."

"이거라면 먹을 수 있을지도."

잘 만들었는데, 이거, 하고 말하며 토란을 하나 더 먹는다. 질색하는 아스파라거스까진 아무래도 마음이 동하지 않는 모양이지만.

"그렇구나. 이러니까 자신이 붙어서 어제 자취가 어쩌고 한 거구나."

"그런 건 아니지만."

오랜만에, 정말 오랜만에 하루마는 밥을 한 공기 다 먹고 아침 훈련을 나갔다. 처음 그대로 남아 있는 아스파라거스로 소마가 혼자 아침밥을 먹고 있으려니까 아버지가 일어나 주방에 얼굴을 내밀었다. 전기밥솥에서 밥을 퍼 준다.

"뭐야, 아스파라거스밭이네."

"하루마가 토란하고 돼지고기만 골라 먹고 갔거든."

아버지가 아스파라거스를 싫어하지 않아 다행이었다. 미노루가 열심히 길러 소마도 수확을 도왔는데 아무도 먹어 주지 않는다면 정말 가엾잖은가?

"웬일이야, 채소를 먹었다고? 그 녀석이……."

"게다가 한 그릇 담은 밥을 전부 먹고 갔다니까. 오늘 비 오는 거 아닐까?"

그 정도로 하루마의 식생활은 엉망이다. 평소 아침밥은 편의점에서 사 온 빵 하나를, 마찬가지로 편의점에서 사 온 종이 팩 홍차로 삼키는 것. 밥은 거의 먹지 않는다.

"오, 맛있네, 이거."

이거 소마가 만든 거야? 하루마와 완전히 똑같은 질문.

"요리 연구부 애가 준 거야."

"허어, 그런 동아리가 있구나. 이런 걸 다 만들다니."

"나도 몰랐어. 우리 학교, 세상 별난 동아리니 동호회가 수두룩하거든."

요리 연구부는 여자애들이 과자 같은 걸 만드는 데라고 생각했었다. 설마 이런 가정적인 요리를 만들 줄이야.

"하루마가 아침에 눈뜨자마자 제대로 먹고 갔으니 꽤나 요리를 잘 만드는 거겠지?"

미야코의 잘난 체하는 웃음소리가 들린 것 같다.

"정말, 깜짝 놀랐어."

채소 싫다, 생선 싫다, 콩도 버섯도 다 싫다. 일본식 맛도 별로.

싫어하는 걸 먹느니 굶는 편이 낫다고 생각한다. 아침엔 시무룩하고 깨작깨작.

그렇게 까탈스러운 동생이 일단 그라운드에만 나서면, 러닝슈즈를 신고 달리기 시작하면, 엄청난 선수가 된다. 주변 선수들을 다 밀어내고 관객을 매료하고, 언젠가 틀림없이 소마는 결코 도달할 수 없는 곳으로 가리라.

"그걸 하룻밤에 다 먹었어?"

조리 실습실 문을 연 소마의 손에 들린 밀폐 용기를 보고 미야코가 물었다. 어제와 같은 앞치마를 입고 있었다.

"온 가족이 먹었으니까."

"하룻밤 지나서 맛있었어?"

"맛있었어."

"좋았어. 기특하구먼."

자랑스레 어깨를 으쓱거리는 미야코는 자신의 요리나 레시피를 칭찬받는 것이 더없이 기쁜 모양이다. 겸손이고 사양이고 없이 솔직하게 입꼬리가 귀에 걸린다.

차라도 마시고 갈래? 미야코는 소마를 조리 실습실로 들어오게 하고 의자를 권한다. 교실 뒤쪽에 있는 냉장고에서 유리병을 꺼내더니 꽃무늬가 그려진 냉차 잔에 녹차를 따른다.

슬쩍, 소마는 자기 오른쪽 무릎을 응시했다. 가볍게 손을 갖다 대고 눈을 감는다. 아무런 느낌도 없다. 통증도 열도 없다.

"요리 연구부 부원은 이사카뿐인 거지?"

자기 몫의 녹차를 마시며 미야코는 고개를 끄덕인다.

"학기 초면 견학하러 오는 애들은 있는데, 대개는 귀여운 디저트를 만들고 싶어,라고 하는 녀석들뿐이라서 말이야. 다들 도망쳐 버리지."

"우리 집, 어제도 말했지만 부자 가정이거든. 줄곧 할머니가 집 안일을 해 주셨는데 작년 9월에 돌아가셨어. 그러고부터 쭉 나랑 아버지가 하고 있어."

"그래서?"

어쩐지 무안해져서 무심결에 오른손으로 머리를 긁었다. 자신에게 여유가 없다는 것을 잘 알겠다.

"요리, 가르쳐 주지 않을래?"

미야코가 뭐라고? 하며 소마를 본다. 귀 뒤로 넘겨 두었던 머리카락이 내려와 앞머리가 흔들린다. 왜,라고 바로 묻진 않고 미야코는 한동안 몇 차례인가 눈을 깜빡였다.

"우리 집에 남동생이 있는데."

"마이에 하루마지? 육상부의."

"나보다 훨씬 유명하지?"

고등학교 입학 후 일 년, 육상부 장거리 팀 멤버로서의 활약은 눈부셨다. 인터하이* 현 예선에서는 5위 입상. 키타간토 대회에서는 8위로 전국 대회 출전은 못했지만 가미노무카이 고등학교 육상부 장거리 팀에서는 주장인 스케가와 다음 성적이었다. 가을의 현 신인전에서는 1500미터에서 2위였고 5000미터에서는 우승까지 했다.

"그 동생이 말이야, 엄청난 편식쟁이여서 채소는 거의 안 먹고, 생선도 안 되고, 콩이니 버섯 역시 무리에다가 일본식 맛은 기본적으로 싫어하고 날마다 편의점 도시락만 먹어 대고 있거든."

"유치원생도 아니고, 고등학생이?"

"그러게 말이야."

그 녀석이 어제 볶음을 맛있다고 먹었어. 그렇게 덧붙이자 그녀는 눈을 동그랗게 떴다. 그렇지 않아도 커다란 눈동자가 더욱 반짝이고, 입꼬리가 한껏 올라간다.

"앞의 말은 취소. 훌륭한 동생이네."

"아침에 제대로 밥 한 공기를 다 먹고 갔어."

아버지는 그래? 잘했네, 정도의 감상이었지만 이건 엄청난 사건이다. 그 제멋대로 편식 대마왕이 질색하는 토란을 먹었다. 밥공기를 비우고 학교에 간 것이다.

"동생 녀석을 어떻게 하나 생각은 하면서도 좀처럼 행동에 옮기지 못해서 말이야."

* 일본의 전국 고등학교 종합 체육 대회를 일컫는 인터 하이스쿨 챔피언십(Inter High School Championships)의 약어.

"그래서 요리 연구부 부장이시며 요리 달인이신 바로 이 이사카 미야코님께 요리를 배우고 싶다는?"

"부원이어야만 한다면 입회할게."

약간, 아니 상당히 내키지 않는 일이긴 했지만 미야코를 향해 고개를 숙였다. 테이블에 자신의 얼굴이 비쳐 표정을 얼핏 보았다. 그다지 한심한 얼굴도 스스로에게 화가 난 얼굴도 아니었다.

"하지만 육상부는?"

"벌써 은퇴한 거나 마찬가지."

"아아, 혹시 부상 때문에?"

무심결에 쥐고 있던 주먹을 펴서 살짝 오른쪽 무릎을 만졌다. 언젠가 분명 거기 있었던 고통이 되살아나는 듯했다.

"……알고 있구나."

"그럼, 넌 꽤나 유명하니까. 부상당해서 수술했다는 소문을 들은 적 있어."

"작년 겨울에 오른쪽 무릎 박리 골절. 수술도 했고."

재활을 위해 육상부 훈련과는 별개의 연습을 하고 있는 것으로 되어 있었다.

"그래도 부상한 선수들은 재활에서 웨이트 트레이닝을 하거나 가볍게 달리고 그러다가 복귀하는 거 아니었어?"

웬일로 이렇게 잘 아는 걸까? 전혀 몰랐으면 좋았을 텐데.

"뭐, 그런 거지만…… 설령 다시 경기를 할 만큼 회복이 된다 해도 그때쯤이면 분명 3학년은 은퇴니까."

"그러니까, 다른 애들보다 한발 먼저 은퇴한 기분이라는?"

"그런 거지."

흐응, 하며 미야코는 미간을 찡그렸다. 어째서 이럴 때만 이런 표정을 짓는 걸까? 남의 마음속을 들여다보는 듯한, 이쪽이 두껍게 쓰고 있는 가면을 그 눈동자로 깨 버리려는 듯한 그런 눈.

"안 될까?"

조심조심 미야코를 본다. 이래도 안 된다면 포기하자고 생각했다. 점잖고 점잖게, 우유부단 오리무중 모호한 나로 돌아가자. 그렇게 생각했다.

"미노루가 너를 밭으로 데려간 이유를 알 것 같아."

의미심장하게 웃더니 미야코는 차를 다 마셨다. 교복 주머니에서 머리 고무줄을 꺼내더니 머리카락을 높직하게 묶었다.

오늘은 유부장국을 만들 거야, 하고는 늠름하게 웃어 보였다.

*

"어이, 하루마, 그건 아빠 그릇이야."

헤에, 하며 얼빠진 소리를 내더니 하루마가 주걱을 한 손에 들고 돌아본다. 그 너머 전기밥솥에서 새하얀 김이 모락모락 나고 있다.

"잠이 덜 깼구나."

웃으며 하루마의 밥공기를 꺼내 건네준다.

"반 공기는 떠라."

저한테 시키면 한 입이나 될까 싶게 뜨니까 미리 다짐을 둔다. 예엡, 하고 하루마는 주걱을 밥솥에 넣었다. 반 공기까진 좀 못 되지만 그나마 밥을 펐다.

하루마가 밥공기를 들고 제 자리에 앉기를 기다려 천천히 익히고 있던 달걀말이를 뒤집개 끝으로 살살 말았다. 신중하게, 서둘지 않고 침착하게. 조리 실습실에서는 두꺼운 달걀말이용 네모난 프라이팬을 썼던지라 둥근 프라이팬에선 좀 다르다. 조심조심 달걀을 말아 가서 마침내 프라이팬 구석에서 깔끔하게 말아 올렸다. 우와, 자기도 모르게 탄성.

"이것 봐, 우리 집 프라이팬으로는 처음으로 깔끔하게 됐어."

접시에 달걀말이를 옮겨 하루마 앞에 가져다 놓는다. 미야코가 가르쳐 준 그대로 만든 고기된장과 함께 밥을 먹던 하루마는 잠이 덜 깬 얼굴 그대로 고개를 갸웃했다.

"아무리 그래도 달걀에 파는 넣지 말아 줘."

다진 파를 섞은 달걀말이라는 걸 눈치챈 하루마가 어깨를 으쓱해 보인다. 아무 말 없이 간장을 떨어뜨려 내밀었더니 마지못해 젓가락을 옮긴다.

"뜨거운 참기름을 넣어서 별로 안 매워."

이것도 미야코가 가르쳐 줬다. 파는 뜨거운 참기름을 떨궈 주면

매운맛이 죽는다고.

달걀과 고기된장만으로는 뭔가 모자라는 듯해 냉장고에서 일본식 피클과 무말랭이무침을 꺼냈다. 혹시나 싶어 하루마에게 먹을래? 하고 물어본다.

"또 피클이랑 무?"

"뭐 어때서. 한번 만들면 얼마 동안은 먹을 수 있거든."

유부장국 다음으로 미야코에게 배운 것은 두고 먹을 수 있는 고기된장과 일본식 피클이었다. 특히 피클은 식초를 우린 국물에 섞어 손에 걸리는 대로 채소를 던져 넣기만 되니 정말 좋았다.

밥, 된장국, 달걀말이, 일본식 피클에 고기된장, 무말랭이무침. 별로 손이 가지 않은 것치곤 꽤 많은 가짓수를 테이블에 늘어놓고 보니 요리사라도 된 듯한 기분이다.

하지만 하루마는 달걀말이와 고기된장 말고는 먹으려 들지 않는다. 끈질기게 권해서 최근엔 가까스로 무말랭이무침을 먹게 되었다.

"좀 더 말이야, 서양 음식도 만들어."

"뭘 먹고 싶은데? 주문해 봐."

"에에……. 뭐랄까, 그럴듯한 거. 햄버그스테이크라든가 크로켓이라든가, 스튜 같은 거."

"일본 음식 쪽이 기름기도 적고 육상 하는 사람에겐 좋을 것 같은데."

"가끔 말이야, 가끔. 형이 일본 음식만 만드니까, 어쩌다 그런 것도 먹고 싶다고나 할까."

이러다가 또 편의점 도시락을 사 오면 안 되니까 할 수 없이 알았어, 하고 끄덕였다.

미야코에게 부탁해야지.

밥그릇을 비우고 스쿨버스를 타기 위해 하루마가 집을 나설 무렵, 이번엔 아버지가 일어나 나온다. 손수 밥을 퍼서 자리에 앉았다. 소마도 자기 몫을 담아 늘 앉던 의자에 앉는다.

"미안, 아침을 완전히 맡겨 버려서."

아버지는 저혈압이라 아침에는 맥을 못 춘다. 지금까지 아침은 전날 저녁에 남은 걸 먹거나 하루마처럼 편의점에 들러 대충 때우거나 했다. 아침 식탁에 이렇게 제대로 된 음식이 놓이게 된 것은 미야코에게 요리를 배우기 시작하고부터다.

"요즘 반찬이 엄청 많네."

"꽤 잘하지?"

고기된장을 밥에 얹어 한 입 먹은 아버지가 와아, 맛있네! 하고 웃었다. 너무 기뻐서 한 가지 또 한 가지 만드는 방법을 설명했다.

"진짜는 마늘을 갈아서 넣으면 맛있나 본데, 아침에 먹으면 냄새가 신경 쓰일 것 같아서 안 넣었어. 평소에 냉장고에 넣어 두는 국물을 써서 고기된장 오차즈케를 해도 맛있으니까 다음에 한번 해 봐."

미야코가 가르쳐 준 티포트를 활용해 간단히 만드는 우린 국물
도 대활약 중이다.

소마의 설명을 웅, 웅, 하며 진지하게 들은 아버지가 말했다.

"요즘은 남자애들도 가정 과목 같은 걸 제대로 하는구나."

"요리 연구부 애한테 배우지 않으면 여기까진 도저히 못 만들지."

"애,라는 건 여자애한테 배우는 거야, 요리?"

"그런 거지."

"사귀는 거 아냐?"

장난스럽게 눈을 가늘게 뜨고 피클을 뽀득뽀득 씹고 있는 아버
지에게 소마는 웃어 버렸다.

"사귀는 거면 굳이 요리 같은 걸 안 배우지. 차라리 만들어 달라
고 할걸."

"그건 그렇네."

고기된장 오차즈케, 해 볼까나? 하며 아버지가 공기를 들고 천
천히 일어났다. 해 줄까? 했지만 고개를 흔든다. 냉장고에서 가다
랑어포가 든 티포트를 꺼내더니 고기된장을 올린 밥에 붓고 전자
레인지에 넣는다.

덥혀지기를 기다리는 동안 아버지는 줄곧 소마에게 등을 돌리
고 전자레인지 안을 들여다보고 있었다. 소마는 혼자서 말없이 식
사를 했다.

지잉, 하는 전자레인지 소리에 섞어 갑자기 아버지가 말했다. 말해야지, 말해야지 하면서 줄곧 타이밍을 노리고 있었는지도 모른다.

"소마, 너 제대로 재활 훈련 하고 있는 거야?"

칭, 하고 전자레인지가 울린다. 냄비 잡이로 밥공기를 꺼낸 아버지가 다시 소마 건너편 자리로 돌아온다.

"마키 선생님한테 잘 다니고 있어."

마키 클리닉은 가미노무카이 고등학교에서 버스로 십 분 정도 떨어져 있다. 육상부 부원들이 대대로 신세를 지고 있었고 집에 오는 길에 들러 재활 훈련을 할 수 있어서 안성맞춤이었다. 오른쪽 무릎의 위화감을, 통증을 상담했을 때도 육상부 고문은 맨 먼저 마키 클리닉으로 소마를 데려갔다.

지난주에 다녀왔어. 그렇게 이어 가자 아버지는 그래? 그랬구나, 하며 숟가락으로 오차즈케를 떴다. 후우, 후우, 하고 불어 가며 천천히 입안으로 옮긴다.

"요즈음 요리에 열심이기에 어떡하고 있나 싶어서."

"육상부에서도 개인 프로그램 제대로 하고 있어. 틈을 봐서 음료수를 만들거나, 운동장의 돌도 줍고 하루마의 기록도 내가 줄곧 재고 있잖아."

빠른 속도로 달리는 일은 거의 없다. 팔을 휘두르는 감각이라든가 리듬감을 잃지 않도록 장거리를 천천히, 천천히 시간을 들여 달린다. 운동장 구석에 매트를 깔고 체조도 한다. 나머지 시간은 장거리 팀 지원을 하러 다닌다.

미야코에게 요리를 배우는 것은 연습이 없는 날. 소마가 멋대로 '연습이 없는 날'이라고 정한 날.

"마키 선생님한테 가기 전이라든가, 시간 보내기엔 딱 좋아."

"그렇다면 괜찮지만."

요전에 고미카와 코치를 만났거든, 하는 아버지의 말꼬리를 붙잡듯이 어디서? 하고 물어보고 말았다.

"일요일에 아사히야에서."

집에서 차로 한 십 분 걸리는 쇼핑센터. 장거리 팀 고미카와 코치의 집도 분명 그 근처였다.

"소마 군은 대학에서 육상을 계속할 생각은 없습니까? 하고 묻더라고. 그런 이야기, 부상 후에는 한 적이 없구나 싶어서."

틀림없이 두 사람은 그것 말고도 여러 가지 이야기를 했을 것이다.

"그만둘 생각이야."

젓가락을 움직이는 속도도 바꾸지 않고 아무렇지도 않은 듯이 소마는 고개를 끄덕여 보였다.

"무릎, 제대로 재활 치료 하면 낫잖아. 고등학교에선 이대로 은퇴하게 될지 몰라도 대학부터 다시 시작하면 어때?"

"대학까지 계속할 정도는 아닌 것 같아."

직접 만든 무말랭이무침을 응시하며 말한다. 무 깎아썰기도 꽤
나 숙달되었다. 덕분에 칼 놀림도 익숙해진 듯한 기분이 든다.

"남 말 하듯 하네."

"이제 곧 열여덟이니까 자기 일을 조금은 객관적으로 볼 수 있
는 것 같은데?"

"그래도 말이야."

"대학에서 장거리를 뛰어 봤자 실업 팀에 들어가는 건 생각도
못할 거고. 그럴 바엔 제대로 공부해서 취직하는 편이 나을 것 같
아."

고미카와 코치는 그런 말 안 해? 하는 소리가 목구멍까지 올라
왔지만 밥과 함께 꿀꺽 삼켰다.

"고기된장 오차즈케, 맛있지?"

의심을 슬쩍 감추듯, 수저를 문 채로 아버지는 크게 끄덕였다.

"맛있네, 고기된장에 우린 국물 오차즈케. 야식으로 먹을까?"

"그러잖아도 살쪘는데, 참으시죠."

그런가, 그렇지? 아빠도 조심해야지. 아버지가 오차즈케를 후루
룩거리며 말한다. '아빠도.' '도' 속에는 도대체 누가 포함되어 있
는 걸까? 소마는 생각하지 않으려 했다.

전갱이나메로덮밥* 　이사카 미야코

　생물 준비실에선 퇴비 냄새가 난다. 선반에 진열된 포르말린 병이니 표본에조차 그 냄새가 배어 버린 듯했다. 이곳에 빈번하게 드나드는 자기 교복에서도 냄새가 나지 않을까 걱정이 되어 점퍼스커트 위에 입은 볼레로 소매 냄새를 맡아 보았다. 잘 모르겠다.

　생물 준비실을 나가 건물 밖으로 연결되는 문을 열면 그곳엔 밭이 펼쳐져 있다. 본격적이라고 하기엔 조그맣지만 취미로 하는 밭이라기엔 널찍하고 도구들도 제대로 갖춰져 있다.

　밭 한가운데서 미노루는 괭이를 휘두르고 있었다. 통통한 몸이

---

* 보소반도 연안에 전해져 오는 향토 요리로, 주로 전갱이 같은 생선을 잘게 두드려 만든다. 선도가 맛을 좌우하는 까닭에 조리 후 바로 먹는 것이 좋다.

괭이를 천천히 들어 올려 퇴비를 뿌려 둔 흙 위에 내리박는다.

파랑, 초록, 노랑. 어여쁜 색 타일이 붙은 개수대에 기대어 미야코는 한동안 미노루를 보고 있었다. 지난번 아스파라거스 수확을 마친 밭에 다음 작품을 심으려는 것이겠지.

"다음엔 뭘 심어요?"

그늘이어서 적당히 서늘한 개수대에서 물었다. 괭이를 흙 위에 내려놓고 목에 두른 수건으로 이마를 훔치며 미노루는 이쪽을 돌아보았다.

"고구마?"

"구워 먹게요?"

"가을 군고구마를 생각하면 여름 더위도 별거 아니잖아?"

"송이버섯이 욕심나긴 하는데."

"연구해 볼게."

개수대엔 물을 채워 놓고 페트병 속 차를 식히고 있었다. 꺼내서 미노루에게 던져 준다. 받아 들고 한 모금 마신 미노루는 오늘은 아무것도 거두지 않는데 웬일이야? 하고 입을 닦았다.

"마이에 소마."

개수대에 걸터앉은 채 미야코는 양다리를 흔들흔들하고 있다.

"그 녀석, 어째서 조리 실습실로 보낸 거예요?"

"방해됐어?"

방해가 되냐 안 되냐,라고 묻는다면 된다. 일상적으로 집안일을 하고 있다곤 하지만 칼을 쥐는 것조차 위태위태하고 채소 자르는 법도 전혀 모른다. 요리의 '가나다'도 모르고 제대로 국물을 우려 본 적도 없었다. 혼자서 요리를 할 때가 훨씬 효율도 높고 실수도 없었다.

"일손이 늘었다기보다는 공부 못하는 학생 하나를 떠맡은 듯한 느낌."

"뭐 어때서?"

너도 가끔은 누구랑 같이 요리를 하고 싶지 않아? 웃으며 그렇 게 덧붙이더니 미노루는 페트병 뚜껑을 닫아 미야코에게 되던져 주었다. 커다란 호를 그리며 밑으로 날아내린 페트병을 미야코는 양손으로 능숙하게 받아 냈다.

"별로 그렇진 않은데."

돌려받은 페트병을 개수대에 놓고 고개를 흔들었다.

"내겐 좀 다르게 보였지만 쓸데없는 오지랖이었으면 미안."

미노루는 작년 담임이었다. 요리 연구부 고문이기도 해서 미야 코와는 1학년 때부터 교류가 있다. 미노루를 잘 알고 있다. 그리고 미노루 역시 미야코에 관해서는 잘 알고 있다. 그러니 이렇게 때로 는 미야코 자신도 보려 하지 않던 속마음을 슬쩍 지적해 오는 것 이다.

"굳이 혼자가 싫지도 않고요."

"아, 그야 잘 알고 있어."

"아버지도 나를 방임해 주고 있으니."

별로 외로울 것도 없어요. 그렇게 말하려다가 말이 한숨처럼 나왔다.

"뭐, 가끔은 괜찮으려나? 다른 사람과 요리하는 것도."

집 주방은 넓긴 한데 어둡다. 구조 탓인지 너무 오래 쓴 조명이 문제인지 밤낮없이 음침해서 기분이 나쁘다.

조리 실습실은 좋다. 운동장으로 나 있는 커다란 창에서 햇살이 비쳐 들고 넓고 밝다. 운동부가 연습하는 소리, 그들의 음성도 가까이서 활기차게 들리고 냉장고도 큼직하다. 가스 불도 여럿이다. 그릇이니 조리 도구 역시 다채롭게 갖춰 놓았다.

혼자도 나쁘지 않다고 생각했지만 거기 한 사람쯤 동료가 있는 것도 좋을지 모른다.

"그 녀석이 됐다고 할 때까지 가차 없이 부려 먹을게요."

그렇게 하는 편이 일할 맛도 나고 재미있을 거다.

"아쉽게도 나는 먹는 거밖에 못하니까."

그건 그렇다. 미노루가 요리 연구부 고문으로 하는 일이라곤 밭에서 거둔 채소를 가져오는 것. 그릇을 꺼내거나 설거지를 거드는 일 정도다. 보통은 가정과 선생이 고문을 할 테지만 몇 년 전, 요리 연구부가 휴지기에 들어가면서 억지로 떠맡게 되어 버렸다고 한다.

"오늘 마이에 소마한테 밭일 거들라고 하지 않았어요?"

"오늘은 육상부에 갔는데."

"흐응, 연습하는 거구나."

"아니, 매니저를 돕고 있는 모양이야."

"아직도 달리진 못하는 거예요, 녀석?"

미야코의 얼굴을 보며 미노루는 평소의 온화한 표정 그대로 어깨를 으쓱했다.

"대회에 나가는 건 무리일지 모르지만 달릴 수는 있을걸?"

"그런데도 연습을 안 하는 거네."

그뿐 아니라 이미 자기는 육상부를 은퇴한 듯한 기분으로 있다.

"원래대로라면 서서히 경기장으로 돌아가기 위해 트레이닝을 해 나가야 하는 건데 말이야."

"잘 아시네요. 자기는 백 미터 이상 못 뛰면서."

"이래 봬도 명색이 담임인지라 육상부 고문한테 이야기는 듣고 있어."

마이에 소마 역시 아무 생각 없이 미야코에게 요리를 배우러 다니는 것은 아니리라. 적극적이든 소극적이든 저 나름의 이유가 있어서 요리를 할 수 있는 사람이 되고 싶어 하는 것이다. 요리를 할 수 있는 사람이 됨으로써 지금의 자기에게서 도망치고 싶어 하는 건지도 모른다.

그렇다면 약간 도와줘도 되지, 뭐. 이사카 미야코는 그렇게 생각했다.

*

표면의 칠이 벗겨져 흰 목재가 엷게 보이는 식탁에는 따끈따끈한 밥을 담은 공기, 나메로가 담긴 접시, 구운 김과 데운 국물. 유리컵엔 찬 보리차. 주방 말고는 전혀 불이 켜져 있지 않은 이 집에서는 마치 자기가 있는 주방만이 세상으로부터 단절된 듯한 신기한 감각을 느낀다. 자기가 만든 일 인분 저녁밥을 내려다보며 두 번 크게 고개를 끄덕이고 미야코는 의자에 앉았다.

학교에서 오는 길에 저녁 재료를 사려고 들어갔던 슈퍼마켓에는 전갱이가 엄청나게 진열되어 있었다. 그렇구나, 벌써 전갱이가 제철이네. 전갱이는 일 년 내내 잡히긴 하지만 5월에서 6월에 걸쳐 잡히는 것이 조그맣고 기름이 올라 있다. 겨울 전갱이는 크긴 하지만 맛은 제철만 못하다.

최근에 미노루의 밭에서 거둔 채소들로만 요리를 하고 있어서인지 너무나 생선이 먹고 싶어져서 전갱이를 사 왔다. 구울까, 조릴까, 튀길까. 전갱이를 어떻게 조리할지를 생각하며 집으로 돌아오는 자전거 페달을 밟았다.

저녁이 되면서 바람이 바뀌었는지 돌아오는 길에 맡은 평소보다 진한 호수의 물 내음.

비린 듯도 하고, 날생선처럼 끈적한 냄새였다. 그 냄새를 맡는 순간, 번쩍했다. 맞아, 모처럼 전갱이를 샀는데 불을 쓰지 않고 날 것으로 먹어 주지. 회도 좋지만 이왕이면 나메로를 만들까? 우리 집 냉장고엔 깻잎, 대파, 생강, 된장이 다 있으니까.

정했다. 혼자 웃으며 집에 돌아와 얼른 주방에서 전갱이를 석 장으로 발라냈다. 잘게 탕을 치고 송송 자른 생강과 파, 된장을 섞어 한 번 더 두드린다. 깻잎도 잘게 잘라 함께 섞는다. 그것만으로 혀 끝에 매끄럽고 양념 맛이 어울리는 명품 나메로가 완성된다.

그러고는 밥에 구운 김을 부수어 올리고 그 위에 나메로를 한 숟가락.

나메로를 바삭한 김 그리고 밥과 함께 입에 넣으면, 흰 쌀밥의 점성과 섞이면서 입안에 전갱이의 감칠맛이 퍼진다. 구운 김의 식감도 좋은 악센트가 된다.

반쯤 나메로덮밥으로 먹은 다음 덥혀 둔 국물을 공기에 붓는다. 밥과 김이 국물에 잠길 정도까지 붓고 나메로와 함께 섞는다. 잘 섞으면 나메로 오차즈케의 완성이다.

근처의 떠돌이 개가 짖는다. 텔레비전도 켜지 않은 주방은 귀 안 쪽까지 정적이 울려 오는 듯하다. 그 정도로 고요하고 아무도 없는 집은 오히려 입안의 맛있는 음식에 집중할 수 있어서 기분 좋다.

미야코는 나메로를 입안 가득 물었다. 신선한 전갱이 기름과 생강과 깻잎의 톡 쏘는 자극, 김의 감촉, 따스하고 부드러운 국물.

"맛있다."

나의 나메로. 자화자찬하면서 오차즈케로 만든 나메로덮밥을 먹어 치운다. 우린 국물의 감칠맛이 나메로를 감싸며 부드럽고 따스하게 몸 안으로 들어온다. 행복을 날라 온다. 밥이 맛있다는 행복. 행복이 다가오는 발걸음은 오물오물, 사각사각, 꿀꺽꿀꺽 하는 소리가 났다.

그 소리는 미야코 말고 아무도 없는 집 한 채를 온통 울리는 것 같다. 아무도 없는 건 잘 알고 있지만 그래도 이 소리는 누군가를 찾아 헤매듯 어두운 집 안을 돌아다닌다.

그런 거지, 뭐. 사정을 이해하고 있다고 생각했건만 이 집에 사람들 소리가 울리던 시절을 떠올리고 만다. 그래서일까? 그래서 나는 마이에 소마를 받아들인 것일까? 내가 만든 요리를 먹어 줄 뿐 아니라 함께 부엌칼을 들어 줄 사람을 원했던 것일까?

오전 9시 28분 8.3킬로미터 지점 요코하마역 육교

응원 소리가 들린다. 앞에서 휘몰아치는 바람 소리가 들린다. 하지만 가장 잘 들리는 것은 자신의 숨소리다. 흐트러짐 없이 일정한 리듬으로, 몸은 들이쉬고 내쉬기를 반복한다.

어젯밤은 푹 잤다. 오늘 아침에도 상쾌하게 눈을 떴다. 아침엔 일본식으로 제대로 먹었다. 국에는 별로 안 좋아하는 우엉이 들어 있었지만 다 먹었다. 위장 상태도 나쁘지 않다. 수면 부족도 아니다. 출발 전의 준비 운동에서도 별다른 문제는 없었다.

달리기 시작한 후에도 하루마는 자신의 몸에게 연달아 질문을 하고 있었다. 다리는, 팔은, 폐는, 심장은 평소대로인가? 뭔가 문제는 없는 건가? 이제부터 이어질 길고 긴 도정에서 어떤 문제가 일어날 조짐은 없는가?

그러나 오늘 몸은 무서울 만큼 고요하다.

앞에는 선도하는 경찰의 흰 오토바이와 텔레비전 중계차가 달리고 있다. 뒤로는 에이와 학원 대학의 스케가와와 일본 농업 대학의 후지미야. 그리고 각 대학의 감독이 타고 있는 운영 관리 차가 세 사람을 따라온다. 각 대학 감독은 정해진 지점에서 스피커를 통해 선수에게 지시를 내릴 수 있다. 예전에는 지시 장소가 정해져 있지 않아서 마음대로 말을 걸 수 있던 시절도 있었던 모양이다. 만약 지금도 그랬다면 후지사와 대학의 나카타니 감독은 23.14킬로미터 내내 마냥 고함을 질러 대고 있었을지도 모른다. 함께 달리는 다른 대학 선수들까지 견디기 힘들었을 것이다.

1킬로미터 지점에서 나카타니 감독은 하루마에게 이 분 사십팔 초가 걸렸다고 알려 주고 이대로 가는 거야, 앞길이 머니까,라고만 했다. 에이와 학원 대학과 일본 농업 대학 감독은 저마다 앞을 따라가라며 2구간을 달릴 에이스에게 지시를 내렸다. 감독, 매니저, 경기 운영 위원, 경주로 관리원, 그리고 운전사. 어른들만으로 꽉 차 있는 차 안에서, 텔레비전 중계니 각지에 흩어진 부원들로부터의 정보를 모아 가며 엄숙한 얼굴로 내 등판을 노려보고 있을 나카타니 감독의 얼굴이 떠오른다.

등 뒤에서는 아직 후지미야의 낌새도 스케가와의 위압감도 그다지 크게 느껴지지 않는다. 어깨띠 릴레이를 할 때 자신과 바로 뒤

주자 사이엔 십 초쯤 차이가 있었다. 아직 유지하고 있는 듯하다.

쓰루미 중계소를 출발하고 나서 한동안은 15번 국도, 통칭 제1 게이힌을 줄곧 남하한다. JR쓰루미선 고가 아래를 통과하여 요코하마역 방면을 목표로 삼는다. 평탄한 길에 비슷한 풍경이 이어진다. 아파트, 편의점, 주유소, 맨션, 다시 편의점. 답사를 하러 올 때마다 참 단조로운 풍경이다 싶었지만 하코네 역전 경기 당일은 다르다. 그 단조로운 풍경 속에 수많은 응원객이 있다. 각 대학의 깃발이 서 있다. 후지사와 대학 깃발 역시, 대체 몇 개나 봤던가?

2구간 코스는 쓰루미 중계소에서 11킬로미터 지나 호도가야역까지 쭉 평탄한 길이 이어진다. 최대 난코스는 14킬로미터 지점부터 시작되는 곤타자카. 그리고 도츠카 중계소 3킬로미터 전 마지막의 마지막에 기다리고 있는 급경사. 전반에 너무 치고 나갔다간 후반의 오르막길을 넘을 수 없다. 그러니 달리기 쉽다고, 혹은 주변의 성원에 들뜨는 일 없이, 하루마는 최대한 페이스를 억제하며 달리고 있었다. 스케가와나 후지미야 역시 전반엔 후반전을 위해 여력을 남기는 방식으로 달릴 모양이었다.

자랑할 건 아니지만 자신은 밀당을 잘 못한다. 달리는 모습을 보고 상대방의 생각을 간파해서 몸 상태나 시합의 방식을 짐작하는 데는 약하다. 스케가와나 후지미야 쪽이 몇 배나 고수. 그런 점에서 상대방을 이기려고 용을 써 봤자 안 된다. 그저 달린다. 몸과 대화해 가며 앞으로 앞으로 나아간다.

5킬로미터 지점에서 나카타니 감독이 운영 관리 차에서 다시 지시를 내렸다. 지시라기보다 몹시 거친 보고였다.

"이에고가 오고 있어."

이에고. 그 이름에 가슴속이 바짝 긴장하는 듯한 느낌이었다. 작년 하코네 역전 경기에서 시드* 확보에 실패했다가 10월 예선부터 이겨 올라온 고료 대학. 2구간 선수는 케냐에서 온 유학생 다니엘 이에고였다. 고료 대학은 1구간에서는 5위 집단을 달리고 있었다. 2구간 출발 단계에서는 자신과 이에고의 차이는 아마 사십 초 정도 되었을 것이다.

그랬던 것을 이에고 녀석, 서둘러 좁혀 든 것이다. 스케가와와 후지미야만으로도 성가신데 이에고까지 덤벼 왔다. 매스컴에서는 '오렌지색 바람'이라나 하는 별명으로 불리고 있지만 그런 귀여운 물건은 아니라는 걸 여름의 간토 인컬리**에서 절감했다. 녀석은 '오렌지색 탱크'였다. 아이고, 어쩜담? 생각과는 거꾸로 자기 입꼬리가 싱긋 올라가는 걸 알겠다. 그런 여유가 있는 것이다. 아무래도 오늘 매우 상태가 좋은 모양이다.

나카타니 감독은 이에고와 하루마의 기록 차이를 전하고 이에

---

* 토너먼트 방식의 경기 중 유력 선수나 유력 팀끼리 초반에 맞붙지 않도록, 혹은 초반의 시합을 면제받도록 조정하는 방식.
** 일본의 전국 대학 종합 체육 대회를 일컫는 인터 컬리지 챔피언십(Intercollegiate Championships)의 약어.

고가 따라붙어도 여유 있게 가라. 넌 본선에 강하니까,라는 말과 함께 5킬로미터 지점에서의 격려를 끝냈다. 차이는 이십 초.

아이, 무서워라.

나카타니 감독이 말한 고료 대학 이에고와의 차이는 뒤에서 달리고 있는 스케가와와 후지미야에게도 전해졌다. 스케가와라면 이에고가 따라붙기 전에 하루마까지 제치려고 생각할지도 모른다.

제1 게이힌을 곧장 내려가자 요코하마역이 가까워졌다. 수도 고속 고가 도로 아래로 들어서니 햇볕이 차단되어 약간 시원해졌다. 1월 아침이라고는 하지만 오늘은 기온이 오를 것이라는 예보였다. 더위가 신경 쓰이는 것은 아니지만 그래도 서서히 힘들어질지도 모른다.

머리 위를 달리고 있던 수도 고속 고가 도로가 비틀리듯이 휘어져 요코하마역과 역 앞 빌딩 숲 사이를 뚫고 나간다. 역 앞에서는 수많은 구경꾼들이 깃발을 흔들고 있었다. 후지사와 대학의 이름을 부르는 소리가 들려왔다. 마이에 하루마,라고 자신의 이름을 부르는 음성도 있었다. 정월인데도, 아니 정월이라서, 정월이기 때문에 이렇게 사람들이 오는 것이다. 선수 하나가 달리는 모습은 관중들에게 눈 깜빡하는 순간밖에 안 보이건만, 추위 속에 길에 서서 깃발을 흔들고 선수를 응원한다.

옛날부터 관중들의 응원을 싫어하진 않았다. 성원이 크면 클수록 자신은 더 고양되는 인간이라 생각한다. 왕복 합하면 217.1킬로미터 내내 응원이 끊이지 않는 하코네 역전 경기는 자신에게 딱 맞는 레이스였다.

후지사와 대학 깃발이 보인다. 질서 있게 늘어선 연보랏빛 깃발은 복잡하게 겹쳐 부는 빌딩 사이의 바람에 펄럭이면서 윙윙 하는 소리를 낸다. 바람에 살짝 갯내가 섞여 있는 듯도 하다. 그렇다. 요코하마는 바다에 가깝다. 막연히 그렇게 생각한다. 평소엔 후타코다마가와에 있는 캠퍼스 기숙사에서 살고 있으니 이런 냄새는 좀처럼 맡기 힘들다.

역 앞을 빠져나오자 머리 위 고가 도로에 작별을 고하고 JR네기시선 가드레일 밑을 통과한다. 그쯤에서 비로소 등 뒤가 신경 쓰였다. 뒤쪽으로 에이와 학원 대학의 스케가와, 그리고 일본 농업 대학의 후지미야가 있는 건 물론 알고 있었지만 그들이 아무래도 움직이기 시작한 모양이다. 어쩌면 그 뒤에는 고료 대학의 이에고가 왔을지도 모른다. 오렌지빛 유니폼과 어깨띠를 흔들면서, 단단한 허벅지와 장딴지를 움직여 가며 쫓아온 것일까?

두 사람의 발소리가 바짝 다가왔다. 어느 쪽이 앞서 나온 것일까? 스케가와일까, 후지미야일까? 스케가와일 것 같다. 그는 걱정거리는 초장에 해치우고 싶다고 생각할 사람이다. 일찌감치 쫓아와 곤타자카에서 하루마를 떨쳐 버리려는 획책일지도 모른다. 그에 후지미야 역시 질쏘냐 하고 따라온 것이리라.

어디 한번 붙어 봐야겠지?

스케가와도 후지미야도 이에고도 한꺼번에, 어디 덤벼 보시지.

등 뒤의 발소리를, 스케가와와 후지미야의 기척을 순간순간 느껴 가며 하루마는 한 번 눈을 감았다.

떠 보니 시야 구석으로 스케가와의 모습이 살짝 비친다. 중앙선 쪽으로 자신과 나란히 서더니, 이쪽엔 단 한 번의 눈길도 주지 않고 치고 나갔다.

피망고기말이 마이에 소마

"나왔다, 마이에 여친."

매점에서 점심에 먹을 빵을 사서 교실로 돌아오려고 중정으로 나서자 비오토프* 근처에서 낯익은 얼굴을 발견했다. 그 얼굴을 보고 소마보다 먼저 친구 야부키 쪽이 말했다.

"아니라니까."

팔꿈치로 야부키의 옆구리를 찔렀다. 럭비부인 그의 몸은 그 정도론 꿈쩍도 안 한다. 마이에 소마가 방과 후 여학생과 둘이서 요리를 한다는 이야기는 순식간에 3학년 사이에서 유명해졌다. 퍼뜨린 건 아니지만 여러 사람에게 목격당한 모양이다.

---

* 도심에 존재하는 인공적인 생물 서식 공간을 뜻하는 독일어. 일본에서는 주로 수변 식물이 담긴 항아리나 커다란 수조 등을 가리킨다.

"진짜, 마이에가 이사카 같은 애를 좋아할 줄은 몰랐어."

"그러니까, 아니라고."

소마와 달리 야부키는 이사카 미야코에 관해 잘 알고 있었다. 1학년 때 같은 반이었다고 한다.

"남자 같다곤 못하지만 결코 여자답다고도 못하지."

그래도 요리는 깜짝 놀랄 정도로 잘한다니까, 하려다가 관둔다. 그랬다간 더욱 난리들이 날 것 같아서.

어떤 핑계를 대든 남녀가 단둘이서 방과 후에 요리를 하고 있는 건 사실이니 조리 실습실 밖에서는 최대한 미야코에게 말을 걸지 않도록 하고 있다. 마이에 소마와 이사카 미야코가 사귄다는 소문이 돌기 시작하고부터는 한층 조심하고 있었다.

"안녕, 마이에 소마."

이쪽을 알아본 미야코가 손을 흔들었다. 저쪽은 소마만큼 주변에 신경을 쓰지 않는 눈치.

"또 점심밥으로 그딴 걸 그렇게 많이 먹고 있냐?"

소마의 양손에 들린 과자 빵이니 채소 빵 등을 가리키며 놀리듯이 웃었다. 야부키가 눈과 입을 반달 모양으로 만들고 히죽거리며 이쪽을 본다. 약간 어깨를 으쓱하면서 미야코에게 엉, 하고 대답한다. 그러자 그녀는 먹고 있던 도시락 뚜껑을 덮고는 함께 있던 친구에게 양해를 구하고 볼레로 가슴께를 장식한 리본을 살랑거리며 소마에게 다가왔다. 소마의 손에 들린 빵을 일일이 확인하더니 마지막으로 소마를 올려다본다.

"너, 점심에 이딴 걸 먹고 있어?"

"아침저녁은 제대로 만들어."

"도시락 가져오면 되잖아."

"저번에 조림을 밀폐 용기에 담아 왔더니 국물이 흘러서 수학이랑 고전 노트가 영면하셨다고."

"바보."

미야코와 함께, 그 장면을 보았던 야부키도 웃는다.

"다음번에 도시락 만들까?"

"도시락?"

"응, 그래. 맛있는 도시락 만드는 법 가르쳐 줄게. 그걸로 너보다 더 형편없는 점심 먹고 있는 동생도 먹이고."

"그렇게 엉망으로 먹고 있나, 내 동생?"

"좀 전에 매점에서 막대 주스 물고 나오더라, 손엔 포테이토칩 들고. 너랑 똑같이 생겨서 금방 알겠던데."

우리 학교, 매점에서 막대 주스 같은 걸 팔았던 거야? 하하하, 하고 미야코는 웃어 버렸지만 소마로선 웃어넘길 일이 아니었다. 아무리 하루마라도 그보단 좀 나은 걸 먹고 있는 줄 알았는데.

"도시락이라……. 괜찮을지도?"

"자, 결정!"

내일부터, 응? 소마의 어깨를 두드리고는 미야코는 원래 있던 벤치로 돌아간다. 먼저 도시락을 다 먹고 기다리고 있던 친구더러 아마가이, 미안, 하며 한 손으로 사과하더니 다시 도시락 뚜껑을 열었다.

"내가 만든 도시락 진짜 맛있으니까 각오해라!"

그렇게 말하고는 먹던 도시락을 소마를 향해 치켜들어 보였다. 옆에 앉은 아마가이라는 여학생이 어깨를 흔들며 보고 있다. 도시락 속에 들어 있는 빨강, 노랑, 초록, 흰색, 갈색, 분홍까지 아름다운 색들이 맛없을 리가 없었다.

맛있겠다. 솔직히 그렇게 말하고 싶었지만 너무 약이 올랐다.

"이사카, 넌 말하는 게 왜 그렇게 거칠어?"

저도 모르게 그렇게 말했지만 웃어넘겨 버린다.

"씩씩해 보이고 좋잖냐?"

*

이튿날, 조리 실습실로 가려는 소마를 굳이 미야코가 교실까지 데리러 왔다. 야부키를 비롯해서 소문을 믿고 있던 패거리들이 웅성거렸지만 미야코는 일부러 그러는지 둔해 빠진 건지, 전혀 아랑곳없다는 듯이 교실로 들어오더니 소마의 멱살을 잡았다.

"마중까지 납시다니, 웬일?"

괜스레 짜증을 내는 것도 이상하고 주변에서 기다리는 게 바로 그거라는 생각도 들어 최대한 침착하게 움직였다. 야부키가 손을 흔들어 보인다. 마주 흔들어 주면서 미야코의 손을 뿌리쳤다.

"장 보러 가자고. 도시락을 만들려면 일단 도시락 통이 필요하겠지?"

어차피 제대로 된 건 없지? 하는 듯한 표정으로 미야코는 살짝 이를 드러낸다.

"짐작하시는 대로입니다만."

"역시나. 자, 결정!"

소마보다 몇 걸음이나 앞서서 성큼성큼 걸으면서 미야코는 저 혼자 떠들고 있다. 이쪽을 돌아보지도 않고 그대로 자전거를 세운 곳까지 가더니 자전거 자물쇠를 풀었다.

"너 버스 통학이던가?"

"응."

"그럼 태워 줄게."

새빨간 몸체의 자전거. 그 짐받이를 손으로 두드리며 미야코는 안장에 앉았다.

"내가 밟을까?"

"무시하시네. 날이면 날마다 언덕을 올라 등교하고 계신다고."

도중에 항복하면 바꿔 주면 되지 싶어 짐받이에 걸터앉았다. 다리를 벌리고 앉아 미야코의 허리에 팔을 두를 마음은 들지 않아 모로 앉은 상태로 짐받이 모서리를 붙잡는다.

"뭐야, 그 조신한 앉음새는? 편하게 앉으면 좋잖아."

"바퀴에 발이 낄까 봐 무서워."

엄살일지 모르지만 정말 무섭다. 바큇살 사이에 발이 끼었다간, 몸이 떨린다.

양발을 바퀴에서 한껏 떨어뜨렸더니 마치 다리 올리기 근육 트레이닝이라도 하고 있는 것 같았다. 개의치 않고 미야코에게 가도 돼, 하고 말했다.

"선수들은 참 힘드네."

그런 소릴 듣고 곰곰이 생각해 보니 이젠 다리를 좀 다친들 괜찮은 거 아닌가? 하는 생각이 들었다.

"그게 아냐."

그러고는 뭔가 말을 이어 가려다가 관둔다.

교문을 나와 비탈길을 내려가서 자전거는 역을 향해 선로 한쪽을 천천히 달렸다. 역 앞의 오르막길에서 항복을 하려나 싶었지만 미야코는 얼굴색도 안 변하고 서서 페달을 밟아 올라갔다. 대단하다, 무심결에 말했더니 미야코는 대단하긴, 하고 웃어 보였다.

"네가 너무 가벼워. 진짜 고3 맞아?"

역시나 장거리를 뛰는 녀석은 쓸데없는 근육이니 지방이 없으니까 가볍구나, 하며 놀리는 소리를 적당히 흘려듣고 있으려니까 멀리서 발소리가 들려왔다. 앞을 보니 연습복을 입은 육상부 녀석들이 이쪽을 향해 달려오고 있었다. 선로를 따라 자동차가 다니지 않는 길. 학교 뒷문을 출발점과 도착점으로 삼는 기복이 있는 코스. 이 길을 연습으로 달리는 것은 장거리 팀뿐이다.

얼굴을 돌리는 것도 한심하다 싶어 태연한 척했다. 선두를 달리고 있던 장거리 팀 주장 스케가와가 통과했다. 소마를 알아본 듯 확실히 눈이 마주쳤다. 뭔가 말하고 싶다는 듯한 시선만을 남기고 그대로 달려 지나친다. 그 순간 무의식중에 고개를 숙여 버린 자신을 깨닫는다. 그에게 들킨 것이 견딜 수 없이 싫다. 창피하고 한심하고 약 오른다.

스케가와에 이어 부원이 몇 명이나 통과했다. 소마를 알아보고 수고하십니다, 하고 굳이 목례까지 하는 놈도 있었다. 그 바로 뒤에 하루마가 온다. 지면을 차 내는 발만 보고도 하루마인 줄 알았다. 2학년 그룹에서 한 걸음 앞서 나온 형태로 3학년 그룹에 붙어 있다.

조용히 고개를 들었더니 하루마가 이쪽을 보고 있었다. 꼼짝 않고, 마치 노려보듯이.

운동부에도 안 오고 여학생과 같이 자전거를 타고 어딘가로 가고 있는 형을 경멸하는 눈. 소마에겐 그렇게 보였다.

입술이 무언가 말하려는 듯 벌어진다.

그것을 뿌리치듯이 소마와 미야코를 태운 자전거는 쇼핑센터를 향해 속도를 낮추지 않았다.

쌀을 씻어 전기밥솥에 안친 미야코는 작업대에 늘어놓은 식재료를 확인하고 칠판을 향해 돌아섰다. 평소엔 이런 짓을 하지 않지만 오늘은 칠판 가득 메뉴와 레시피가 적혀 있다.

학교 근처 쇼핑센터에서 도시락 통을 사는 김에 식재료를 보충했다.

미야코와 고른, 정확하게는 미야코가 멋대로 골라 계산대로 가져가라고 한 도시락 통은 세 개. 소마와 하루마와 아버지 몫까지 세 개. 다 같은 것이 아니라 소마 것이 제일 크고 하루마 것이 가장 작다. 이 네모난 도시락 통 안에 일곱 가지나 되는 반찬이 들어가려면 오늘 요리는 엄청 힘들겠다 싶다. 지금까지는 하루에 기껏해야 두세 가지밖에 만들지 않았으니까, 한 가지를 만드는 데 드는 시간도 역시 짧아질 것이다. 칠판에 적혀 있는 메뉴는 뱅어와 무청밥, 채 썬 피망을 넣은 돼지고기말이, 당근글라세*, 우엉참마간장무침, 강낭콩볶음, 달걀말이, 사과.

"시작도 하기 전에 그런 얼굴 하지 마."

미야코가 소마의 얼굴을 가리킨다.

"그런 얼굴이라니?"

"나한텐 무리겠군, 하는 얼굴. 종류는 많지만 별로 손이 안 가는 걸로 골라 줬으니까."

---

* 소량의 설탕과 버터를 사용하여 당근과 양파 따위의 채소를 윤이 나게 익힌 음식.

우선 채소를 자를 거야, 하며 소마에게 앞치마를 내민다. 입으면서 도마와 칼을 준비했다.

"당근글라세는 시간이 걸리니까 맨 먼저 하자."

소마가 당근 두 개를 필러로 벗기고 맞은편에서 미야코가 강낭콩을 잘랐다. 당근은 삼등분하고 나서 다시 세로로 반, 그걸 또 세로로 반 자른다. 한 입 크기로 만든 다음 버터, 설탕, 꿀, 물과 함께 냄비에 담아 약불에 올려 그대로 이십 분간 둔다.

"다음, 참마."

강낭콩을 다 자른 미야코는 의자에 앉은 채로 소마에게 그렇게 지시했다.

"시간이 오래 걸리면 손이 가려워져."

"무서운 소리 하지 마."

참마에 필러를 갖다 대려는데, 미야코가 키친타월을 던져 준다.

"맨손엔 미끄럽거든."

"그렇군."

하라는 대로 키친타월로 참마를 감싸 쥐고 필러로 껍질을 벗긴다. 둥글게 자른 다음 도마 위에 놓고 최대한 손이 안 닿게 하면서 얄팍얄팍 썬다. 김을 손으로 찢어 넣고 간장을 떨어뜨리면 벌써 한 가지가 완성돼 버렸다.

"다음, 무청과 뱅어."

아무래도 오늘 미야코는 대부분의 작업을 소마 혼자 하게 만들 모양이다.

요전번 무돼지고기볶음을 만들고 남은 무청을 잘게 잘라 뱅어와 함께 소량의 기름으로 볶았다. 뱅어에서 소금기가 나온다며 간은 간장과 우린 국물을 약간씩. 오 분도 안 걸려서 밥에 비빌 재료가 갖추어졌다.

"자기 요리에 감탄하지 말고, 다음은 달걀."

미야코의 말이 끝나기도 전에 달걀 세 알을 집어 든다. 두꺼운 달걀말이가 구워질 때까지 미야코는 아무 말 없이 소마의 손끝을 보고 있었다. 달걀말이는 능숙하다. 미야코에게 요리를 배우기 시작한 지 이제 곧 한 달. 도대체 몇십 개나 만들었던지.

"네 동생, 유치원생 같지? 메뉴 고민하면서 진심 그렇게 생각했어."

피망을 가늘게 자르기 시작했을 때, 턱을 받치고 있던 미야코가 크게 한숨을 쉬었다.

"채소 싫다, 뿌리도 싫다. 당근을 달달하게 삶고, 피망은 고기로 말아서 약간 진한 맛으로 쓴맛을 감춘다. 채소 싫어하는 유치원생을 위한 레시피야, 이건."

"당근은 먹겠지만 피망은 모르겠네."

"뭐라고? 이래도 안된다고?"

"피망, 꽤나 싫어하는 편이라서."

"매콤달콤하게 하거나 고기랑 섞으면 대충 될 것 같은데."

"편식을 극복하게 해 줄 사람이 없었거든, 우리 집엔."

피망을 다 썰고, 돼지고기를 팩에서 꺼낸다. 가늘게 자른 피망을 돼지고기로 감는 손을 쉬지 않으며 소마는 말을 이어갔다.

"엄마는 옛날에 돌아가셨고, 아버진 일을 하니까 밥 당번은 할머니였거든. 할머니는 하루마가 제멋대로 까탈을 부려도 다 받아 줬으니까."

"형인 너는 아무거나 잘 먹는데?"

"나는 먹을 수 있는 건 뭐든지 먹어."

피망을 전부 돼지고기로 말아 놓고 나서 달군 프라이팬에 기름을 두르고 모양이 흐트러지지 않게 늘어놓고 굽는다. 양념은 맛술, 술, 간장, 설탕. 피망의 쓴맛이 드러나지 않도록 약간 진하게 간을 한다.

"피망 말고도 당근이라든가 버섯을 말아도 되니까 동생이 싫어하는 걸 모조리 말아 버려."

"피망이 제대로 성공하면 시도해 볼게."

"성가실 땐 불고기 양념을 사다가 부어도 돼."

조미료 수는 많지만 이젠 익숙해진 조합이라서 그다지 힘들 것도 없다.

작업대에 놓여 있던 타이머가 울렸다. 당근글라세가 완성된 모양이다.

프라이팬을 신경 써 가며 냄비 뚜껑을 연다. 꿀과 설탕의 달콤한 냄새가 뜨거운 김과 함께 휘익 끼쳐 온다. 아아, 이건 하루마가 좋아하는 맛이다. 냄새로 확신한다.

다 구워진 피망고기말이를 접시에 담아 놓고 같은 프라이팬에 미야코가 썰어 놓은 강낭콩을 던져 넣는다. 고기말이에 곁들이는 것인 만큼 양념은 간단하게, 소금 후추만.

강낭콩볶음이 완성됨과 동시에 밥솥의 알람이 운다. 따끈따끈한 밥을 그릇에 담고 아까 만든 무청과 뱅어를 섞는다. 그저 그것만으로 어여쁜 초록색 밥이 완성된다.

주걱을 한 손에 든 채 소마는 크게 숨을 내쉰다.

"끝났다."

"수고했어."

도시락 통을 열며 미야코가 웃는다. 거봐, 종류는 많지만 막상 해 보면 의외로 별거 아니지? 하며.

"자, 이제 즐겁고도 즐거운 담아내기."

아까 슈퍼에서 도시락용 알루미늄 컵도 사 왔다. 도시락 통은 소마나 하루마나 아버지나 두 단짜리로 샀으니 아래 칸엔 무청과 뱅어 밥을 담는다. 주걱에 약간 힘을 주어 눌러 담듯이 하며.

"위 칸엔 먼저 주 반찬을 넣고 참마는 알루미늄 컵에 넣는 게 낫겠네."

미야코 말대로 고기말이와 참마를 담고 빈칸을 메우듯이 달걀말이와 당근글라세, 강낭콩볶음, 사과도 담는다. 들고 다녀도 한쪽으로 쏠리거나 하지 않도록 약간 빡빡하게 꽉꽉.

"……됐다."

만들고 있는 동안엔 몰랐지만 밥의 흰색과 초록, 당근의 빨강, 달걀의 노랑, 고기말이의 갈색, 참마의 흰색, 강낭콩의 초록. 사과의 빨강과 노랑. 그것이 도시락 통 안에 꽉 들어차니 적당히 빈칸을 채웠을 뿐인데도 풍성한 색채가 식욕을 북돋우는 모습이다.

"자아, 좀 집어 먹을까?"

세 개의 도시락 통을 내려다보며 침묵하는 소마에게 미야코는 남은 반찬과 밥이 조금씩 담겨 있는 접시를 내밀었다. 도시락을 싸느라 몰랐지만 그녀는 밥공기를 써서 밥을 돔 모양으로 만들고 반찬을 접시 하나에 모두 담아냈다.

보기엔 어린이용 정식 같으니, 밥 위에 국기가 붙은 이쑤시개라도 꽂으면 완벽하다.

"아기 입맛 동생에겐 이렇게 담아서 먹이는 것도 방법이려나?"

도시락 뚜껑을 덮어 손수건으로 싸 놓고, 미야코가 만들어 준 어린이용 접시에 젓가락을 든다. 젓가락을 오락가락하면 안 된다는 걸 알지만 접시 위에서 뭘 먼저 먹을까 생각해 버린다.

"어떨까? 보기가 좋다고 싫어하는 걸 먹을 수 있으려나, 그 녀석."

지금까지 마이에 집안 식탁에 늘어놓았던 것은 모조리 아무렇게나 프라이팬이나 냄비에서 큰 접시에 옮겨 놓은 것들뿐이었으니까.

"그리고 암만해도 피망은 못 먹겠다고 하면 다음부턴 빨간 피망이나 파프리카로 해 봐."

"왜?"

"녹색 피망이 익으면 빨갛게 되면서 단맛이 강해지거든. 파프리카도 녹색 피망보다는 달고. 아기 입맛 동생에겐 딱 좋을지도. 그런데다가 피망도 파프리카도 비타민 C 가득이고, 더구나 익혀도 파괴되지 않거든. 진짜 좋아."

약간 맛이 강한 양념장이 묻은 피망고기말이를 통째로 하나 입안에 집어넣는다. 입술 끝에 양념이 묻었다. 간장과 맛술의 단맛이 퍼지면서 돼지고기 기름기가 혀 위로 천천히 스며든다. 하루마가 싫다고 질색하는 피망의 쓴맛도 양념장의 단맛을 돋보이게 한다.

"그것참, 맛있구면."

"자기 입으로 자기 요리를, 뭐라는 거야?"

"너도 자화자찬하잖아?"

"그랬나? 그런 창피한 짓을."

일부러 커다랗게 한숨을 쉬어 보였다. 무시하고 뱅어와 무청 밥을 먹는다. 고기말이 맛이 강한 만큼 담백하고 맛있다.

"아이고, 나 좀 봐. 당근을 너무 달게 했네."

"난 이대로 좋은데."

하루마는 당근을 달게 하지 않으면 안 먹는다. 양과자처럼 혀에 스며드는 단맛을 숨기고 있는 당근은 녀석이 분명 좋아할 맛이다. 우유를 넉넉하게 넣은 크림색 달걀말이는 이제는 익숙해진 맛과 식감으로 강낭콩볶음과 함께 먹으면 단맛이 오롯하다. 끝으로 참마간장무침을 밥 위에 올려 먹으니 저녁도 먹기 전에 포만감이 온몸을 채운다.

손수건으로 싼 하루마와 아버지의 도시락을 기울어지지 않도록 종이 가방에 담는데 미야코가 건너편에서 남은 사과를 깎기 시작했다. 커다란 부엌칼을 솜씨 좋게 놀리며 껍질로 귀를 만들어 토끼 모양을 냈다.

"먹을래? 디저트."

토끼 모양 사과를 한 쪽 받아 입에 물고 조리 실습실을 나섰다.

복도 창문으로 밭일을 하고 있는 미노루의 등이 보인다. 몸을 완전히 굽히고 이랑마다 물을 주고 다닌다. 최근엔 종례 후에 잠깐 도와줘, 하고 어깨를 두드리지 않는다.

씹던 사과를 입에 문 채, 소마는 생물 준비실을 통과해서 밭으로 나간다. 문이 삐걱대는 소리에 미노루가 고개를 들고 돌아보았다.

"맛있어 보이는 걸 들고 있네."

소마가 오른손에 든 종이 가방을 가리킨다. 겉모양만 봐서는 먹을 것이 들었다는 것도 알 수 없을 텐데 미노루는 뭐가 들었는지 간파한 모양이다.

"위에서 좋은 냄새가 나기에 때를 봐서 들여다보러 가려고 했는데 그쪽이 먼저 끝나 버렸나 보네."

미노루는 때때로 밭에서 거둔 채소를 손에 들고 보급품, 해 가며 조리 실습실로 음식을 강탈하러 온다.

"오늘 메뉴는 뭐였어?"

"도시락요. 피망고기말이라든가 달걀말이, 당근글라세 같은."

"헤에, 좋은데? 진즉 갈걸……."

타일을 붙인 개수대에 걸터앉아 타월로 이마와 머리를 닦은 미노루는 후우, 하고 커다랗게 숨을 내쉬었다.

"이사카랑은 잘돼 가냐?"

"날마다 핍박을 당하면서……."

칼 쥐는 법이니 채소 자르는 법, 조미료 계량법 따위. 미야코는 어떻게 그런 걸 모를 수가, 하며 때마다 한심해한다.

"마이에도 밭일보다는, 집에서 써먹을 수 있지? 요리 쪽이."

"뭐, 분명 도움은 됩니다만."

"그럼 됐네, 잘됐어."

이사카도 같이 요리를 할 사람이 생겨서 좋을 거야. 수돗가에 받아 둔 물에 담가 식히고 있던 페트병의 차를 한 모금 마신 미노루는 그렇게 말하고 웃었다. 함께 요리할 사람이 생겼다고 해 봤자 요령이 없어 가로거치기만 하는 소마는 그녀의 작업을 방해하고 있지만.

"그 아이, 1학년 때는 지금보다 더 외고집이라 좀 힘들었지만 요 즘은 많이 좋아져서 놀라고 있어. 마이에 영향인가?"

"날마다 화를 내는 것치곤 쫓아내진 않네요."

한번 받아들인 이상, 쉽사리 내칠 수는 없다고 생각하는 것일 까? 아니, 이사카 미야코는 그런 사람은 아닐 것 같다.

"됐지 뭐, 마이에가 물 끓일 줄도 모르는 녀석이든 어떻든, 이사 카도 누군가 같이 요리를 하는 편이 낫지."

"그게 무슨 말씀이세요?"

묻고 나서야 아무래도 관둘 걸 그랬나 싶었다. 미노루는 표정도 바뀌지 않고 한 모금 더 차를 마신다. 목을 울리며 삼키더니 천천 히 소마를 바라보았다. 개수대에 걸터앉아 있으니 이쪽을 올려다 보는 모양새가 된다.

"마이에가 육상부에 가고 싶어 하지 않는 거나 마찬가지. 이사 카도 그 아이 나름의 문제를 갖고 있는 거지."

할 말이 없어 목구멍 안쪽이 끄억, 하고 울린다. 비겁하긴. 미노 루는 비겁해. 갑자기 이렇게 이쪽에서 가장 꺼내지 않았으면 싶어 하는 것을 슬쩍 눈앞에, 눈과 코앞에 들이미는 것이다.

"그래서 이사카는 지금 마이에와 요리를 하는 편이 좋은 거지. 그 아이, 입이 좀 걸긴 하지만 마이에는 친절하니까 신경질 부리지 말고 잘해 줘."

자, 슬슬 나도 마칠까? 하면서 일어선 미노루의 등 뒤를 따라 소마는 생물 준비실로 들어갔다. 손에 든 채 잊고 있던 사과 조각을 입안에 던져 넣었다.

"어? 이게 저녁?"

"저녁밥, 이거라고?"

목욕을 마친 하루마와 일터에서 막 돌아온 아버지가 주방에서 합창을 했다. 식탁에 늘어놓은 세 개의 도시락을 내려다보고는 불앞에 선 소마를 본다.

"응, 식었어도 맛있을걸."

만들어 두었던 우린 국물을 불에 올리고 가는 다시마를 넣어 즉석 국을 만들어 도시락 통 옆에 놓는다. 식기도 거의 꺼낼 필요가 없으니 소마는 한 걸음 먼저 의자에 앉아 잘 먹겠습니다, 하고 합장을 했다.

미심쩍은 얼굴로 아버지와 하루마도 의자를 끌어낸다. 소마가 자기 도시락 뚜껑을 열자 아버지가 허어, 하는 소리를 흘렸다.

"예쁘기도 하지."

"그렇지?"

초록, 빨강, 흰색, 갈색. 색깔은 더할 나위 없다. 그에 끌리듯이 젓가락을 든 아버지와 달리 하루마는 한동안 자리에 선 채, 자기 몫의 도시락을 응시했다.

"어서 먹어. 내 입으로 말하긴 좀 그렇지만 진심 맛있다니까."

오 분 만에 만든 국물을 마신다. 채 썬 다시마가 부드러운 점액을 만들어 주니 이 또한 맛있었다. 무심결에 웃음 짓는 자기 얼굴을 보고 하루마가 미간을 찡그린 걸 눈치챘다.

"하루마, 이 피망고기말이 진짜 맛있다. 너도 아마 먹을 수 있을 거야."

아버지가 고기말이를 젓가락으로 집어 하루마에게 보인다. 에이, 하는 불만 섞인 소리를 내며 의자에 앉는 하루마에게 소마는 어쩐지 마음이 놓였다.

"당근, 달콤하게 삶았으니까 안심하고 먹어도 돼."

그렇게 권하자 하루마는 아무 말 없이 당근글라세를 젓가락으로 찔렀다. 한 입 베어 물더니 한 번 두 번, 천천히 씹는다.

"진짜네."

한숨 쉬듯 웃으며 말했다.

"피망고기말이 못 먹겠으면 다음엔 빨간 피망이나 파프리카로 만들어 줄게."

"빨간 피망?"

"녹색보다 달대."

"아니, 피망이랑 파프리카랑 다른 건가 보네."

"아마도."

실이 일어나는 참마를 도시락 한쪽에서 후루룩 먹더니 아버지는 만족스럽게 국에 손을 뻗었다.

"이것도 그 뭐냐, 그 요리 연구부 애랑 같이 만든 거지?"

일순, 하루마가 젓가락을 멈추고 미간에 주름을 잡은 듯했다.

"맞아. 오늘은 가짓수가 많아서 좀 힘들었지만 꽤 잘된 것 같아."

"정말 사귀는 거 아냐, 걔랑?"

놀리는 듯한 목소리로 아버지가 입술 끝을 찡긋한다. 아니야, 하고 조용히 말하며 웃어 보였다.

"아버지는 요리 솜씨 좋은 규수를 상상하고 있을지 모르지만 전혀 그렇지 않아. 날마다 호통을 친다고."

그렇긴 하지만 치마가 극도로 짧다거나 머리를 염색했다거나 그런 건 아니다. 파마도 하지 않았고 치마라면 평균보다 오히려 길 정도다. 그렇지만 또렷한 이목구비 덕에 평범한 인상은 아니다. 입만 다물고 있으면 귀여울 텐데.

"그런데 요리는 잘하니까 사기 아냐?"

그 말을 어떻게 받아들인 건지, 멋대로 이상한 쪽으로 해석한 듯 아버지는 헤헤헤, 하고 야릇하게 웃으며 잘 먹었습니다,라며 양손을 모았다. 맛있었다,라는 둥 하는 말까지 세트로 따라와서 저절로 기분이 좋아진다.

"내일부터 도시락을 쌀까 싶어서. 아빠도 가져갈 거야? 일단 도시락 통은 샀는데."

"그러게. 이렇게 맛있으면 가져가고 싶어지네."

"자아, 내일의 반찬을 기대하시라."

하루마는? 하고 돌아보니 피망고기말이를 입을 약간 찡그리며 씹고 있었다.

"서양식 음식 먹고 싶다고 했었지? 다음에 이사카한테 배워 올게."

"이름이 이사카구나, 그 요리부 애."

미야코의 이름을 말해 버린 것을 살짝 후회하면서 끄덕였다.

"이사카 미야코. 말투도 행동도 거칠지만, 요리는 잘해."

"흐응."

뭐야, 하는 얼굴로 하루마는 마지막 고기말이를 입에 넣었다. 재빨리 삼키고 젓가락을 내려놓는다. 도시락 통은 비어 있다. 당근은 물론 피망도 참마도 모조리 먹어 치웠다.

만든 보람이 있었다. 미야코에게 요리를 배우기 시작하고 처음으로 그런 생각이 복받쳐 올라온다.

아버지는 주방에서 그대로 욕실로 갔고 하루마는 그 자리에서 텔레비전을 보기 시작했다.

소마는 세 사람 몫의 도시락을 씻으면서 내일 아침과 도시락을 생각했다. 양배추와 잔멸치가 남아 있으니까 내일 아침엔 그걸 볶아야지.

도시락 반찬용으로 미야코에게서 레시피가 적혀 있는 노트를 빌려 왔다. 쓸데없이 꾸미지 않은 레시피는 소마도 알기 쉽다.

내일 도시락은 비엔나소시지양파볶음, 오늘과 같은 당근글라세, 시금치나물, 무샐러드로 정하고 학교에서 오는 길에 슈퍼에 들러 장도 봐 왔다. 자기 전에 시금치나물과 당근글라세를 만들어 놓아야지.

"……형, 살쪘네."

미야코의 노트를 한 손에 들고 다시 주방에 선 소마 등 뒤에서 하루마의 음성이 날아든다. 식탁에 턱을 괴고 앉은 채 그는 이쪽을 응시하고 있었다.

말속에 숨은 비아냥도 불신도 너무 잘 알고 있다. 묻고 싶은 것도 잔뜩 있겠지. 하지만 묻고 나면 되돌아갈 수 없다는 것을 알고 있는 듯도 하다.

그래서 돌아보지 않았다. 시금치를 수돗물로 씻는 소리 때문에 안 들렸다. 그런 걸로 했다.

고기 잔뜩 달콤 카레 마이에 하루마

아프다.

"아야 아야 아야, 잠깐, 그만, 그만, 그만."

등판을 눌러 오는 오카와를 향해 소리를 지르고, 하루마는 벌리고 있던 다리를 오므렸다. 허벅지 안쪽을 주물러 가며 오카와를 노려본다. 질세라 날카로운 눈길로 그 역시 하루마를 내려다보고 있었다.

"별로 세게 누른 것도 아닌데, 너 너무 굳어 있잖아."

"아픈 건 아픈 거니까, 별수 없지."

날마다 조깅이 끝나면 콘크리트 통로에 매트를 깔고 스트레칭을 한다. 그렇지 않아도 몸이 굳은 편인데 같은 학년 오카와는 가차 없다. 바닥에 앉아 책상다리를 하고 6000미터 조깅을 막 끝낸 발목을 빙글빙글 돌려서 힘들었던 발을 완전히 풀어 준다.

"스케가와 선배한테 이를 거야. 마이에 동생이 조깅 후 스트레칭 땡땡이친대요, 하고."

"제발 좀."

육상부 장거리 팀 주장인 스케가와에게 하루마는 진짜 약하다. 자신에게 엄격하고 타인에게도 마찬가지로 엄격하다. 농담이 안 통한다. 고등학교 입학부터 일 년 이 개월, 몇 번이나 그에게 늘쩡늘쩡 굴 거야? 하며 야단을 맞았던가.

정말이지, 소마는 용케 그 사람과 사이좋게 지내고 있다.

단거리 팀이 일직선으로 100미터 코스를 달려 나가는 운동장, 언제나 스트레칭을 하는 체육관 뒤쪽 통로, 육상부실 앞 벤치. 형, 마이에 소마가 없는 풍경을 바라보고 있으려니까 자신의 눈길이 저절로 스케가와 쪽으로 향해 가는 것을 깨달았다. 스트레칭을 마친 그는 서둘러 그늘진 통로에서 나와 햇빛 비치는 땅 위를 걸어간다. 그 뒷모습에 하루마는 약간의 쓸쓸함을 느끼고 만다.

"저기, 마이에 선배 안 오는 걸까, 오늘?"

매트 위에 누워 자기 허벅지를 스트레칭하며 오카와가 말한다. 사흘 연속 쉬다니, 처음 아냐? 하고 덧붙인다.

"안 오나 본데?"

한숨이 나오는 걸 꾹 참았다.

"마키 선생님한테라도 간 거 아닐까?"

육상부 장거리 팀에는 큰 대회가 일 년에 두 번 있다. 여름의 인터하이와 가을부터 겨울에 걸쳐 열리는 역전 경기. 소마가 무릎을 다친 것은 작년 가을, 마침 전국 고등학교 역전 경주 간토 대회 직전이었다. 오른쪽 무릎의 박리 골절. 그 말을 들었을 때, 몸 안으로 굵다란 칼 두 자루가 뚫고 들어온 듯한 기분이었다. 육상 선수에게 소중하고 소중한 다리를, 그것도 무릎을 다쳤다. 게다가 박리 골절. 보통 골절과 달리 근육에 끌려간 뼈가 인대에서 떨어져 나가 버리는 골절. 일반 골절보다 회복에 시간이 걸린다.

무릎을 수술하고 재활 치료를 하고 일상생활이 가능해진 것이 초봄. 부 활동을 하라는 허락을 받고서도 소마는 다른 육상부원들과 합류하지 않고 개인 훈련을 하고 있다. 마키 클리닉에서 선생님의 지도를 받으며 재활 역시 하고 있다. 부상 후 반년간, 줄곧 그렇게 했다. 깁스는 풀었고 가벼운 운동도 허락받았다. 조금씩 달리는 거리를 늘려 몸에 부담을 지우고 다치기 전의 감각으로 돌아간다. 그렇게 서서히 소마는 경기로 돌아오는 것으로 되어 있었다.

그런데 5월에 들어서면서 소마의 생활에 새로운 무언가가, 쓸데없는 뭔가가 끼어들었다. 발목을 잡고 있던 오른손에 꽉 힘을 주었을 때, 고문의 호령이 들렸다. 튕겨 나가듯이 하루마도 다른 부원들과 함께 운동장으로 돌아갔다. 그 후엔 1000미터 달리기와 200미터 조깅을 번갈아 가며 열 번 하는 인터벌 달리기다. 1000미터를 사

분 이내에 달리는 것이 목표. 200미터 조깅은 쉬는 시간이니까 일 분 삼십 초 정도까지 페이스를 낮춘다.

이 연습을 하루마는 별로 좋아하지 않는다. 인터벌 달리기는 너무 늦어도 너무 빨라도 안 된다. 호각 소리에 달리기가 뚝 끊기기도 하니 정말 하기 힘들다.

호각의 새된 소리와 함께 스케가와를 선두로 장거리 팀 첫 그룹이 달려 나간다. 매니저가 스톱워치를 한 손에 들고 시간을 재고 고문도 뒤에서 부원들을 따라온다.

확성기를 들고 지금 하고 있는 훈련이 어떤 것인지를 음률을 맞춰 가며 설명한다. 천천히 그걸 들을 여유도 없어져 가지만 처음엔 저절로 귀에 들어온다. 짧은 거리를 전력 질주 하고 조깅하고 다시 전력으로 달린다. 그렇게 함으로써 너희들의 심장과 허파는 강해지는 거야. 참고로 다카하시 나오코*는 말이야……. 이런 식으로.

바싹 마른 흙을 러닝슈즈로 리드미컬하게 밟아 가며 네 명의 3학년생을 사이에 두고 그 앞에서 달리는 스케가와의 등을 하루마는 지켜보고 있었다. 이 사람은 소마가 사흘씩이나 육상부에 얼굴도 내밀지 않는 걸 어떻게 생각하고 있는 걸까?

요전번, 방과 후에 소마가 여학생과 자전거에 함께 타고 어딘가

* 1972년생 일본의 여자 마라톤 선수로 시드니 올림픽 금메달리스트이며 여자 마라톤 세계 기록 보유자이다. 일본에서 여성 운동선수로는 처음으로 국민 영예상을 수상했다.

에 가는 것을 스케가와도 자신도 목격했다.

그날 소마는 마키 선생님에게 갈 예정이었을 것이다. 약속 시간까지 시간을 보내고 있었던 건지도 모르지만 어쨌든 그건 좀 거슬리는 일이었다. 교실에서 집에 갈 아이들과 노닥노닥 지낸다거나 역 앞 책방에 서서 책이라도 읽는 거라면 상관없다. 하지만 여자애랑 같이 있다니, 같은 부원들로서는 나쁜 인상을 받는 게 당연하다. 사실 그날 이후 오카와처럼 소마가 부 활동을 하러 오지 않는 것을, 연습에 참가하지 않는 것을 이러쿵저러쿵 떠드는 녀석들이 눈에 띄기 시작한 것 같다.

호각이 울린다. 200미터 조깅. 갑자기 페이스를 떨어뜨리면 발에 부담이 되기 때문에 천천히 천천히 페이스를 줄여 간다.

소마는 그 여학생과 가끔 조리 실습실에서 요리를 하고 있는 모양이다. 어쩐지 최근엔 집에서 자주 밥을 한다 싶더라니. 단기간에 요리 솜씨가 좋아져서 맛있는 것을 만들게 되었다. 그런 형의 모습을 볼 때마다 자꾸만 말하고 싶어진다. 형, 그러고 있을 때가 아니잖아.

*

"갖고 싶었는데, 그거."

돌아오는 길, 소마는 내내 그 말을 반복하고 있었다. 적당히 좀

해라, 하루마는 과장된 한숨을 쉬어 보인다. 버스가 다니는 큰길에서 자동차가 거의 없는 마을 길로 들어와 길 한가운데를 떨어져 걸었다. 저녁 해가 등 뒤로 넘어가 두 사람의 그림자를 가늘고 기다랗게 늘여 놓았다.

"몇 번째야? 집요하네."

"그래도 그게 있으면 돼지고기 동파육을 집에서 만들 수 있다고. 그냥 만들려면 네 시간 정도 삶아야 한다니까. 너도 먹고 싶잖아?"

"미안하게 됐네, 내가 운이 없어서."

그래서 이렇게 짐꾼 노릇 하잖아. 식재료가 든 비닐봉지를 두 손에 든 채, 하루마는 콧방귀를 뀌었다. 월요일부터 며칠 먹을 식료품을 사러 근처 슈퍼에 갔더니 천 엔마다 한 번씩 할 수 있는 추첨을 하고 있었다. 6천 엔어치를 샀으니까 여섯 번. 추첨기를 빙글빙글 돌리면 된다. 시험 삼아 한 사람이 두 번씩 돌려 보았는데 하루마는 한 번은 6등, 한 번은 4등을 했다. 경품은 비닐 랩과 캔 주스 한 박스. 소마는 두 번 다 8등으로 휴대용 휴지였다. 오늘은 내 쪽이 운이 좋으니까, 하며 남은 두 번은 하루마가 돌렸다. 하지만 추첨기에서 나온 건 하얀 구슬이어서 휴지만 늘었다.

하루마는 1등인 온천 여행, 혹은 2등의 5만 엔 상품권을 노렸지만 형이 갖고 싶은 것은 3등의 압력솥이었다.

길 한가운데 굴러다니던 조약돌을 걸어찼더니 앞에서 삐치기는, 하는 소리가 날아온다. 삐친 게 아니다. 3학년이 되고부터 점점 더 주부처럼 되어 가는 형이 정말 기가 찰 따름이다.

비닐봉지를 오른손에 들고 걷는 형의 등짝을 하루마는 응시했다. 다리를 끌거나 걷는 자세가 나쁜 것도 아니다. 제대로 걷고 있다. 그런데도 여전히 형은 경기로 돌아오지 못한다. 수술이니 깁스 생활 탓에 형의 다리는 더 이상 달리기 위한 다리가 아니게 되어 버렸다. 근력이 떨어져서 원래대로 돌아가려면 시간이 걸릴 것이다.

집에 도착하니 현관 옆 우편함에 꽤 많은 우편물이 들어 있었다. 소마는 못 본 것인지 그대로 봉지를 안고 집으로 들어간다. 현관에 일단 봉지를 내려놓고 하루마는 우편함을 열었다. 홍보물과 함께 중량감 있는 커다란 봉투가 나왔다. 이것 때문에 우편함이 가득 찼던 모양이다.

연초록색 봉투에는 '일본 농업 대학'이라고 인쇄가 되어 있다. 로고도 확실히 찍혀 있고, 붉은 글자로 '입학 자료 재중'이라고 적혀 있기까지 하다.

받는 사람은 마이에 소마였다.

그 봉투를 하루마는 두 손으로 들었다. 그냥 별다를 것 없는 지질의 그 봉투에 자기 볼이 부드럽게 풀려 가는 것을 알겠다. '입학 자료'라는 글자를 몇 번이고 확인했다.

일본 농업 대학, 통칭 일농대는 하코네 역전 마라톤의 단골 학교다. 몇 년 전에는 종합 우승을 한 적도 있는 명문교이지만 최근엔 1월 2일, 3일의 본선에서 상위에 끼지도 못했을뿐더러 몇 번이나 시드 탈락까지 하다 보니 한물간 옛 강호라는 인상이 강하다. 하지만 인컬리라든가 이즈모 역전, 전 일본 대학 역전에선 늘 이름을 본다. 역사도 실적도 탄탄한, 육상 강호 대학인 것이다.

그 대학에서 소마 앞으로 뭔가가 왔다. 소마 자신이 신청한 것일지도 모르지만 팸플릿이든 뭐든 자료를 보내온 것이리라.

주방까지 뛰어가서 형! 하고 들뜬 소리로 부른다. 냉장고에 장봐 온 것들을 넣고 있던 소마는 응? 왜? 하고 심상한 목소리로 돌아본다. 이쪽만 흥분하고 있는 것도 창피해서 애써 냉정하게 아무렇지도 않은 듯 굴었다.

"이거 와 있네."

식탁에 봉투를 내려놓는다. 실은 직접 건네주고 싶었지만.

일본 농업 대학의 로고를 보고 소마는 아아, 하며 냉장고 문을 닫았다. 좀 전보다 약간은 목소리에 열정이 담긴 듯한 느낌.

"이제야 왔구나."

바로 봉투를 뜯어 내용물을 확인한다.

"이거 필요해?"

소마는 봉투에서 나온 가장 두꺼운 책자를 하루마에게 건네준다. 학부라든가 학과, 캠퍼스 생활을 소개하는 대학 안내였다.

"전에 이것 한 권만 신청해서 한 권 더 있어. 2학년이면 슬슬 진로 지도 시작하잖아. 내가 보려는 건 입시 가이드 쪽이니까."

"고마워. 가질게."

두 손으로 대학 안내를 받아 들고 쓱쓱 넘겨 본다. 맨 먼저 본 것은 부 활동 소개 페이지였다. 운동부에서 가장 크게 다룬 것은 역시나 육상 경기부. 초점을 맞춘 것은 장거리 팀. 사진은 작년 하코네 경기 모습이다. 진녹색과 백색의 유니폼을 입은 선수가 중계 지점에서 어깨띠를 넘겨주고 있는 장면.

"일농대."

작심하고 물어보았다.

"응시할 거야?"

웬일인지, 소마의 대답을 기다리는 단 몇 초가 무서웠다.

"해야지. 모의고사에선 D밖에 안 나오지만."

"그래?"

태연한 척하려 하지만 마지막 말은 역시 좀 들뜬 소리가 나온다. 다행이다, 생각한다.

학교 색인 진녹색에 하얗게 '일본 농업 대학'이라고 적힌 대학 안내 표지를 응시하며 마음 깊은 곳에서 생각한다. 부 활동에서도 육상으로부터도 멀어져 가는 모습을 보이는 소마가 두려웠다. 형은 어쩌면 더는 달리지 않기로 해 버리는 것 아닐까 하고. 부상을 입고 형은 달리기가 무서워져 버린 것 아닐까, 하고.

자신이 달림으로써 형이 그것을 잊어 주었으면 했다. 자신이 대회에서 좋은 성적을 내면 마음이 변해서 다시 달려 주는 것 아닐까 생각하며 연습을 거듭해 왔다. 그것이 가까스로 성취된 것이다.

"나도 일농대로 할까?"

"넌 아마 더 좋은 데 갈 수 있을 거야."

"나 이번 시험에서 겨우 백 등대였는데?"

"아니. 체육 특기생."

소마의 눈동자에 살짝 그림자가 드리운 걸 알았다. 이쪽도 신경을 써 가며 일부러 공부 쪽으로 이야기를 가져가려 했건만.

"너한텐 스카우트가 많이 올 거야, 강한 데서."

하루마가 들고 온 봉지에서 식료품을 꺼내 소마는 다시 냉장고를 열었다. 아무 말도 없이 채소 칸에 당근이니 무니 시금치 따위를 넣는다.

"오늘 저녁은 볶음밥과 나물로 할까?"

막 사온 푸성귀를 바라보며 소마가 말한다. 아무거나 좋아, 하고 끄덕이며 그의 눈과 입을 지켜본다. 최근 이런 일이 늘었다. 소마가 무슨 생각을 하는지 간혹 알 수가 없다.

"도와줄까?"

"아이고, 웬일?"

"푸성귀를 자르는 정도밖엔 못 하지만."

"좋아. 자 이거 씻어."

비닐에 싸인 채소 두 묶음을 던져 준다. 비닐을 벗기고 개수대에서 흐르는 물로 씻었다. 소마는 전기밥솥의 타이머를 확인한다. 나가기 전에 쌀을 안쳐 두었으니 이제 곧 밥이 될 것이다.

"형, 제대로 공부하고 있어?"

"네가 말 안 해도 하고 있어. 안 그래도 아슬아슬하니까."

"그래?"

이걸로 된 거다. 형이 일반 입시로 대학을 가든, 자기에게 육상 강호에서 스카우트가 와서 형과의 관계에 약간의 응어리가 생기든. 그런 정도로 절연하거나 할 일도 없을 거고 무엇보다 형이 대학에서 다시 육상을 택해 주기만 한다면 아무렴 어떠랴.

다 씻은 채소를 썰며 입꼬리가 점점 벌어지는 것을 멈출 수 없었다.

*

어둠 속에서 누군가 자신을 보고 있다는 걸 알았다. 자의식 과잉인가 싶었지만 확실히 시선을 느꼈다.

달리고 있을 때 관객에게 성원을 받는 것은 기분 좋다. 하지만 경기 전에 함께 달릴 선수가 골똘히 쳐다보는 건 좋아하지 않는다. 저지 상의를 머리에 뒤집어쓰고 눈까지 감고 하루마는 자신의 미간에 의식을 집중하고 있었다. 이렇게 하고 있으면 쓸데없는 것들이 자기 몸에서 튕겨져 나가고 깎여 나가서 몸이 가벼워지는 느낌이 든다. 달릴 수 있다는 생각이 든다.

준비 운동은 마쳤다. 컨디션도 좋다. 아침도 제때 먹었고. 메뉴는 소마가 직접 만든 치카라우동*.

떡같이 무거운 걸 아침부터 먹을 수 있느냐고 항의했지만 막상 먹어 보니 그다지 위에 부담이 되지 않았다. 남기지 않고 전부 먹었다. 한 시간 전에 소마가 만든 주먹밥도 먹었다. 재료는 잔멸치와 다시마. 소금 맛이 살아 있어 식어서도 맛있었다. 수분도 보충했다. 공복도 만복도 아니다. 딱 좋은 위장 상태.

전국 고등학교 종합 체육 대회, 통칭 인터하이의 아바라기현 예선 이틀째. 첫날이었던 어제는 남자 1500미터 예선과 결승이 있었고 3위로 키타간토 지구 예선 출전이 정해졌다. 이틀째인 오늘은 주 종목인 남자 5000미터였다.

달리기 전엔 자기 몸과 이야기를 나눈다. 한참 달리고 있는 동안에도 마치고 나서도 그것은 이어진다. 통증은 없나, 위화감은 없나. 평소처럼 최선의 달리기를 할 수 있을까. 여기서는 속도를 떨어뜨리는 게 나을까, 여기서 속도를 올릴 수 있을까? 묻고 대답을 찾고 다시 묻는다.

경기 전 하루마의 물음에 하루마의 몸이 불안을 하소연하는 일은 없었다. 괜찮아. 달릴 수 있어. 할 수 있고말고.

* 구운 떡을 올린 우동.

발소리가 다가온다. 그 소리가 자기 앞에서 멈추더니 마이에, 하고 이름을 부른다.

저지를 올렸더니 하늘색 유니폼을 입은 선수가 이쪽을 내려다보고 있다. 역광이어서 그의 얼굴까지는 보이지 않았지만 그 유니폼을 모르는 육상부는 현 내엔 없으리라.

"미즈호리의……."

거기까지 말하더니 그는 느닷없이 미안, 하며 하루마 옆에 주저앉았다. 미즈호리 학원 고등학교는 미토에 있는 육상 강호였다. 단거리, 장거리, 트랙 경기에 릴레이, 역전 마라톤까지 현 내에선 무적이라고들 한다. 전통적으로 남자 부원은 빡빡머리. 그 탓인지 웬만큼 얼굴에 특징이 있지 않고는 너나없이 비슷해 보인다.

"네 형은 오늘도 안 나오나 보네."

형 이야기가 나오고야 겨우 생각났다. 이 사람은 미즈호리 학원 고교의 후지미야 도이치로(藤宮藤一郎)다. 작년 고교 역전 이바라키현 예선에서 그는 소마와 같은 구간을 달렸다. '후지(藤)'라는 글자가 이름에 두 개나 들어가다니 드문 이름이네, 싶었던 기억이 있다.

"오늘은 도우미 쪽에 가 있어요."

학년은 소마와 같다. 미즈호리 학원 고교 육상부, 장거리 팀 에이스. 작년 인터하이에도 출전했다. 분명 결승에까지 남았을 것이다.

"작년 현 역전 후에 부상이었지?"

"간토 대회 직전에요. 수술하고 재활 치료 하고 있어요."

경기의 경쟁 상대에게 어디까지 이야기를 해야 하나 싶었지만 후지미야는 대충 알고 있는 모양이었다.

"역전은 안 나오는 거야?"

그건, 나도 알고 싶다.

"글쎄요, 어떨까요?"

제대로 잘 조정만 된다면 가을 역전 시즌엔 맞출 수 있을지도 모른다. 하지만 소마는 결코 그 이야기를 하지 않는 것이다.

"나오기만 한다면 나는 기필코 복수를 하고 싶은데 말이야. 기껏 같은 구간을 달렸는데 마이에 소마는 그 후론 단 한 번도 대회에 나오지 않고 제대로 이야기도 못했거든."

"정 그러면 만나게 해 줄까요?"

책상다리를 하고 앉아 무릎에 팔꿈치를 괴고 후지미야를 곁눈으로 본다. 지면에 양다리를 펴고 앉아 자신의 장딴지 근육을 보며 후지미야는 고개를 옆으로 흔든다.

"그런 걸 촌스럽다고 하는 거야."

"그런가요?"

이런 소릴 하려고 경기 전에 자기한테 온 걸까? 하지만 형 이야기를 그저 서론으로 늘어놓는 것 같지도 않아서 하루마는 후지미야의 옆얼굴을 응시했다.

"네 형, 진짜 무서웠어."

"얼굴은 나랑 닮았을 텐데요."

"그런 거 말고 달리기가. 난 지금도 기억나, 작년 역전."

"마지막엔 미즈호리가 이긴 거 아니었나요?"

"그건 7구간 이야기지. 마이에 동생, 제대로 대회 결과를 본 거야?"

말이 끝나기 무섭게 후지미야의 어투가 거칠어진다. 건드리면 안 될 부분을 건드린 모양이다. 어쩌면 대회가 끝나고부터 줄곧 주변 사람들에게서 그런 소릴 듣고 있었는지도 모른다. 마지막에 이겼으니 된 거 아냐, 라고.

"미즈호리는 대회 기록이 깨졌어. 현 대표로 전국 대회에 갔지만 우린 4구간 1위 자리를 가미노무카이에 양보했지."

미즈호리의 역전은 강하다. 늘상 제1구간부터 안카의 7구간까지, 매년 으레 미즈호리 학원이 1위를 독점하는 것으로 되어 있다.

작년, 그 미즈호리의 완전한 승리를 저지한 것은 소마였다.

"그렇긴 해도, 형하고 후지미야 씨의 기록 차가 그다지 크게 벌어진 것도 아니잖아요?"

후지미야는 납득하지 못했다. 기록의 문제가 아닌 것이다. 1위로 어깨띠를 넘겨주지 못했다. 다른 학교 선수에게 추월당했다. 그에게 중요한 것은 바로 그것이리라.

"마지막 스퍼트에서 네 형을 떨쳐 낼 생각이었지. 하지만 마이에 소마가 따라붙더라고. 턱을 치켜든 꼴불견 달리기로, 죽을 것 같은 표정으로 숨이 넘어갈 듯이 헉헉대면서. 그런데도 쫓아왔어. 그뿐 아냐. 결국 맨 마지막엔 내 앞으로 나섰지. 어떻게 그럴 수가. 어깨띠를 넘겨받을 때는 10위였는데 아홉 명을 제치고 1위가 됐다니까?"

그런 건 말 안 해도 알고 있다.

형제니까.

같은 육상부이기도 하고.

그리고 그날의 역전 마라톤에는 하루마 역시 출전했었다.

"가미노무카이가 강해지고 있다는 건 알고 있었고 마이에 소마에 관해서도 알고 있었어. 하지만 그렇게까지 달릴 수 있는 녀석이라곤 생각도 못 했거든. 거기서 완전히 분위기가 달라졌지. 우리 패거리들도 '질지도 모른다'고 아마 처음으로 생각했을 거야. 현예선 처음으로."

그날 마이에 소마는 무서웠다. 이제부터 자기들이 달릴 널따란 트랙을 노려보며 후지미야는 눈을 감았다. 눈꺼풀 안쪽에 그날 소마가 달리던 모습을 떠올렸는지도 모른다. 자기들은 분명 이겼지만 그 승리가 완전한 것은 아니게 되어 버려 묘하게 개운치 않았던 뒷맛을.

에이스인 후지미야가 졌다는 충격을.

"숨소리도 발소리도 그다지 크지 않아. 조용히 다가오는 거야. 조용하긴 한데 엄청나게 강한 소리지. 귀 안쪽으로 발소리가 울려와. 바로 뒤에 바짝 붙었을 때는 소름이 돋았어."

"달리기가 끝나고는 널브러져 버렸으니까요. 후지미야 씨는 여유 있었잖아요. 형을 부축해서 일으켜 주기도 하고."

"이왕 만났으니 이야기를 하고 싶었는데 그럴 계제가 아니었지."

그런데, 목소리 톤이 약간 낮아지더니 후지미야가 눈길을 떨구었다.

"네 형은 그 경기에서 무릎을 다친 거 아니었어?"

"글쎄요, 확실한 건 몰라요. 발견한 건 좀 더 뒤였으니까."

하지만 알 수 없다. 박리 골절은 뼈가 뚝 부러지는 게 아니라서 발견까지는 시간이 걸릴지도 모른다. 그렇다면 그럴 가능성도 얼마든지 있다.

"무지막지한 달리기였으니까. 엉뚱한 부분에 비정상적으로 힘이 들어간 거 아닐까?"

"오버 페이스 정도가 아니었죠. 자기 최고 기록을 여유 있게 갱신했어요."

"난 녀석과 인터하이에서 겨루고 싶었는데."

"유감이네요, 동생하고 겨루게 돼서."

5월의 지역 예선은 어려움 없이 돌파했다. 현 예선에는 지역 대회를 돌파한 현 내 각 학교 선수가 모인다. 이름만으로도 강호라는 걸 알 수 있는 고등학교라든가 옆얼굴만 보아도 빠른 선수임을 알 수 있는 유명인도 있다.

"마이에 동생도 지역 예선에서 현 최고 기록과 타이기록을 낸 모양이던데? 모두들 너를 신경 쓰고 있지 않을까?"

경험자는 말한다, 뭐, 그런 걸까? 그도 분명 대회 때마다 주변 출전자들이 흘끗흘끗 바라보고 그들에게 관찰을 당하는 경험을 해 왔을 것이다.

하고 싶은 말은 다 했는지 후지미야는 일어서서 커다랗게 팔을 휘두르며 스트레칭을 했다. 그러더니 아 그리고, 하며 하루마를 내려다보았다.

"마이에 소마는 부상을 치료하고 대학에서 육상 계속하는 거지?"

말을 할까 말까 망설였다.

하지만 마지막 인터하이에서 겨루고 싶었던 사람과 그러지 못하는 후지미야가 좀 딱해 보였다.

"그렇겠죠? 일농대 지원하나 봐요."

일농대? 하고 후지미야의 음성이 높아졌다.

"나도 일농대 갈 거야. 네 형도 추천이야?"

자기 가슴에 손을 갖다 대고 후지미야가 어깨를 들썩인다. 장난감을 사 주겠다는 말을 들은 어린아이 같은 천진한 표정이었다.

"아뇨, 일반일 거예요. 스카우트 안 왔으니까."

"역시나. 나쁜 시기에 부상을 입은 거지. 그래도 마이에 소마와

팀 동료가 되는 것도 나쁠 건 없어. 안부 전해 줘. 쓸데없는 참견일
지 모르지만 공부 열심히 하라고 해."

그럼, 하고 한 손을 들어 보이더니 후지미야는 사라졌다. 전설의
중대가리가 멀어져 간다. 가는 도중에 다른 학교 선수의 어깨를 두
드리고 말을 걸었다. 그 유니폼 역시 강호 학교였다. 강한 녀석에
겐 빠짐없이 말을 걸면서 자신의 긴장감을 높여 가고 있는지도 모
른다. 하루마와는 정반대였다. 후지미야의 등이 보이지 않을 만큼
멀어졌다. 다시 한번 하루마는 윗도리를 머리부터 뒤집어썼다.

작년 11월. 전국 고교 역전 마라톤 이바라키현 예선. 후지미야
말대로 소마는 10위로 어깨띠를 이어받았고 아홉 명을 제치고 최
종 1위가 되어 다음 주자에게 어깨띠를 전해 줬다.

과거 오 년, 팀의 최저 순위인 10위로 소마에게 어깨띠를 전달한
것은 하루마였다.

그날은 11월인데도 기온이 높았다. 일상생활에는 따뜻하고 기
분 좋은 기온이었지만 달리는 데는 지옥 같은 더위였다. 흘러나온
땀이 끈적한 막이 되어 살갗에 달라붙는 것 같았다.

현 대회장은 현립 운동 공원이었다. 그 안을 도는 코스는 기복이
심하고 텅 빈 광장에는 거센 바람이 불었다. 게다가 그것은 전혀
기분 좋은 바람이 아니다. 더구나 바람을 안고 달릴 때는 앞을 가
로막는, 보이지 않는 벽일 뿐이었다.

에이스 구간인 1구간을 달린 것은 스케가와였다. 최장 구간인 10킬로미터를 완주하고 가미노무카이 고교는 2위. 톱을 달리는 미즈호리 학원과도 십 초 차라는 좋은 위치를 차지했다. 이어지는 2구간은 3킬로미터짜리 짧은 구간. 각 학교가 빠른 선수를 내놓아 가미노무카이 고교는 5위로 떨어졌다.

1구간에 이어지는 장거리 구간인 3구간을 맡은 것이 하루마였다.

처음 1킬로미터는 쾌조였다. 더워서 힘들었지만 앞쪽에 4위 고교 선수의 등이 보이니 그걸 뒤쫓는 일에 집중했다. 주변의 응원도 기분 좋았다. 성원이 크면 클수록 몸 컨디션이 좋아진다. 하루마는 그것을 잘 알았다. 초반부터 너무 달리지 않도록 자제하면서, 그래도 틈을 보아 순위를 올려 갈 작정이었다.

4킬로미터 지점을 통과하면서 순위를 하나 올려 4위가 되었다. 금세 눈앞에 3위의 등이 보였다. 그런데 문득 덥네, 하는 생각이 들었다. 갑작스러운 일이었다. 찰나였다. 좀 전보다 기온이 오른 듯한 느낌이 든다. 땀이 끈적거리고 불쾌감이 증가한 느낌이다. 그때부터 뭔가 이상해지기 시작했다. 다리가 무거워지고 팔이 나가질 않았다.

누군가 곧바로 옆을 통과해 갔다. 아까 추월했던 그 선수였다. 그 바로 뒤에 다른 학교 선수도 따라갔다. 같은 일이 그러고도 몇 번 있었다.

주변에서 뭐 하냐! 가미노무카이! 하고 자신을 질책하는 소리가 날아들었다. 그러고는 응원이 들리지 않았다.

다음 4구간을, 3구간과 거의 같은 거리를 달리는 것은 형 소마였다.

화가 나 있으리라 생각했다. 형은 분명 화를 내고 있을 것이라고. 에이스가 모여 있는 1구간을 스케가와 선배가 필사적으로 달렸고 2구간에서 후퇴했다곤 해도 좋은 순위로 어깨띠를 이어받았건만 획획 추월당해 이제 자기가 몇 위인지도 모르겠다.

마지막 커브를 돌아 중계 지점이 보였을 때는 다리를 움직이기가 겁이 났다. 기록을 아는 것도 무서웠다. 순위를 알기도 두려웠다. 소마는 어떤 얼굴로 어깨띠를 받을까? 무섭다, 무서워 무서워 무서워.

육상을 본격적으로 시작한 것은 중학생 때였다. 대회에도 많이 나갔다. 하지만 처음으로 달리기를 끝내는 것이 무서웠다.

중계소까지 마지막 200미터는 비정상적으로 길게 느껴졌다. 아무리 다리를 앞뒤로 움직여도 가까워지지 않았다. 앞으로 나간다는 실감이 없었다. 시야가 확 좁아지고 희끄무레해져서 오직 한 점, 형의 모습밖에 보이지 않았다.

아차, 싶어 가슴을 더듬었다. 어깨띠를 당겨 벗어 주먹에 움켜쥔다.

어렴풋한 시야 속 소마의 표정이 보일 만큼 가까워지면서 하루마는 흠칫 숨을 죽였다.

형은 화를 내고 있지 않았다. 옆에 선 다른 학교 선수들처럼 선수를 향해 힘내, 하고 고함을 지르지도 않았다. 고요한 표정으로 하루마를 보고 있었다.

어깨띠를 쥔 오른손을 내밀자 완전히 같은 타이밍으로 소마도 손을 움직였다. 땀에 절어 색이 변한 어깨띠를 확실하게 소마의 손이 잡았다.

"괜찮아."

작고 작게, 하루마 말고 누구도 들을 수 없을 음성으로 소마는 말했다.

미안,이라고도 부탁해,라고도 하지 못한 채 하루마는 아스팔트 위에 쓰러졌다. 올려다보니 소마의 뒷모습이 보였다. 이어받은 띠를 어깨에 걸고 남은 부분을 묶더니 달리기 시작했다.

팀 동료가 수건을 안고 달려오는 것이 보였다. 머리 위로 수건을 쓴 채 양 겨드랑이를 부축받아 이동했다.

알려 준 기록은 비참했다. 대기소로 쳐 놓은 텐트 안에서 바람막이로 얼굴을 가리고 한참 울었다.

주변에서 경기를 지켜보고 있던 부원이 텐트로 들어오더니 오버 페이스야, 하기 시작한 것은 4구간도 중반을 지날 무렵이었다. 서서히 소란이 커지더니 제대로 경기를 보지 않던 하루마에게도 소마가 얼마나 오버 페이스로 달리고 있는지가 전해져 왔다.

텐트 안에 누운 채 하루마는 그들의 말에 귀를 세웠다. 그것을 정리하면 소마는 처음 1킬로미터를 자기 페이스를 훨씬 상회하는 페이스로 달렸다. 같은 4구간을 달리는 우승 후보인 미즈호리 학원의 후지미야의 속도를 웃돌았고 앞에서 달리던 학교들을 획획 따라잡고 있다고.

달리기가 안정되어 있으니 장거리 구간도 안심하고 맡길 수 있다. 감독에게서도 코치로부터도 그렇게 평가받던 소마이지만 아무리 그래도 끝까지 유지될 리가 없었다.

4구간은 마지막 2킬로미터에 오르막이 있다. 급경사는 아니지만 시간을 들여 천천히 올라야 하는 끔찍한 언덕. 이대로는 그 언덕까지도 힘들다. 저마다 그렇게 말하는 팀 동료들의 의견을 부정하듯이 소마는 변함없는 페이스로 오르막에 접어들었다. 약간 속도는 떨어졌지만 그래도 힘차게 달려, 10위로 어깨띠를 이어받아 여덟 명을 제치고 2위로 나섰다. 그리고 선두로 달리는 미즈호리의 후지미야를 따라붙었다고.

참지 못한 하루마는 텐트에서 나왔다. 현 역전은 거대한 공원을 도는 코스여서 5구간 중계 지점까지는 그다지 멀지 않다.

'모두의 광장'이라는 이름의 언덕을 지난 곳에 소마의 모습이 보였다. 아직 거리가 있어서 새끼손가락만 하게 보였지만 그의 모습을 확인하기엔 충분했다.

가벼운 발걸음은 결코 아니었다. 한 발 내밀 때마다 발이 지면에 박히는 듯한 무겁고 힘찬, 오싹할 정도의 박력이었다.

미즈호리의 후지미야 쪽이 여유 있는 달리기였다. 한편 소마는 장기인 깔끔한 폼도 무너지고, 턱도 올라가 있었다. 일찌감치 한계를 넘어 몸속이 텅 비어 버렸지만, 그래도 몸이 부서질 때까지 달리려는 듯했다.

비척비척 광장을 가로질러 중계 지점까지 가니, 소마와 후지미야는 어깨띠를 전달하려는 참이었다. 가까스로 정말 한 발짝만큼 소마가 앞에 나서서 어깨띠를 다음 선수에게 건넸다. 그러고는 그대로, 하루마와 마찬가지로 아스팔트 위에 쓰러졌다. 머리를 보호하려는 몸짓도 보이지 않고 나무 막대처럼 무너졌다. 어깨를 잡고 부축한 것은 후지미야였다. 그러자 가미노무카이 고교 부원들이 달려가고, 대회 운영 요원이니 구호반까지 모여들어 꽤 소란스러웠다.

1위로 4구간을 마친 가미노무카이 고등학교였으나 그 후 곧바로 미즈호리 학원에 추월당해 2위로 후퇴했다. 한동안 역전 가능성이 있는 경기가 전개되었지만 최종 구간인 7구간에서 차이가 벌어져 결국 3위로 경기를 마쳤다.

관전하고 있던 사람들의 기억에 가장 강하게 각인된 것은 아마도 소마와 후지미야의 데드 히트였으리라. 만약 그 대회가 텔레비전이라든가 라디오로 실황 중계 되고 있었다면 뒤처진 동생 몫을 형이 전력 질주로 만회했다,라고 했을 것이 분명하다.

현 대회에서 우승하면 현 대표로서 전국 대회 출전권을 얻는다.

2위에서 6위까지의 학교는 간토 대회에 출전할 수 있다. 가미노무카이 고교도 십오 년 만에 간토 대회 출전이 결정되었다.

소마의 부상이 발견된 것은 간토 대회 직전이었다.

그날, 소마는 어떤 마음으로 후지미야의 등을 따라간 걸까? 하루마의 실패를 만회하려던 것일까, 아니면 전국 대회로 가기 위해 거기서 악착같이 미즈호리를 제쳐야 한다고 생각한 것일까? 후지미야에게 뭔가 개인적인 원한이라도 있었던 걸까?

"네 형은 그 경기에서 무릎을 다친 거 아니었어?"

만약 후지미야 말대로라면 소마의 박리 골절은 다름 아닌 내 탓이다.

"오늘은 카레로 할까?"

돌아오는 버스 안에서 지나가듯 소마가 말했다. 딱 하나 비어 있던 좌석에 하루마를 앉게 하고 자기는 그 옆에 계속 서 있었다. 논밭 위로 이어지는 저녁노을을 바라보며 카레야, 카레! 하고 되풀이한다.

"생선 대가리가 들어 있는 건 하지 마. 완전 실패였잖아."

지난달이었던가? 피시헤드카레라며 내놓은 카레는 싱겁고 비린내까지 나서 놀랄 만큼 맛이 없었다. 심한 편식에 입맛이 까다롭다는 자각은 있지만 그걸 감안하더라도 맛없었다. 그때 소마의 낙

심도 비정상적이긴 했지만.

"안 만든다니까. 오늘은 고기 듬뿍 카레 만들어 줄게."

"왜 꼭? 고집쟁이."

"피곤해서 소화 능력이 떨어져 있을 때는 카레야. 향신료가 잔뜩 들어 있으니까. 거기다 익힌 채소도 곁들일 거야. 호박에 토마토, 브로콜리에 아스파라거스, 그리고 당근."

"당근은 카레에도 들어 있잖아."

"익힌 채소는 소화가 잘되니까 좋아. 미즈호리 후지미야랑 잘 겨뤘잖아. 제대로 먹어 둬야 해."

미즈호리의 후지미야와는 같은 조에서 달리게 되었다. 소문대로 녀석은 빨랐지만 끈질기게 달라붙었다. 도중에 몇 번인가 뒤떨어질 뻔했으나 그래도 뒤처지진 않았다. 하지만 추월하진 못했다. 빠르다, 후지미야는 빠르다. 소마에게 지지 않을 정도로 깔끔하고 안정적인 폼으로 우아하게 달린다. 잠깐 방심하면 순식간에 뒤처질 것 같다.

하루마는 후지미야에 이어 골인했다. 손목시계로 확인하니 기록은 십사 분 영삼 초. 자신의 최고 기록에서 육 초 모자란다. 결승에도 남았고 키타간토 대회 티켓도 손에 넣었다. 하지만 마음 깊은 곳에서 기쁘다는 마음이 들진 않는다. 후지미야를 제쳐야지 하고 줄곧 생각하며 달리고 있었건만.

"후지미야까지 아주 조금 남았었는데."

어쩐지 억울하다는 듯한 얼굴로 소마가 말한다. 창밖을 흐르듯이 스쳐 가는 논밭이니 산들을 가볍게 노려보는 듯한, 그런 눈길.

"경기 전에 그 사람하고 이야기했어."

"흐응, 아는 사이였어?"

"아니, 제대로 이야기를 한 건 오늘 처음. 그 사람은 형하고 같이 달리고 싶어 했어. 빚을 갚고 싶은 거 아냐?"

작년의, 하고 덧붙이자 소마는 한숨 같은 웃음을 흘렸다. 어째서일까? 그 웃음에 자조하는 빛이 섞인 듯 들려서, 입안이 까칠하게 불쾌한 감촉이다.

"작년 역전은 어쩌다 이긴 거지, 기본적으로 그쪽이 몇 수나 위야."

강조되는 '어쩌다'에 가슴이 아파 온다.

소마는 슈퍼에 들른다며 두 정거장 앞에서 내리겠단다. 먼저 가도 된다고 했지만 따라가기로 했다.

"짐꾼 노릇 해 줄게."

슈퍼 바로 앞에서 내려 소마는 필요한 재료를 사들였다. 채소가 가득 담긴 봉지를 한 손으로 들고 가게를 나설 무렵에 밖은 아주 약간 어두워져 있었다.

소마가 조금 앞을 걷고 있다. 손에는 고기와 카레 가루, 얼마 안 남았다며 새로 산 간장과 맛술이 들어 있는 봉지. 소마가 요리 연구부 이사카라는 선배에게 요리를 배우기 시작하고부터 냉장고에는 간장과 맛술을 갖춰 두게 되었다. 티포트로 만드는 우린 국물은 냉장고에 안 들어 있는 날이 없었다.

"미즈호리의 후지미야 말이야."

"녀석이 왜?"

"그 사람도 일농대에 간대."

아주 조금, 소마의 걸음걸이가 흐트러졌다.

"형하고 팀 동료가 되는 것도 나쁘진 않다는 둥 하던걸."

그리고, 수험 공부 열심히 하라던데,라고 이어 가려던 참에 갑자기 소마가 걸음을 멈추고 하루마와 나란히 선다.

"너, 말도 안 되는 착각을 하고 있어."

이쪽을 똑바로 응시하며 소마는 미간에 주름을 잡았다.

"나는 일농대를 지망하고 있지만 육상을 목적으로 가는 게 아냐."

"그럼 어째서 농대 같은 데를 가는데? 우리 집은 농가도 뭣도 아니잖아."

"내가 시험 치는 건 응용 생물 과학부의 영양 과학과야."

아무렇지 않게 말하고는 다시 걷기 시작한다.

머리를 안쪽에서 탁, 하고 얻어맞은 기분이다. 와왕 와왕 하며 현기증이 나는 듯한 느낌이 엄습한다.

"영양?"

"영양 관리사 자격증 딸까 하고."

"그러면 육상은 이제 안 하는 거야? 영양사 자격증 따서 급식실 오빠라도 되는 거냐고?"

영양사라니,라고 까뭉개는 듯한 말투가 되어 버렸다. 얼굴에는 드러나지 않지만 형이 발끈하는 것을 알겠다. 하지만 그조차 얼른 거둬들이고 소마는 온유하게 웃어 보이는 것이다.

그래, 형은 이런 놈이다.

"영양 관리사 양성 과정은 여자 대학에 많아서 공학은 그다지 선택지가 없거든."

일농대를 택한 것은 그것 때문이라고 말하고 싶은 모양이다.

"기껏 일농대에 가면서 육상 안 할 거야?"

"비율상으로는 일농대에서 육상을 안 하는 놈 쪽이 단연 많을 것 같은데."

그런 소리로 빠져나가지 마.

"후지미야가 기대하고 있다니까."

"그 친구도 뭔가 착각을 한 거지. 딱 한 번, 어쩌다 내가 이긴 것뿐인데."

"어쩌다든 뭐든 이겼으니까."

"그런 거지."

"왜 그렇게 남의 일처럼. 후지미야를 제친 건 형이잖아. 그 사람 작년 인터하이 나왔거든? 역전에서도 미야코지를 달린 사람이고."

형은 후지미야를 이긴 것이다. 오늘 자기가 이기지 못한 후지미야를. 그걸 도대체 왜 없었던 일처럼 말하는 걸까? 잊어버리기라도 했다는 듯이, 꿈이나 헛것이라도 봤다는 듯이.

"있잖아, 하루마."

알겠지? 형이 하는 말, 알겠지? 그렇게 타이르듯이 그는 고개를 갸웃해 보였다.

"나는 제 무릎을 망가뜨리면서도 후지미야를 따라붙는 게 고작이었던 거야. 그를 제치고 차이를 벌려 놓을 작정이었지. 우리 학교가 이길 수 있게 후지미야와 차이를 벌려야겠다고 생각은 했지만, 못 한 거야."

이건 또 뭐야? 10위로 어깨띠를 건넬 수밖에 없었던 나 들으라고 하는 소린가?

게다가…….

"역시 현 역전에서 무릎이 이상해져 있었던 거지."

간토 대회 직전에 부상이 발견되었을 때 소마는 현 대회 때는 아무렇지도 않았다, 요 며칠 사이에 갑자기 통증이 시작되었다,라고 분명히 말해 놓고는.

현 역전에서 달린 것이 소마의 무릎을 망가뜨려 버렸다. 내가 잘못했기 때문에. 10위로 어깨띠 릴레이 따위를 했기 때문에, 형은 그럴 수밖에 없었던 거다.

박리 골절도 수술도 입원도 재활도.

이것저것 모조리 다 내 탓이다.

"카레, 좀 뭉근하게 끓이고 싶으니까 집에 가면 곧장 만들어야겠다."

괜한 소리를 했다 싶었던지 소마가 걷는 속도를 높였다. 사과해야지, 생각했다.

사과를 해서 돌아오게 해야지. 마이에 소마가 이쪽으로 돌아오게 만들어야지.

"형이 다친 건 내 탓이잖아."

"사과도 갈아 넣고 싶고, 고기도 미리 밑간을 하고 싶으니까."

"내가 제대로 순위를 지키고 있었더라면 무지막지하게 달리지 않아도 됐을 텐데."

소마가 다시 걸음을 멈췄다. 돌아본 얼굴은 오싹할 만큼 무표정했다. 그의 등 뒤로 끔찍하게 날카로운 바람이 불었다. 사죄의 말은 지워져 버렸다.

"나는 너를 위해 달리거나 하진 않아."

나는 나를 위해 달렸어. 내가 지고 싶지 않아서, 그래서 달린 거라고.

스스로 달렸고 나 때문에 부상한 거야.

착각하지 마.

뭔가에 홀린 듯이 재빨리 말한 소마는 본 적이 없는 한심한 얼굴을 하고 있었다. 콧구멍이 벌름거리고 입술을 실룩이며 이를 악

물고 있었다.

비닐봉지 손잡이를 움켜쥐는 메마른 소리가 몹시 크게 귓속까지 스며들었다.

그날 저녁은 닭 다리와 가슴살이 본때를 보여 주마, 하듯이 몽땅 들어간, 게다가 채소까지 엄청나게 들어가 있는 카레였다. 달콤한 맛. 채소 맛도 고기 맛도 묻혀 버릴 정도로 다디단 카레였다.

두유국수 　마이에 소마

하루마가 5000미터 개인 최고 기록을 냈다. 계측한 건 후배였지만 소마가 팀 전원의 삼 년 기록 계측을 마치고 정리하던 중에 발견했다.

작년보다 현저하게 빨라졌다. 중학교 때 최고 기록은 예전에 넘었고 5000미터 개인 최고 기록은 장거리 팀 주장 스케가와에 이어 두 번째였다. 당연히 부상 전의 소마보다도 훨씬 더 빠르다.

트랙을 사이에 두고 딱 정면에 하루마가 달리고 있다. 연습 후의 가벼운 조깅. 께느른한 표정으로 달리고는 있지만 팔은 제대로 앞뒤로 흔들고 있다.

이렇게 떨어져서 달리는 모습을 보고 있으면 그 사람이 달리는 폼의 특징을 잘 알 수 있다. 하루마는 달릴 때 무릎이 정확히 올라가는 것이다. 다리 근육을 온전히 써서 몸을 지탱하면서 지면을 차 낼 수가 있다.

소마, 하는 소리에 돌아보니 조깅을 먼저 마친 스케가와가 트랙에서 벗어나 이쪽으로 왔다. 들고 있던 스포츠 음료를 건네준다.

"상태가 좀 나쁘네."

오늘 계측한 기록과 과거 3회분 기록을 비교해 본다. 스케가와의 기록은 자기 최고 기록에서 한참 떨어진 것이다.

"이거야 원. 마이에 동생에게 처질지도."

"설마, 아직 차이가 엄청 큰데."

그렇게 말은 하면서도 마음속에서는 스케가와의 말을 수긍한다. 하루마가 이런 속도로 기록을 높여 간다면 스케가와가 육상부를 은퇴하기 전에 하루마가 부의 톱으로 나서게 될지도 모른다.

이런 사실을 스케가와도 잘 알고 있는 모양이었다.

"부상 같은 것 없이 이대로 가면 대학도 좋은 곳에 갈 수 있지 않을까?"

"녀석은 식생활도 엉망이니, 없으면 좋겠지만."

부상, 하고 덧붙이자 숨쉬기가 견딜 수 없이 힘이 든다. 편식쟁이인데다 잘 먹지도 않건만 하루마는 어떻게 부상도 입지 않을까?

나름대로 잘 챙겨 먹고 나름대로 깔끔한 폼으로 달리고 있던 자신이 어째서 부상을 당한 걸까? 가슴 깊은 곳을 차가운 바람 한 줄기가 지나갔다. 심장을 스친 통증이 그대로 오른쪽 무릎으로 흘러 간다.

"너, 요전에 1반 이사카랑 같이 자전거로 어디 가더라?"

스케가와가 미야코의 이름을 말한 사실에 소마는 동요했다. 예전에 같은 반이었던 걸까? 미야코에 대해 잘 아는 듯한 말투였다.

"그러고 보니 마주쳤었지?"

"어딜 가고 있었던 거야?"

소마가 미야코와 둘이서 한 자전거를 타고 가는 걸 본 사람은 많았다. 너희들 사귀는 거냐, 둘이서 어딜 가던 길이야? 그렇게 묻는 놈도 있었다. 하지만 스케가와의 음성은 단순히 참견꾼 같은 호기심과는 달랐다.

달라서 더욱 성가시다.

"부 활동 안 오는 날은 마키 클리닉에 재활 운동 하러 가는 거 아니었어?"

그거야, 이미 공공연한 비밀 아닌가. 적어도 3학년들 사이에선.

마이에 소마는 한 주에 며칠간은 부 활동을 쉬고 재활을 위해 병원에 다니고 있다. 방과 후 병원에 가기 전, 비는 틈에 조리 실습실에서 조용조용 그 여자애랑 둘이서 요리를 하고 있다. 그런 식의 이야기가 되어 있다. 되어 있을 뿐이다.

"스케가와도 알고 있잖아. 수술하고 반년이나 지났는데 한 주에 몇 번씩이나 병원에서 재활을 하진 않는다는 거."

당연한 일. 하지만 자기도 스케가와도 하루마나 아버지도 다들 모른 척하고 있던 사실을 소마는 제가 먼저 스케가와에게 들이밀었다.

"뭐 하고 있었던 거야?"

"잠깐 도시락 통 사러 갔어."

"도시락 통?"

"본격적으로 밥을 하기 시작했거든, 최근에. 점심도 도시락 싸와."

"흐응."

심드렁하게 스케가와가 말한다. 스포츠 음료에 입을 대면서 달리고 있는 하루마와 다른 부원들을 본다. 입꼬리에 짜증과 불신감이 들러붙어 있는 것 같다.

"너, 체중 늘었지?"

하루마랑 같은 소리를 하고 있다.

"그렇게 보여?"

"잘 보니까 부상당하기 전보다 훨씬 살이 쪘어. 몇 킬로그램 늘었어?"

그 질문에 무심결에 웃고 말았다.

"무례하긴. 그런 걸 직접 묻네?"

그 정도로 봐주리라 생각한 건 아니지만.

"팔 킬로그램 늘었어."

"파알?"

스케가와가 상상하고 있던 수치보다 훨씬 많았던 모양이다. 갑자기 그의 얼굴이 험악해졌다.

"너, 제대로 트레이닝 하고 있는 거야?"

"하고 있었다면 팔 킬로그램씩이나 찌지 않았겠지."

스케가와의 날카로운 눈이 살짝 커졌다. 그가 상처 입었다는 것을 알겠다. 솔직하게 미안, 최근에 땡땡이, 하고 말했다면 그가 화내는 것으로 끝냈을 텐데. 이상한 말투가 스케가와를 상처 입히고 말았다.

"이사카에게도 들었어. 넌 육상부 연습이 끝나기 직전까지 조리실습실에 있다고."

육상부 녀석들이 귀가하기 전에 도망치듯이 집에 간다고. 그렇게 덧붙이는 스케가와의 눈에 다시 분노의 불꽃이 타오르는 것을 알았다. 전해져 온다.

뭐야, 알고 있었어? 스케가와와 미야코는 생각보다 더 가까운 사이일지도 모른다.

그렇게 생각하자 어깨에서 힘이 빠졌다. 몸이 가벼워지면서 마음에 여유가 생긴다.

"관두는 거야?"

무엇을 관두는지 스케가와는 말하지 않는다. 소마도 묻지 않는다. 스케가와 료스케와는 육상부에 들어왔을 때부터 줄곧 함께 연습을 해 왔다. 상대방의 부진도 함께 뛰다 보면 알게 되고 상태가 좋지 않으면 달리는 모습으로 짐작할 수가 있다.

소마의 이상을 맨 처음 발견한 것도 그였다. 그가 없었더라면 소마는 간토 대회에도 출전했을 것이다. 무릎이 아무리 아파도 달리는 일에 매달려 있었으리라. 그 길을 막아 준 것은 스케가와였다. 수술하라고 말해 주었다. 재활해서 돌아오라고 말해 주었다.

그 말이 마치 자신에게 인도*라도 하는 듯이 들렸다. 그래서 나는 이제 끝난 거야, 하고 생각했다.

"하루마도 네가 부 활동을 게을리하는 거 아닐까 걱정하더라."

"너나 하루마나 생각이 너무 깊어."

애당초 스케가와와 하루마는 안 맞을 것 같은데 어째서 그런 정보는 공유하고 있는 거야? 금욕적이고 자신에게나 남들에게나 엄격한 스케가와랑 제멋대로에 막내 기질인 하루마는 좀처럼 서로를 이해할 수 없으리라 여겼건만.

"돌아오는 거지?"

어디로,라고는 말하지 않는다.

"이렇게 부 활동 나오고 있잖아."

"여름은 무리일지 몰라도 역전 경기는 할 수 있지 않을까?"

여름 인터하이가 끝나고 시원해지면 가을과 겨울은 역전 마라

---

* 불교에서 죽은 자를 정토로 이끌기 위해 관 앞에서 독경하는 일.

톤 시즌이다. 작년 말에 부상을 당해 수술했으니 그 후 제대로 재활을 하고 근력 트레이닝이나 체중 관리도 신경 써서 했더라면 가능했을지도 모른다.

하하하, 하고 웃고 마침 조깅을 끝낸 하루마를 본다.

"1, 2학년들이 꽤 잘하고 있으니 복귀해 봤자 내 자리는 없는 거 아닐까?"

"그래서 이사카랑 요리 같은 거나 하고 있는 거야?"

"우리 집, 남자들뿐이니까. 하루마는 그냥 두면 편의점 도시락이랑 컵라면만 먹고. 자칫하면 다음번엔 녀석이 부상당할걸."

"그거야 물론 부정할 수 없지만."

"나보다는 훨씬 장래 유망하고, 스케가와 너도 녀석이 부상당하면 안 되잖아."

스케가와가 뭔가 말을 하려고, 아마도 너도 아직 할 수 있어,라든가 하는 소리를 하려고 입을 열려는 찰나에 소마가 먼저 말했다.

"소마라는 이름은 녀석에게 붙였어야 해."

스케가와가 하려던 말을 삼키는 게 보인다. 그것이 목 깊은 곳에서 모양을 바꿔 다시 그의 입에서 나오는 것도.

"알겠어."

오늘 치 연습을 마치고 장거리 팀원들이 모두 스케가와에게로 모여 온다. 하루마도 물론 그 속에 섞여 있다. 그들과 상관없이 스케가와는 소마의 눈을 정면에서 노려보며 말했다.

"너는 이제 육상부에 필요 없어."

스케가와는 분노하는 것도 짜증을 내는 것도 아니었다.

그의 말에 누구보다 먼저 하루마가 발을 멈추고 눈이 휘둥그레 졌다.

재활을 게을리하기 시작할 때부터, 체중 관리가 소홀해질 무렵 부터, 언젠가 스케가와에게 이런 소리를 듣게 될 거라고 생각했다.

그리고 그때는 좀 더 화를 내 주길 바랐건만. 배신자라고 욕이라 도 퍼부어 주길 바랐는데.

"고마워, 스케가와."

그렇게 말한 소마에게 하루마가 달려들려 했다. 그걸 말리듯이 스케가와가 오늘도 고생했다, 정리하고 올라가자, 하고 큰 소리로 말했다.

기껏 하루마의 주문에 응했건만 식탁에 앉은 하루마의 얼굴은 어두웠다.

"뭐야, 이거?"

식탁 한가운데 놓인 접시를 가리킨다.

"감자와 베이컨이 든 토마토크림스튜."

그냥 있는 대로 대답한다. 하루마의 표정은 변하지 않는다.

"뭔데, 그게?"

"네가 서양 요리가 먹고 싶다고 해서 배워 왔어."

지금까지 만든 요리법 응용하면 가능하니까, 하고 말하며 미야코가 가르쳐 준 것이 토마토크림스튜였다. 우린 국물을 쓰지 않는 건 좀 달랐지만, 토마토나 화이트소스로 기본 맛을 내고 소금 후추라든가 콩소메*로 간을 맞춰 가는 것은 확실히 일본식 찜 요리를 만들 때랑 비슷하다.

　"자, 먹어. 오늘도 엄청 달려서 배고프잖아."

　밥을 퍼서 하루마에게 건넨다. 오늘은 아버지가 저녁 식사에 맞춰 오질 못해서 맨 먼저 요리에 대해 평을 할 사람이 없다.

　젓가락을 쥔 채 감자와 베이컨이 든 토마토크림스튜가 담긴 접시를 응시하는 하루마를 보며 소마는 손을 모았다.

　"잘 먹겠습니다."

　먼저 감자에 젓가락을 댄다. 천천히 수분을 날려 가며 끓여서 토마토 맛이 온전히 감자에 스며 있다. 감자랑 토마토는 미노루에게서 얻은 것이다. 양쪽 다 슈퍼에서 파는 것에 비하면 잘다는 느낌이 들었지만 맛은 더할 나위 없다.

　감자는 알맹이가 깨끗하고 부드러운 노란색으로 포근포근 달콤하고 토마토는 아삭아삭하고 풋내가 없다. 일본식 요리와는 달리 버터를 써서 채소를 볶았더니 온화한 감칠맛이 재료 하나하나를 감싸고 있는 듯한 느낌이다.

---

* 육류, 야채 따위를 삶은 물을 헝겊에 걸러 낸 맑은 수프.

"어제 처음 학교에서 만들었을 때는 버터를 태워 먹어서 실패였어. 오늘은 제대로 됐네."

특히나 감자. 버터가 들어가니 독특한 단맛이 살아난다. 마쓰리 포장마차에서 버터 감자를 사곤 하는 하루마이니 이걸 싫어할 리는 없다.

내키지 않는 듯이 하루마도 살짝 발그레해진 감자를 입에 넣었다. 먹어 보지도 않고 싫다고 할까 봐 걱정했지만 일단 먹었으니 안심이다.

뜨거,라고 작은 소리를 내고는 한동안 침묵. 씹고 삼키고 말없이 토마토크림스튜를 응시한 다음, 얼굴을 들고 말했다.

"맛있네."

"그렇지?"

만들면서 이건 틀림없이 성공이라고 생각했거든, 하고 말하며 큼직하게 자른 감자를 베어 물었더니 이쪽도 너무 뜨거워 한동안 말이 끊겼다.

그걸 노렸다는 듯이 하루마는 젓가락을 내려놓았다.

"스케가와 선배, 너무하지?"

웃으면서 그렇게 말한다.

"아무리 농담이라도 부상을 당한 사람한테 너무 지나친 거지. '너는 이제 육상부에 필요 없어'라니."

그렇지? 하고 동의를 구한다. 오늘 연습 후의 일을 이야기하는 건 명백하니 모른 체할 수도 없다.

"너무할 거 없어."

그렇게 대답하자 하루마는 예상이 빗나갔네, 하는 얼굴이었다. 그런 대답은 듣고 싶지 않았는데,라고 말하고 싶은 표정으로 소마를 본다.

"어째서?"

"어째서라니……."

"정말 관둔다고?"

표정을 바꾸지 않고 하루마는 계속한다.

인터하이 현 예선 날에 말하지 않았던가? 일농대에 가는 건 영양 관리사가 되기 위해서라고. 그런 간단한 일을 어째서 납득하지 못하는 거야?

"왜 스케가와 선배한테 고맙다는 둥 하는 거야?"

이상하잖아, 그런 건. 가볍게 쥔 주먹으로 식탁을 퉁퉁, 두 번 두드린다. 꽉 움켜쥐지 않은 것이 소마에 대한 염려의 표현인가 싶다.

그걸 보고 부자연스럽게 두근대던 심장이 안정되었다.

"스케가와랑은 줄곧 함께였으니까 알 수가 있어."

"뭘?"

"서로 말하고 싶은 것이라든가, 말하고 싶지 않은 것이라든가, 그냥."

부상이나 재활이나 육상부나 대학에 관한 것도. 소마가 어떻게 생각하고 어떻게 하고 싶은 건지 그리고 무엇을 말로 하기 어려운 지까지도 스케가와는 알고 있는 것이다. 자신의 표정이나 말 구석 구석에서 전해지고 있는 것이다.

하루마에게 일농대에 가는 이유를 말했을 때 더 확실히 해 뒀어야 한다. 얼버무리지 말고 속이지 말고 도망치지 말고. 그만두겠다,라고 잘라 말했어야 하는 거다. 또 한 사람, 이렇게 배신하고 말았다.

"어차피 인터하이 끝나고 나면 3학년은 거의 다 은퇴하잖아."

"역전, 안 한다고?"

하루마가 몸을 내민다. 테이블이 흔들리면서 하루마의 젓가락이 구른다.

"지금부터 해 가지고 되겠어?"

하루마의 입이 움직이고 목 안쪽에서 숨이 막히는 듯한 소리가 났다.

"여름 지나면 육상부 은퇴할 거야. 이제 달리지 않는다고."

'이제 달리지 않는' 유효 기간이 언제까지일지 소마는 이해하고 있다. 스케가와도 어렴풋이 이해하고 있기에 너는 이제 육상부에 필요 없어,라고 말해 준 것이다. 미련도 후회도 아쉬움도 모조리 내던져 버릴 수 있도록.

하루마만이 아무래도 납득하지 못하는 모양이다.

탕, 하고 식탁을 양손으로 내리치고 하루마는 주방을 나갔다. 밥을 반 이상 남겨 놓고. 분명 나중에 배가 고플 거다.

소마는 남은 토마토크림스튜를 입을 크게 벌려 떠 넣었다. 아직 뜨겁다. 하지만 그대로 흰밥과 함께 목에 밀어 넣는다. 혀가 슬쩍 저릿하더니 뒤를 따르듯 욱신, 통증이 찾아왔다.

아주 조금 눈물이 솟아올랐다.

눈을 떴을 때, 못 견디게 배가 고팠다.

저녁은 다 먹은 것 같은데 공복감. 시계를 보니 11시 조금 전이었다. 아직 육상부에서 달릴 마음이 있다면, 이 시간에 뭔가를 먹는다든가 하는 생각은 절대 하지 않는다. 하지만 소마의 발은 조용히 주방으로 향했다.

"뭐 해?"

주방 불이 켜져 있어서 아버지라 생각했다. 하지만 500밀리리터짜리 오렌지주스 종이 팩을 입에 대고 있는 것은 하루마였다.

어색하다는 듯 종이 팩에서 입술을 떼고 하루마는 미간을 찡그렸다.

"그냥."

"배고프지?"

저녁을 거의 먹지 않았으니 분명 지금쯤 엄청 배가 고플 거다.

"야식 만들 건데 너도 먹을래?"

방에서 들고 온 레시피 노트를 펼친다. '밤 10시 넘어 먹으려면 이것'이라는 제목이 붙은 페이지를 펴고 레시피를 살펴본다.

"두유국수, 먹어?"

조만간 두유채소수프라도 만들자 싶어 두유를 한 팩 사 두었다. 일단 먼저 야식에 써 볼까 싶다. 시금치와 양파를 다지며 슬쩍 뒤돌아보니 하루마는 방으로 돌아가지 않고 식탁에 기대서서 오렌지주스 팩에 쓰인 성분표를 들여다보고 있었다.

냉장고에서 티포트에 넣어 둔 우린 국물을 꺼내 냄비에 붓고 불을 붙인다. 끓고 나면 작년 세밑에 받은 소면과 다진 양파를 넣는다. 소면은 슬슬 유효 기간이 다 되어 가니 마침 잘됐다.

"하루마, 콩은 싫어해도 두유는 괜찮지?"

대답이 없다.

소면이 익으면 간장과 맛술로 맛을 낸다. 위장을 자극하는 좋은 냄새가 풍기기 시작했다.

"배고파지는 냄새지?"

잠깐 틈을 두고 하루마가 한숨을 쉰다. 식탁에 종이 팩 내려놓는 소리가 난다.

"그렇네."

냄비에 된장 큰술 하나를 풀어 넣는다. 된장 맛이 우린 국물에 퍼지면 두유를 붓고 시금치를 넣는다. 시금치 줄기까지 연해지면 완성.

"있잖아, 하루마."

그릇에 담으니, 하루마가 말없이 젓가락 두 쌍을 꺼내 왔다.

"넌 열심히 해."

"뭔 소리야, 그게."

"밥은 내가 열심히 만들어 줄 테니까. 잘 먹고 부상 같은 건 절대 하지 말고."

그리고 제대로 달려. 그렇게 덧붙이자 이젠 통증 따위 없던 오른 쪽 무릎이 쿡, 하고 쑤신 것 같다.

하루마는 빠르다. 소마보다 훨씬 훨씬, 빠르고 힘차다.

험악한 눈초리로 뭔가 말하려던 하루마의 입을 막듯이 일부러 들뜬 목소리로 말한다.

"한 묶음 먹을 거지?"

나오던 말을 삼키고 약간 얼굴을 찡그린 채 하루마는 고개를 숙였다. 그대로 끄덕, 하고 살짝 고개를 움직인다.

"안심하고 먹어도 돼. 칼로리 같은 거 다 생각해서 만든 거니 까."

그릇에 담은 두유국수에 아주 조금 고춧가루를 뿌려 내밀었다.

몇 시간 전에 함께 토마토크림스튜를 먹을 때와 완전히 똑같이 앉아 새하얀 국수를 눈앞에 두고 소마는 잘 먹겠습니다, 하고 양손 을 모은다.

"……잘 먹겠습니다."

건너편에서 하루마가 따라한다.

하얀 수프에서 새하얀 국수를 집어 들자, 똑같이 하얀 김이 오른다. 잘 식혀서 입에 넣었더니 두유의 단맛을 제치고 고춧가루가 혀를 자극했다.

*

통증이 가실 때까지 두 달.

깁스를 제거할 때까지 삼사 주.

경기 수준의 운동이 가능할 때까지는 아마도 수술 후 반년 정도 걸린다.

수술이 끝나고 재활을 시작하기 전에 인사차 클리닉을 찾았을 때, 마키 선생님에게 이야기를 듣고 끝났다 싶었다. 시간에 맞출 수가 없다. 이제부터 찾아올 봄과 여름이, 연습과 대회로 가득 찰 힘든 계절이 이 순간 끝났다. 괴이한 소리를 내며 소마 앞에서 사라져 버렸다.

"그 말씀은 더 이상 부 활동은 무리라는 거죠?"

마키 선생님은 쉰 살이 좀 넘은 남자였다. 고등학교, 대학교 시절 여러 가지 운동을 조금씩 즐겼던 모양으로 육상부 고문과도 사이가 좋다. 몸을 움직이는 것을 좋아한다더니 머리엔 백발이 섞여 있지만 몸은 군살 없이 단단하다. 소마 아버지와 달리 배도 안 나왔고 등줄기도 쭉 곧다.

"제대로 재활을 하면 가을엔 맞출 수 있을지도 몰라."

가을. 여름 인터하이가 끝나고 역전 시즌이 시작되는 계절. 거의 일 년 후 이야기를 들으려니, 운동을 할 수 있을 때까지 반년이라는 말보다 훨씬 무겁게 느껴진다. 이제부터 필시 나의 시간은 멈춰 버린다. 반년 동안, 이대로. 오히려 후퇴해 간다. 그리고 주변 녀석들은 변함없이 계속 걸어 나가 자신을 두고 가 버리는 것이다.

스케가와 료스케도 육상부 동급생들도, 후배조차.

마이에 하루마 역시.

"무리 아닌가요?"

하루마가 소마더러 연습 중에 웃으면서 뒤따라오는 쪽을 돌아봐서 짜증 난다,라고 했던 기억이 난다. 웃었던 건 아니었지만 마음속의 여유가 스며 나왔던 것인지도 모른다. 끌어내려질 리는 없을 거라는 여유. 자신은 아직 지지 않는다는 자신감.

언제부터일까? 연습 중이나 경기 중에 뒤돌아보기가 무섭다고 생각하게 된 것은. 앞이 아니라 뒤쪽에만 온통 신경이 쓰이기 시작한 것은.

자신의 오른쪽 다리를 내려다보았다. 새하얀 깁스로 딱딱하게 고정된 다리는 자기 것이 아닌 듯했다. 통증도 아직 남아 있다. 움직일 때마다 골절한 부분인지 수술로 절단한 부분인지, 몸 아래에서 위로 바늘이 꿰뚫고 지나가는 듯한 통증이 찾아왔다.

"재활을 마치고 바로, 그때까지 제대로 연습하고 있던 녀석들을 제치고 대회에 나간다는 둥, 제겐 무리죠."

"난 그렇게 간단히 포기할 일은 아니라고 생각해."

"저는 그렇게 대단한 선수가 아닌걸요."

어째서일까? 지금 엄청나게 괴로운 이야기, 슬픈 이야기, 고통스러운 이야기를 하고 있는 것일 텐데 신기하게 가슴이 아프지 않다.

스케가와가 다리의 이상을 정확하게 알아챘을 때는 눈물을 멈출 수 없었건만 어째서 지금은 아무런 느낌이 없는 걸까?

좁은 진료실의 하얀 벽을 배경으로 마키 선생님이 이쪽을 본다. 그런 건 아니지,라는 둥 잔인한 소리는 하지 않는다.

"돌아갈지 아닐지는 네 자유야."

어디로,인지는 말하지 않는다. 그 말에 어째서일까, 가슴속이 따스해졌다. 그런가, 너는 그런 놈이었던 거구나.

넌 그만두고 싶은 거야. 더 이상 달리고 싶지 않은 거지.

다리가 망가져서일까, 부상이 발견되었을 때 실컷 울어서일까, 마키 선생님이 쓸데없는 소리를 일절 하지 않아서일까. 자신의 마음속이 아주 잘 보였다.

"그런데 소마 군은 대학에서도 육상을 계속할 생각 아니었던가?"

"그냥 그럴 작정이었던 것뿐이에요. 그렇지만 누구나 생각대로 되는 것도 아니잖아요? 고등학교에서 육상을 했던 사람 모두가 대학에서 육상을 한다는 것도 있을 수 없는 일이고, 애당초 무리니까요.”

중학교에서 고등학교로 올라갈 때, 그때까지 함께 노력했던 친구 몇인가는 육상을 그만두었으리라. 다른 운동을 시작한다든가, 문화 쪽 동아리에 들어간다든가, 아르바이트를 시작하는 식으로. 자신들은 투명한 체에 걸러져서 육상을 이어갈지 아닐지 선택을 하는 것이다. 그리고 그것은 아마도 이제부터 몇 번이고 있을 일이다. 대학에 진학할 때, 사회인이 될 때. 한 사람, 두 사람, 때로는 한꺼번에 몇십 명이 몽땅 그만두기도 하는 것이다.

그 속에 자신이 없으리라는 보장 따위 어디에도 없다.

“대학에 가서까지 달릴 인간은 아니라고 육상의 하느님이 말하고 있는지도 모르겠네요.”

메마른 웃음을 담아 이건 농담이고요, 하고 충분히 알아듣게 말한다. 마키 선생님은 웃지도 않았지만 화를 내지도 않았다.

*

노크하고 문을 열었더니 미노루는 평소처럼 편한 자세로 의자에 앉아 있었다. 일단 마로 된 재킷을 걸치고 있으니, 상담을 위해 약간 가다듬은 분위기랄까?

조그만 창이 있는 좁은 상담실은 전깃불이 켜져 있어도 어두컴컴한 것이 숨 막히는 느낌이 들었다. 폐소 공포증 같은 건 절대 아닌데도 어쩐지 기분이 좋지 않다.

맞은편 소파에 앉았더니 미노루는 손에 들고 있던 서류에 딱 한 번 눈길을 주었다. 4월 중순, 학년이 바뀌고 바로 치른 모의고사 결과다. 총점, 과목별 점수, 각 문제의 정오, 교내 백분율, 현 내 백분율, 전국 백분율, 지망교의 합격 가능성, 2학년 때 치른 모의고사와의 비교 그래프까지 있다.

이렇게 숫자나 데이터로 자신을 관리당하는 일엔 익숙해질 법하건만 묘하게 화가 나는 듯하다.

"마이에는 2학년 때부터 의외로 열심히 공부를 했었네."

"의외라뇨? 의외라는 게 무슨 뜻이죠?"

"학급에는 다 알려져 있는 모양이지만, 체육 특기생 추천을 받을 생각이었는데 평점이 모자라서 1지망은 무리일 듯한 녀석도 있거든."

농구부 주장인 아오키 이야기다. 공부와는 아예 담을 쌓았지만 난 농구가 있으니까 대학 괜찮아, 라고 말하곤 했다. 추천에도 평점 평균이라는 최소 기준이 있다는 사실을 몰랐던 것이리라.

"괜찮을까요, 아오키 녀석."

"1지망은 무리일지 몰라도 녀석의 평점으로 추천할 만한 곳을 찾아보고 있어."

그리고 너 말인데, 그렇게 화제를 바꾸더니 미노루는 모의고사 결과를 테이블에 놓았다. 다행히도 2학년 때에 비하면 성적은 올랐다.

"2학년 후반부터 성적이 좋아지고 있어. 3학년 때도 이과랑 수학을 제대로 이수했고. 과목 탓에 지원하고 싶은 학부를 못 갈 일은 없을 거야."

지망 학교 칸엔 제1에서 제5까지, 다섯 개 대학과 학부, 학과 이름이 적혀 있다.

"1지망은 일농대 응용 생물 과학부 영양 과학과. 2지망은 조난대 약학부의 의료 영양학과인가?"

영양 관리사가 되고 싶은 거야? 그렇게 묻는 미노루에게 소마는 망설임 없이 끄덕여 보였다.

"선생님 밭일 도와드리고 이사카랑 요리도 한 덕분에 흥미가 생겨서."

"그렇게 말해 주면 밭으로 끌고 갔던 나로서는 더없이 기쁘지만 작년과는 지망 학교가 너무 다르니까 괜찮은 걸까 싶어서."

미노루는 2학년 때 치렀던 모의고사 성적과 지망 학교 일람을 설명이라도 해 보라는 듯이 굳이 보여 주었다.

"2학년 초부터 줄곧 1지망은 후지사와대였잖아."

미노루의 머리엔 소마의 지금까지 모의고사 결과가 거의 다 들어 있는 것이리라. 감추지 않고 있는 그대로 이야기하기로 했다.

"그 무렵엔 대학에서도 육상을 할 작정이어서."

일 년 전 자신은 스스로를 지나치게 과대평가하고 있었다. 마이에 소마라는 육상 선수는 자기 다리로 뭐든지 손에 넣을 수 있다고, 어디까지라도 달려갈 수 있다고 믿고 있었다.

"그리고 2지망은 에이와 학원인가? 여기도 세잖아."

"그렇죠. 세죠."

3지망 밑으로도 모조리 육상부, 특히 장거리나 역전 마라톤에 강한 곳들이었다.

"일반 전형으로 이런 대학을 지원할 생각은 없니? 그때까지는 재활도 끝나고 경기에도 돌아갈 수 있을 텐데."

"강호 학교 육상부는 일반으로 들어간 녀석 따위 상대해 주질 않아요. 만약 기적적으로 입부가 허용되어 봤자 제 실력으로 상대가 안 되고요."

그럴 리는 없어. 포기하면 안 되지. 젊은이들에겐 무한한 가능성이 있는 거니까. 만약 미노루가 그런 소릴 하는 선생이었다면 이런 이야기는 절대로 안 한다. 미노루는 마치 눈앞에 흘러가는 강물을 응시하듯이 학생을 상대한다. 설령 그 강물에 거대한 복숭아가 떠내려 온다 해도 분명 그 가는 곳을 꼼짝 않고 보고 있을 것이다.

"작년부터 그냥저냥 공부를 했던 것은 추천을 받기 위해 평점을 신경 써서 그런 건 아니에요."

2학년 전반까지는 분명 추천으로 대학에 가는 것밖에 생각하지 않았다. 그러나 여름을 경계로 변했다.

"추천이 안 될 경우를 생각해서 일반 전형을 위해 공부했던 거예요."

"마이에가 하는 말을 정리하자면 작년 11월 부상을 입기 전부터 졸업 후에 육상을 계속하지 않을 생각을 했다는 이야기가 되는구나."

"정답이에요."

"그랬구나. 의외네."

부상 말고 무슨 일이 있었는지는 물을 마음이 없는 것 같다. 그러니 숨기려고 생각하지도 않았다. 오히려 말해 버리자 싶었다.

"저, 그다지 빨리 달리지도 않아요."

"그런 건 아니지. 마이에는 빨라."

"보통 사람들하고 섞어 놓으면 빠를지도 모르지만 전 정말 빠른 선수들과 겨룰 수 있을 만큼 강하지 않다고요."

미노루의 가느다란 눈이 확 커졌다. 눈꼬리에 모인 주름이 펴지며 평소의 온화함이 가셨다. 그렇구나. 미노루가 항상 싱글벙글 복돼지 같은 얼굴인 것은 이 눈꼬리의 깊은 주름 탓이었구나.

"욕심껏 수학이니 화학까지 이수해 두길 잘한 거죠. 안 그랬으면 영양 관리사 양성 과정이 있는 학부, 못 칠 거고요."

"시험이야 치겠지만 좀 더 열심히 공부하지 않으면 1지망은 좀 힘들지도."

"열심히 공부할게요. 다행히 아직 시간은 있으니까."

"육상부는 어쩌고?"

"은퇴한 거나 마찬가진걸요."

공부해야 하는데 매니저 노릇 하겠다고 부 활동에 나올 처지가 아니잖아요,라고 이어 가려 했는데 왜일까, 말이 안 나온다.

"그렇게 정했으면 나는 이러쿵저러쿵 안 할게."

그렇지만. 평소와 다름없는 온화하고 위엄 따위 없는 음성으로 미노루는 이어 간다.

"사 년은, 제법 길거든. 자기가 정말로 하고 싶다고 생각하는 게 아니면 사 년씩이나 진지하게 해낼 수는 없을 거야."

아아, 그렇겠지.

"사 년씩이나 스스로에게 거짓말을 해 가며 배신을 이어 간다는 건 꽤나 힘들 거야."

영양 관리사를 목표로 하는 건 조금 더 신중하게 생각해라. 미노루는 그렇게 말하고 싶은 걸까? 어쩐지 그건 아닌 듯하다. 네가 배신하고 있는 것은 좀 다른 거야. 가슴속에서 목소리가 들린다. 가슴만이 아니다. 다리에서 난다. 오른쪽 무릎에서 울려온다.

"뭐, 어쨌든 공부는 중요하지. 몸이 축나지 않을 만큼만 열심히 공부하면 돼."

"그렇죠. 최선을 다할게요. 육상에만 열중했던 벌이라고나 할까."

이야기의 방향이 모아졌다,라기보다는 마음을 비웠다고나 할 태도로 미노루는 소마의 모의고사 결과를 파일에 집어넣었다. 소마에 앞서 상담했던 학생 것과 함께 옆구리에 끼웠다.

"마에다 선생님이 걱정하시더라, 마이에 형은 괜찮은 거냐고."

마에다 선생님은 육상부 고문이다.

"조만간 사과드리러 갈게요. 폐 끼치고 걱정하게 해서."

마키 클리닉에 안 가도, 부 활동을 툭하면 빼먹어도 마에다 선생님은 소마를 꾸중하지 않았다. 부 활동에 소홀해지는 것은 어쩔 수 없다는 듯 묵인해 주었다.

어땠을까. 마에다 선생님이 직접 적당히 해라, 하며 뺨이라도 갈겨 주었다면 자신은 한 번 더 육상부에서 달려 보자 싶었을까? 아니, 무리겠지. 스케가와에게 너는 이제 육상부에 필요 없어, 하는 소릴 듣고도 내 마음은 흔들리지 않았으니까.

"마에다 선생님뿐이 아니에요. 육상부 녀석들도 같은 반 애들도 모두들 내 앞에선 육상부 이야기는 피하는걸요. 내가 가엾다는 듯이, 동정하듯이, 육상을 했다는 것도, 작년까지 그럭저럭 좋은 결과를 냈다는 것도, 부상을 당한 것도, 아무 일도 없었다는 듯이 말하죠. 내가 육상부에 얼굴을 내밀지 않고 교실에서 시간을 죽여도 어영부영 집으로 가 버려도 아무 소리도 하지 않고 아무것도 못 본 척을 하는 거죠."

"너도 그걸 바란 거잖아?"

"정말 선생님은 모르는 게 없네요."

"넌 알기 쉬운 편이야. 이사카에 비하면 훨씬."

갑자기 튀어나온 미야코의 이름에 소마는 일어서려다가 다시 소파에 앉는다.

"전에도 비슷한 말씀 하셨죠?"

"이사카는 작년에 담임이었는데, 걔는 또 걔대로 여러 가지 일이 있어, 너처럼."

이사카는 지금 누군가와 요리를 하는 편이 나아. 그 말의 속뜻은 여전히 모른다.

"순무를 슬슬 거둬야겠다. 갈래?"

소마가 끄덕이자 미노루는 소파를 삐걱이며 일어선다. 교무실에 서류 두고 올 테니까 밭에서 보자, 하고 손을 흔들며 상담실을 나섰다.

특별 동으로 가려고 복도를 걷고 있다가 복도 유리창에 비친 자신의 얼굴을 보았다. 생각보다 훨씬 더 울먹이는 얼굴이어서 도대체 언제부터 이런 걸까 하고 어깨를 움츠리고 말았다.

수돗물로 깨끗이 씻은 순무를 들고 조리 실습실로 갔더니 미야코는 이미 앞치마를 두르고 부엌칼을 손에 들고 있었다. 벌써 밥솥에 밥을 안친 모양으로 김이 고래의 날숨처럼 솟아오르고 있었다. 불 위에는 냄비가 있다. 된장국이라도 끓인 걸까, 이미 불은 꺼져 있었다. 된장 냄새에 섞여 고소한 기름 냄새가 풍긴다. 그냥 된장국이 아니라 이건 돼지고기가 든 거다.

"왜 이리 늦어?"

"좀 와서 도와주면 좋잖아?"

"난 조리 담당이니까."

그렇게 말하며 닭 날개 뼈를 따라 칼을 놀린다.

"오늘은 뭘 만들려고?"

"순무닭날개조림. 손 씻고 앞치마 입고 칼 가져와. 순무를 이파리랑 몸통으로 나눠."

자, 이거, 하면서 레시피 노트를 던져 준다. 오른손으로 받아 내용을 확인하고 쓰여 있는 순서대로 순무를 칼질하여 몸통과 잎을 나누기 시작한다. 가끔 모양이 비틀린 것들이 도마 위에 안정되지 않아 통, 통, 하고 둔한 소리를 내며 칼을 놀렸다.

"오늘은 꽤나, 그렇네."

"뭔 소리야, 그렇다니?"

잠깐 미야코가 틈을 둔다.

"멍한 얼굴. 하긴 언제나 그렇지만 오늘은 더더욱."

차갑게 말한다. 하지만 날카로운 음색은 아니다.

미야코의 말에 반사하듯이 하하, 웃음이 새어 나왔다. 마음이 스스로를 지키기 위해 그랬는지도 모른다.

"개인 상담이었으니까."

이번 주에 3학년은 일주일 동안 담임과 상담을 하기로 되어 있었다.

"그래도 담임이 미노루 아냐?"

"그렇긴 해도 이것저것 생각을 하게 되잖아."

순무를 손질하고 미야코의 레시피대로 잎을 적당한 크기로 자른다. 동시에 미야코는 냄비에 기름을 두르더니 닭 날개를 늘어놓는다. 잠시 후에 닭 날개 껍질이 구워지는 고소한 냄새가 냄비에서 피어올랐다.

말없이 양손을 움직이는 소마에게 미야코는 한숨과 함께 물었다.

"진로라든가, 미노루한테 뭐라고 한 거야? 상담 후에 미노루 밭에서 혹사당한 걸 보아하니 대답은 대충 짐작이 가긴 하지만."

정말이지, 거침없이 하고 싶은 소릴 그냥 해 대는 인물이다.

"전에 잠깐 이야기했지? 영양 관리사가 되고 싶다고. 일농대에 붙으려면 엄청 열심히 해야 한다고 미노루가 걱정하더라."

"미노루가 걱정하는 건 절대 그런 게 아닐 것 같은데."

그런데 그녀의 거침없음, 뻔뻔함, 무신경함은 이상하게 상쾌하다. 보지 않으려 애쓰던 것들을 은근하고 정중하게 눈앞에 늘어놓아 주는 듯하다.

"이사카는 어릴 때부터 해 온 운동 같은 거 없어?"

"없는데."

"달리기는 좋아해?"

"싫어해. 다리가 느리니까, 나는."

"나는 초등학교 때부터 오래달리기라든가 마라톤 대회가 좋아서 중학교에 가서는 대뜸 육상부에 들어갔어."

잘라 놓은 순무는 데쳐야 하는 모양이었다. 조림 재료가 모두 익은 후에 데쳐 두었던 순무 잎을 넣어 한 번 더 끓인다고 되어 있다.

"정월의 하코네 역전 경기 같은 걸 무지 동경했거든. 오테마치도, 요코하마도, 오다와라도, 하코네도 가 본 적 없지만 그곳을 언젠가 달리게 될 거야, 하고 바보 같은 생각을 했지."

자그만 냄비에 물을 담아 옆 작업대 불 위에 올렸다. 가스 냄새가 살짝 나면서 파란 불꽃이 흔들린다.

"그 무렵부터 줄곧 그랬어. 학년이 올라가고 중학교에서 고등학교로 올라가고 그런 식으로 단계를 밟아 가면서 힘이 없는 녀석이나 재능이 없는 놈은 걸러져 나가지. 모두들 달리기를 그만두는 거야."

"너도 그런 거라고 하고 싶은 거야?"

"그런 거지. 그런 거 같아."

순무 잎을 데치는 동안 순무를 먹기 좋은 크기로 자른다. 콩, 콩, 콩, 하는 리드미컬한 소리가 자기와 미야코밖에 없는 조리 실습실에 울린다.

"넌, 그래도 괜찮은 거야?"

"그게 아니라면 좀 더 제대로 재활을 했겠지."

"그러는 대신 넌 여기서 요리를 하고 있다는 거네. 어쩌다가 미노루 밭일을 도와주고 그 재료로 요리를 하고 동생에게 영양의 균

형이 잡힌 밥을 먹여 주고 있다는."

"응."

"그러다가 마침내 동아리도 이번 여름엔 은퇴하기로 하고 가을 역전 대회도 보지 못하고, 영양 관리사가 되기 위해 수험 공부를 한다?"

"바로 그거지."

"텅 비어 버린 부분을 요리하는 일로 채운 듯한 기분이 된 것뿐인 거 아냐?"

미야코는 냄비에 우린 국물이니 맛술, 간장, 설탕 등을 섞어 넣었다. 뜨거워진 닭 날개 기름과 섞이면서 귀를 흔드는 듯한 맛있는 소리가 난다. 이런 이야기를 하고 있지 않았다면 침이 솟았을 텐데.

"제멋대로 그만둔 형이 '너를 위하여' 하는 표정으로 만들어 주는 밥을 먹어야 하는 동생이 불쌍하네."

이사카는 나를 화나게 만들려는 거야. 정신없이 그녀에게 소리를 지르면서 이 뱃속 깊은 곳에 숨어 있는 진심을 토해 내게 하려는 것일까?

"그럴지도 모르지만 어떤 세계에서나 앞서가는 녀석이라는 건 그런 것들을 어쩔 수 없이 짊어지는 거 아닌가?"

매년 정월이면 하코네를 달리는 선수들도, 고시엔에 출전한 고교 야구 선수들도, 명인전에 도전하는 기사들도, 문학상을 수상하는 작가들도. 그들 뒤에는 그렇게 되고 싶었으나 되지 못한 사람이 산처럼 있고, 그런 사람들의 기대라든가 소망이라든가 질투나 선망, 그런 것들이 그들 어깨엔 지워져 있는 것이다.

내 몫까지 열심히 해 달라는 둥, 넌 우리의 희망이라는 둥. 그런 무책임하지만 강한 구속력을 지닌 말에 사로잡히고, 틀림없이 해를 거듭할수록 그것은 늘어만 가는데 그럼에도 불구하고 달리는 것이다.

마이에 하루마는 그런 인간이 된다.

스케가와 료스케도 그렇게 된다.

이제부터 많은 이들을 걷어차고 많은 이들의 꿈을 부숴 버리고 끝장낸다. 포기한 녀석들은 내 몫까지 달려 줘,라는 둥 해 가며 하루마와 스케가와 속에서 자신의 꿈을 계속 꾸는 것이다.

그야말로 역전 마라톤에서 이어지는 어깨띠처럼. 오만 사람들의 땀이 스며든 어깨띠는 강한 자에게, 계속 달리는 이에게 쭉 쭉 쭉 쭉 이어져 간다.

온갖 사람의 꿈을 등에 지고 그들은 계속 달려가는 것이다.

"너, 정말 그래도 괜찮아?"

응, 괜찮아. 그렇게 말하려 했는데 목이 제 일을 하지 않아 목소리가 안 나온다. 눈물이 솟아나는 것을 깨닫는다. 눈물이 눈에 고여 가는 것을, 알겠다.

"솔직히, 무서워, 달리는 게."

"또 부상당할까 싶어서?"

"그것도 있고, 무엇보다 누군가에게 쫓기는 것이 무서워. 뒤에 있던 녀석이 쫓아오는 것도, 뒤처지는 것도 무섭지."

무엇보다 자신을 제치고 간 등짝이 점점 점점 작아져서 언젠가 보이지 않게 된다는 것이 무섭다.

"있잖아, 이사카. 너 형제가 있어?"

"없는데. 외동이야. 애당초 내가 생겼다는 것 자체가 부모에겐 예상 밖이었던 모양이고."

그런가, 그런 건가?

"동생이란 게 기이한 생물이지. 귀엽기도 하고, 동아리 같은 걸 열심히 해 주길 바라거든. 동생이 경주에 이기면 기쁘고 기록이 좋아지면 제 일처럼 좋아할 수 있어."

하지만.

"하지만 동생에게 지는 건 무지 무섭거든. 다른 사람한테 지는 것과는 또 달라. 훨씬 차갑고 아프지."

하루마를 싫어할 수 있으면 좋을 텐데, 몇 번이나 생각했던가? 그편이 훨씬 편했을 텐데. 도대체 자기 안의 무엇이 그렇게 시키는 것인지 알 수 없다. 하지만 하루마에게 대회에서 질 때마다, 기록을 추월당하고, 점점 차이가 벌어져 갈 때마다 소마의 마음은 소마를 계속 배신하는 것이다.

예를 들어 하코네 역전 경기에서 자기가 달리고 있는 모습을 상상하고자 한다. 동경하던 어린 시절 언젠가는 반드시 달리고야 말겠다고 믿고 있던 장소를. 하지만 어느샌가 거기 있던 자신은 마이에 소마가 아닌 것이다. 무척이나 닮은, 특히 눈이 판박이라고 남들이 말하는, 마이에 하루마의 얼굴이 되어 있다.

이제 자기는 끝난 것이다.

"부상을 당했을 땐 슬펐어. 약도 오르고. 그렇지만 안심도 됐어."

"그만둘 핑계가 생겼으니까?"

"이제 나는 동생한테 지지 않아도 되니까."

툭, 하고 도마 위로 물방울이 떨어진다. 소마의 두 눈에서 나온. 아아, 좀 전에 미노루와 상담할 때는 제대로 참을 수 있었는데.

"어이, 순무엔 떨어뜨리지 마. 짜지면 안 되니까."

손등으로 눈을 닦고 가슴에 쌓인 것을 한숨과 함께 뱉어냈다.

"숨은 맛이 기막힐걸?"

그렇게 말하며 도마째로 미야코에게 들고 간다. 미야코는 말없이 한 입 크기로 자른 순무를 냄비에 또르륵 옮겨 담았다.

"이럴 때도 위로해 주진 않는구나, 이사카는."

정말이지 남들이 아무리 낙담하고 슬퍼해도 똑같은 녀석이다. 의자에 힘없이 걸터앉아 소마는 어깨를 흔들었다.

"뭐야, 위로해 주길 바란 거야?"

"살짝."

솔직히, 소마는 그렇게 말했다. 분명 미야코는 웃어넘길 것이다. 한심하긴, 하면서. 네가 정한 거잖아,라고.

그러나 냄비에 뚜껑을 덮은 미야코는 입을 열려 하지 않고, 천천히 소마에게 다가왔다. 작업대 아래서 의자를 끌어내더니 소마 옆에 놓았다. 거기 앉은 미야코는 불에 올린 냄비를 한동안 바라봤다.

"도망쳐도 된다고 생각해."

가스 불 소리에 묻힐 듯한 조그만 소리로 미야코가 그렇게 말하는 것이 들렸다.

"달리기로부터도, 동생에게 지는 것으로부터도 도망쳐도 된다고 생각해."

그런 것이, 나는 나쁘다고 생각하지 않아.

미야코의 손이 문득 소마의 머리를 붙잡았다. 슈퍼에서 딱 좋은 크기의 양배추라도 골랐다는 듯이 움켜잡더니 그대로 자기 어깨로 끌고 가 소마의 어깨에 팔을 둘러 왔다.

끌어안는 것도 아니고 머리를 쓰다듬지도 않는다. 하지만 소마와 어깨를 붙이고 아무 말도 없이 그냥, 그렇게 있었다.

보글보글, 보글보글. 순무가 들어 있는 냄비가 기분 좋은 소리를 낸다.

순무닭날개조림 마이에 하루마

조리 실습실에 찾아온 사람은 없고 불도 켜져 있지 않았다. 시험 삼아 문을 밀어 보았지만 열쇠가 잠겨 있었다.

육상부는 화요일에서 금요일까지 아침과 방과 후, 토요일도 거의 온종일 연습이 있다. 월요일은 소중한 휴일이다.

특별 동에 있는 조리 실습실은 육상부가 연습에 쓰는 운동장과 닿아 있는데도 거의 발을 들인 적이 없었다. 2학년부터 가정 수업이 시작되었지만 조리 실습은 세 번쯤밖에 안 했다.

익숙하지 않은 곳이어서 더구나 이런 데서 시간을 보내는 형의 모습을 상상할 수가 없다.

조리 기구도 식기도 식재료도 복도 쪽 창에서 보이는 곳엔 없다.

어두컴컴한 실내는 무기질의 차가운 인상이었다.

그러고 보니 조리 실습이라는 것을 예전부터 싫어했다. 먹고 싶지도 않은 음식을 굳이 만들어 모두 모여 앉아 먹어야만 한다. 급식보다 골치 아픈 시간이었다. 더구나 만든 음식에 손을 대지 않고 앉아 있으면 모두 힘을 모아 정성껏 만든 건데 너무하네, 하며 아이들과 선생님이 함께 눈살을 찌푸렸다.

편식쟁이라는 건 자각하고 있다. 거기다가 먹어 보기도 전에 싫어한다는 것도. 좀 더 일찍 누군가가 그러면 안 되니까 고쳐야지, 하고 교정해 주었더라면 이렇게까지 심해지진 않았을 것을, 싶다.

엄마가 안 계신 마이에 집안에서 요리 담당은 할머니였다. 그런데 곤란하게도 할머니는 그다지 요리를 잘하지 못했다. 더구나 해가 갈수록 음식 맛이 싱거워지더니 된장국 같은 경우, 아주 약간 소금 맛이 나는 갈색 물이었다. 조림 같은 것도 애당초 재료의 색조차 전혀 변하지 않을 정도였다.

예전부터 할머니는 하루마에게 너그러웠고 조림은 싫어, 하면 이걸로 먹을 것 사 오렴, 하고 돈을 주곤 했다. 할머니가 몸이 좋지 않아 입원하고, 꽤나 쌀쌀했던 가을밤에 돌아가시고 나서도 편의점 도시락 생활이 이어졌다. 아버지와 형이 음식을 만들기는 했지만 하루마가 먹을 만한 것은 별로 없었다.

형이 이곳에 다니기 시작한 것은 그런 생활이 반년 정도 이어진 5월 초였다. 묘하게 열심히 주방에 들어섰다. 하루마가 싫어하는 것들을 이렇게 저렇게 솜씨를 내어 만들기 시작했다. 피망도 당근도 무도 완두콩도 표고버섯도 검은콩도 생선이나 묵 같은 것까지. 쓴맛이나 신맛을 지워 버리고 잘게 다지거나 으깨거나 해서 그것들이 아예 안 보이게 만들기도 하고.

할머니 요리와 어디가 다른가, 생각할 때가 있다. 할머니 요리는 심하게 말하자면 '자아도취'였다. 자신의 혀에 맞는 맛을 내고 자기가 먹고 싶은 걸 만든다. 함께 먹을 사람이 이 맛을 좋아할지 이 식재료를 마음에 들어할지는 생각하지 않는 것이다. 먹고 싶지 않다는 사람에게는 그럼 먹고 싶은 걸 사다 먹어라, 하고 돈을 내민다. 고맙긴 하지만 그건 결코 친절한 행위는 아니었던 것이다.

그래서 자기는 형이 만든 음식을 남길 수가 없는 것이리라.

"우와, 동생 쪽이 와 있네."

그런 소리가 날아들어 돌아보니 그 사람이다.

"웬일이라고나 할까. 처음이지? 동생 쪽이 온 건."

이사카 미야코. 아마도 형을 이 조리 실습실로 끌어들인 인간. 배낭을 오른쪽 어깨에 메고 큰 걸음으로 성큼성큼 하루마에게 다가온다. 옷을 갈아입어 점퍼스커트에 흰 블라우스 차림이다. 블라우스 소매를 걷어 올리고 스커트 주머니에 양손을 집어넣은 그녀는 의아하다는 듯이 하루마를 본다.

최근엔 형이 도시락을 싸 주는 바람에 못 보지만, 매점에 가는 길에 중정에서 도시락을 먹고 있는 걸 몇 번인가 본 적이 있다. 형과 둘이서 걷고 있는 것도, 방과 후에 함께 나가 슈퍼마켓 봉지를 들고 돌아오는 것도.

"네 형은 오늘 상담인데."

후훗, 하고 웃나 싶더니 그렇게 말하고는 조리 실습실로 들어가 버렸다. 닫히던 문을 잡고 미야코를 불러 세운다.

돌아본 미야코는 마치 하루마가 그럴 줄 알고 있었다는 듯한 얼굴이었다.

"배고파?"

대답은 하지 않고 입을 찡그렸다.

"난 배고픈데. 오늘은 도시락이 좀 모자랐거든."

이쪽 대답이야 알게 뭐람, 하는 태도로 미야코는 조리 기구를 준비하기 시작했다. 앞치마를 두르고 머리를 하나로 묶더니 손을 씻는다. 그러고는 식재료로 가득 찬 냉장고에서 채소를 들고 오더니 쓱쓱, 썰기 시작했다. 무, 당근, 우엉, 양파. 경쾌하고도 균일한 소리로 삭삭 썰어 간다.

이쪽은 묻고 싶은 것, 하고 싶은 말이 잔뜩 있는데. 할 수 없이 옆 테이블에 앉아 바라보고 있으려니 냉장고에서 꺼내 온 돼지고기 팩을 던졌다.

"한가하면 도와줘, 동생."

"어? 왜……."

"선배한텐 존댓말을 써라."

"왜요?"

"나한테 볼일이 있어서 온 거잖아? 그 정도는 해 줘야지."

자, 형 앞치마를 입어, 하면서 이번엔 하얀 앞치마를 던진다. 펼쳐 보니 가슴에서 배 부분까지 간장이니 우린 국물 자국이 얼룩덜룩하다. 한 곳엔 피 같은 검붉은 얼룩까지 있다.

"그거 처음 부엌칼로 싹, 했을 때 자국인가? 비명을 지르더라고."

그러고 보니 5월쯤, 엄지손가락에 엄청 큰 반창고를 감고 있었던 적이 있다. 이유는 끝내 말해 주지 않았지만 역시나 여기서 그런 건가?

"그걸 입고 손을 씻는다. 그 돼지고기를 먹기 좋은 크기로 자른다."

그래도 움직이지 않는 하루마에게 덧붙였다.

"도와주면 네가 알고 싶은 걸 말해 줄 테니까."

이 여자 질색이야. 그대가 뭘 모르는지도 무엇을 알고 싶어 안달하고 있는지도 난 알고 있답니다. 이런 걸 숨김없이 이쪽에게 주장하고 있다.

"……난, 요리 같은 건 해 본 적이 없다고요."

길이가 짧은 앞치마 소매에 팔을 집어넣으며 내뱉는다.

왼손으로 얇게 썬 돼지고기를 누르면서 칼질을 한다. 세 번째로 징그러, 하는 말이 새어 나온다. 지방의 미끄덩한 촉감과 끈적한 막 같은 것이 손바닥에 들러붙는 듯한 불쾌감. 빨리 잘라 버리고 싶은데 좀처럼 깔끔하게 단번에 잘리지 않는다.

테이블 너머에선 미야코가 한심하다는 듯한 얼굴로 곤약을 한 입 크기로 자르고 있다.

"이걸로 뭘 만들려는 거예요?"

"여기까지 했는데도 모른다고? 돼지고기된장국이지."

"몰라요."

"오늘은 곧 순무가 올 예정인데 닭 날개와 졸여 볼까 싶어. 그 전에 된장국을 완성하려고."

알았으면 손을 움직인다. 그렇게 명령하고는 미야코는 커다란 냄비에 기름을 둘렀다. 엄청난 무, 당근, 양파, 우엉을 집어넣고 주걱으로 뒤적이며 볶는다.

소마는 날마다 이런 식으로 그녀와 요리를 하고 있는 걸까? 부아가 치밀거나 하진 않을까? 아니면 형 녀석, 이런 타입 여자를 좋아했던가? 들어 본 적이 없군.

"너, 역시 형이랑 똑같다."

다 자른 돼지고기를 앞에 두고 잠깐 쉬려는데 건너편에서 갑작스레 말한다.

"그래도 역시 동생 쪽이 아기 같은 얼굴이고."

그런 쓸데없는 소리를.

"아아, 그런가요?"

도마째로 돼지고기를 들이밀자, 그 불균등한 크기와 지나가는 말로도 깔끔하다고는 못 할 모양에 아니나 다를까, 아, 아, 하는 웃음 반 한숨 반 반응이다.

"그리고 형 쪽이 살짝 나은 솜씨. 도토리 키 재기이긴 하지만."

"쌍둥이도 아니고 당연하죠."

"그래도 다리는 동생 쪽이 단연 빠른 거지?"

수돗물을 틀려던 손이 멈춘다. 기름투성이 손을 일 초라도 빨리 씻고 싶었는데.

"작년 가을 단계에선 내 쪽이 약간 빨랐지만 부상만 없었다면 형은 지금쯤 분명 나보다 훨씬 빨라져 있었을걸요."

부상만 없었다면 지금쯤 인터하이 키타간토 예선을 앞둔 연습을 하고 있었을 텐데.

"대학도 분명 체육 특기생 추천으로 육상이 강한 곳에 갈 수 있었을 텐데."

"그런데 그놈의 부상 때문에 일반 전형으로 일농댄가?"

여름 방학에 죽자고 공부하지 않으면 위험한 모양이지만 말이야, 그렇게 말하면서 미야코는 볶은 채소와 돼지고기가 들어 있는 냄비 물에 우린 국물을 더 붓고 뚜껑을 덮는다. 역시 그녀는 소마가 희망하는 진로를 알고 있었다. 아마도 자신보다 훨씬 자세하게.

"그야 그렇죠. 공부 같은 건 지금까지 제대로 하지 않았으니까.

차라리, 떨어져 버리는 편이 낫지 않으려나?"

우린 국물을 붓고 나서 끓을 때까지는 딱히 할 일이 없는 모양이다. 고요해진 조리 실습실에서 자신의 말이 스스로 생각했던 것보다 훨씬 냉정했다는 사실에 하루마는 놀랐다. 길고도 차가운 바늘이 되어 몸 마디마디를 찌르는 듯하다.

미야코가 화를 내지 않을까 싶었다. 소마를 영양 관리사의 길로 가게 만든 건 그녀라고 여겼기에.

"그럴지도."

의외의 대답에 하루마는 자기도 모르게 미야코를 곁눈으로 응시했다. 의자에 앉아 불 위의 냄비를 바라보던 그녀가 도대체 어떤 의도로 그렇게 말한 걸까 짐작도 할 수 없다.

동시에 뱃속 깊은 곳이 냄비 안의 우린 국물처럼 끓어오르는 듯한 느낌이었다.

"응원하고 있는 거 아니었나요?"

자기도 형이 대학에 떨어지면 좋겠다고 지금 막 말한 주제에.

"열심히 했으면 싶은 것도 아니고, 응원하지 않는 것도 아냐."

"어째서요?"

"녀석이 영양 관리사가 되려고 하는 건 알고 있지?"

"급식실 오빠라도 될 작정인 걸까요?"

"넌 영양 관리사가 무슨 일을 하는 건지 제대로 알아본 적 없지?"

그런 문제가 아니다.

"형이 육상을 그만두다니."

있을 수 없어? 틀렸어? 이상해?

너무해?

"……뭐랄까, 좀 아닌 것 같아서."

"그만두고 싶었던 것 아닐까? 부상당하기 전부터."

"그런 걸 어떻게 다 알아요?"

당신은 그 무렵엔 형을 알지도 못했잖아?

"그야, 어떻게든 계속하고 싶으면 죽기 살기로 재활을 한다든가 뭔가 방법이 있었겠지? 그걸 잘 알면서도 네 형은 달리기를 그만 두려고 하고 있는 거야."

알고 있다. 하루마도, 소마도 그리고 아버지나 고문, 코치나 팀 동료들도. 정도의 차이는 있겠지만 다들 어렴풋이 느끼고 있다.

필사적으로 이해하지 않으려는 것은 어쩌면 하루마뿐인지도 모른다.

"웃기지? 너네 형."

가엾지도 짠하지도 않다. 웃긴다. 그 표현에 하루마는 자기 속에서 분노의 감정이 솟아오르는 것을 깨달았다.

"뭔 소리예요, 그게?"

"육상이 없어져 버린 곳에 필사적으로 다른 것을 채워 넣고 있어."

"알고 있으면서 어째서 그만두라고 말려 주지 않는 거죠?"

"그만둘 결단을 내리는 건 내가 아냐. 녀석이 스스로 깨달을 때까지, 성이 찰 때까지 해 보는 수밖에 없다고."

"그런 짓 하고 있는 동안 순식간에 대학생이 되어 버려요."

고민하고 싶으면 반년이고 일 년이고 고민하면 된다. 하지만 사람의 몸이라는 건 변하지 않고 기다려 주지 않는다. 주변 인간들역시 기다려 주진 않는다. 고민 끝에 형이 육상으로 돌아와 봤자, 거기 그의 자리가 있으리라는 보장은 없다. 없을 가능성이 훨씬 높다. 일 년 이상 공백이 있었던 소마의 몸이 어느 정도나 달릴 수 있을지도 알 수 없다.

"넌 형이 달려 주기를 바라는 거구나."

"그렇죠."

그러면 안 되나?

순수한 동료라는 존재여도 좋고 기록이나 순위를 겨루는 상대라도 좋다. 장거리를 달리는 선수에게 옆을, 앞을, 뒤를 달리고 있는 사람이 얼마나 중요한지, 아마 미야코는 모를 것이다.

"난 형이 달려 주길 바라요. 선배가 이해하지 못해도 상관없지만."

"삐치기는. 형제 사이가 좋은 거야 나쁠 거 없지. 형을 라이벌로여기는 것도 동생으로선 당연한 거고."

냄비에서 천천히 보글보글 하는 끓는 소리가 나기 시작했다. 그러자 미야코는 떠오르는 거품을 걷어 내고 국자로 된장을 뜨더니 냄비 안에 요리 젓가락으로 풀어 넣기 시작했다.

"언제나 형이 앞에서 달리고 있었다고요."

냄비에서 피어오르는 김을 바라보며 하루마는 말했다. 그 건너로 신기루처럼 옛날 일이 떠오른다.

"우리 가족은 왜들 그런지 나한테만 과보호거든요. 반대로 형은 야무지다는 둥, 해 가면서."

"맞아 맞아. 정말 그래."

과장되게 고개를 끄덕이는 미야코를 무시하고 말을 이어 간다.

"초등학교 때 전교생이 참가하는 마라톤 대회가 있었는데, 학년을 뒤섞어 놓고 모두 함께 출발하는 거였어요. 상급생을 따라잡는 게 재미있어서 나도 형도 열심히 연습을 했거든요."

"아, 그 얘기, 형도 한 적이 있어."

"일요일 저녁이라든가 집 주변 제방 같은 데를 온 가족이 달리는 거죠. 형 쪽이 빠르니까 점점 차이가 벌어지죠. 그러면 우리 아버지는 힘내라, 힘내, 하면서 나랑 나란히 달렸어요. 그 무렵엔 할머니도 건강했으니까 자전거를 타고 내 뒤를 따라왔고."

그랬다. 하지만 두 사람은 절대로 소마와 나란히 달리진 않았다. 하루마 곁에서 형도 힘내라! 하긴 했지만 같이 달리진 않는다. 자기 쪽이 한 살 어리니까 어쩔 수 없는 일이었을지도 모른다. 그래도 솔직히 좀 성가셨다.

"바로 옆에서 아버지나 할머니가 달리고 있으면 페이스도 흐트러지고 어쩐지 부끄러워서 다 뿌리치고 형에게 붙어 가자 싶거든요. 그러면 형은 슬쩍 돌아보고 웃는 거예요. 그러고는 속도를 확 높이는 거죠. 그러니 이쪽에선 쫓아갈 수가 없고."

본대회에서도 매년 그랬다. 상급생들을 확확 제치면서 형의 등을 무리 속에서 찾는 거다. 쫓아간다. 하지만 도저히 따라붙진 못한다. 따라붙었나 싶으면 떨구고 간다. 결국 형이 졸업할 때까지 한 번도 제치지 못했다. 물론 하루마가 마라톤 대회에서 종합 우승을 하는 일도 없었다.

"약이 올라서 울어 버린 적도 있었죠, 그러고 보니."

중학교에서 육상을 시작한 것은 육상부에 들어간 형을 따라서였다.

"가까스로 따라잡았나 싶으니 부상이나 당하고."

고등학교에 들어오고부터 자신의 달리기가 좋아지는 것을 실감하고 있었다. 소마와 같은 대회에 나가 소마보다 좋은 기록으로 좋은 순위로 경기를 마치는 일도 늘었다.

틀림없이 형은 웃으면서 다시 페이스를 올릴 거라고 생각하고 있었다.

"그만둬 버리다니."

자기도 모르게 고개를 떨구고 있던 하루마 앞에 미야코가 다가섰다. 그리고 갑자기 하루마의 어깨를 붙잡더니 이쪽으로 와, 하고는 칠판 앞으로 끌고 가 교탁을 가리킨다.

"뜬금없이 뭐예요?"

"여기 숨어 있어."

교탁 밑에는 사람 하나가 들어갈 만한 공간이 있었다. 거기 들어가 있어라, 하는 것이다.

"그리고 그거 벗어, 앞치마."

대답이고 뭐고 없이 앞치마를 벗긴다. 뭐라고요? 뭔 소린지 모르겠네. 그렇게 말하려던 하루마를 제지하듯이 미야코가 자기 입술 앞에 검지를 세웠다. 입을 다물자 조리 실습실 밖, 복도에서 조그맣게 발소리가 들린다.

"네 형이 왔어."

저벅, 저벅, 저벅. 약간 무거운 발걸음. 이게 소마라는 것을 금세 알아차릴 만큼 미야코는 오랫동안 소마와 이 장소에서 지내고 있었다는 것일까? 겨우 두세 달 아닌가?

그만큼의 속도로 형은 육상으로부터도 동생인 자신으로부터도 멀어져 간 것일까?

"네 형, 오늘도 미노루 밭에서 혹사당했어. 막 수확한 순무를 여기 가져오기로 돼 있거든."

다시 한번 꽉 어깨를 눌러 교탁 밑에 밀어 넣었다. 이대로 조리 실습실을 나섰다간 확실히 마주친다. 그건 싫다.

나는 너를 위해 달리는 게 아니라고.

여름이 끝나면 육상부는 은퇴할 거야. 이젠 안 달려.

소마의 말이 차례차례 생각난다. 소마랑은 그 후 그다지 이야기를 나누지 않았다. 말도 안 섞는다든가 얼굴을 보아도 무시한다든가 하는 식은 아니다. 하지만 소마의 얼굴을 볼 때마다 자기 안에서 뭔가 삐걱이는 소리가 들린다.

교탁 아래서 양 무릎을 끌어안음과 동시에 조리 실습실 문 열리는 소리가 났다.

"왜 이리 늦어?"

미야코의 음성.

"좀 와서 도와주면 좋잖아."

소마의, 목소리. 정말 소마였다. 즐겁게 이야기를 건네며 소마가 손 씻는 소리가 난다.

소마가 들고 온 순무와 닭 날개를 사용하여 정말 조림을 만들 작정인 듯하다. 어이 어이, 도대체 얼마나 여기 있어야 하는 거야? 불길한 예감에 필사적으로 숨을 죽이고 있으려니 이야기가 시작되었다.

"진로라든가, 미노루한테 뭐라고 한 거야? 상담 후에 미노루 밭에서 혹사당한 걸 보아하니 대답은 대충 짐작이 가긴 하지만."

상담 이야기. 진로 이야기.

마이에 소마의 앞으로의 이야기.

소마는 초등학교 시절 이야기를 했다. 좀 전에 하루마가 미야코에게 들려주었던 마라톤 대회 이야기도.

형은 줄곧 선두를 달렸다. 마라톤 대회 전엔 집 근처 제방을 도는 특별 훈련을 즐겁게 소화해 냈다. 아아, 분명 선두를 달린다는 건 기분이 좋을 거야. 아무도 자기 앞에서 달리지 않는다. 눈앞의 풍경이 모조리 자기 것.

형이 졸업한 뒤 마라톤 대회에서 하루마는 소마와 같은 광경을 보았다. 앞에 아무도 달리고 있지 않은 광경을. 골인 순간에 들려오는 환성을. 그런가? 이게 있어서 소마는 아무리 먼 거리라도 허파와 심장이 터져 버릴 듯한 고통 속에서도 즐겁게 팔을 앞뒤로 흔들며 달릴 수 있는 것이다.

자기도 이런 기분 좋은 장소에 있고 싶다고 생각하는 것이 그렇게 나쁜 것이었을까?

형을 따라잡기 위해 연습하고 똑같이 육상부에 들어가고.

그게 잘못한 일이었을까?

"학년이 올라가고 중학교에서 고등학교로 올라가고 그런 식으로 단계를 밟아 가면서 힘이 없는 녀석이나 재능이 없는 놈은 걸러져 나가지. 모두들 달리기를 그만두는 거야."

관둬, 관두라고. 그런 소린 하지 마.

미야코가 다시 한번 냄비를 불에 올린 것인지 가스 불 스위치를 돌려 불을 붙이는 소리가 났다.

"너도 그런 거라고 하고 싶은 거야?"

관둬, 바보.

그런 걸 형한테 물으면 안 되지.

"그런 거지, 그런 거 같아."

뭐야, 아무렇지도 않은 대답.

무릎을 안고 있던 두 손을 하루마는 꽉 쥐었다. 교복 바지에 깊은 주름이 잡힌다. 이어진 두 사람의 대화도 다 들렸다. 동생에게 뒤진 형의, 애정이 뒤섞인 어찌할 수 없는 감정.

넌, 그래도 괜찮은 거야?

그게 아니라면 좀 더 제대로 재활을 했겠지.

그런 잔혹한 이야기를, 목에 필사적으로 힘을 주어 가며 듣고 있었다.

"제멋대로 그만둔 형이 '너를 위하여' 하는 표정으로 만들어 주는 밥을 먹어야 하는 동생이 불쌍하네."

"그럴지도 모르지만 어떤 세계에서나 앞서가는 녀석이라는 건 그런 것들을 어쩔 수 없이 짊어지는 거 아닌가?"

관둬. 그런 건 난 원하지 않아. 짊어지고 싶지도 않고 누군가의 이상을 떠맡고 싶지도 않다고. 소마를 이기고 싶기는 하지. 하지만 걷어차고 짓밟아 가면서까지 가야 할 곳이 자기에겐 없다.

오직 그저 그와 같은 장소를 달리고 싶었을 따름이었다.

"부상을 당했을 땐 슬펐어. 약도 오르고. 그렇지만 안심도 됐어."

"그만둘 핑계가 생겼으니까?"

미야코의 음성은 웃음이 날 만큼 아무렇지도 않았다. 상냥하게 다정하게 물어볼 마음은 없는 모양이다.

"이제 나는 동생한테 지지 않아도 되니까."

그녀의 물음에 고개를 끄덕이는 소마의 음성은, 얼굴을 볼 수 없는 하루마라도 확실히 알아챌 만큼 물기가 어려 떨리고 있었다. 그런 소마에게 미야코가 다가가는 것도 알겠다. 아무런 말도 없었다. 소리도 없었다. 그저 불 위에서 냄비 끓는 소리만 들렸다.

하지만 어떻게 된 일일까? 그 난폭한 말투의 이사카 미야코가, 거칠고 무례하고 단 1밀리그램도 상냥함이라든가 배려를 보이지 않는 미야코가 형의 상처를 가만히 어루만져 주고 있는 모습이 눈에 떠오른다. 하루마도 스케가와도 아버지나 고문, 마키 선생님도 치유할 수 없었던 상처를 고요히, 고요히.

"언제까지 거기 박혀 있을 거야?"

소마가 완성된 순무닭날개조림을 들고 귀가하고, 잠시 후에 미야코가 교탁 밑을 들여다보았다. 얼굴을 보이고 싶지 않아서 하루마는 양 무릎에 얼굴을 묻고 있었다.

"조림하고 된장국, 그리고 갓 지은 밥. 네 몫으로 챙겨 놨으니까, 삐쳐 있지 말고 나오시지."

"삐치긴 누가?"

"삐쳤잖아."

사랑하는 형님이 육상을 그만둬 버리신다니, 그냥 삐쳐 있는 것 뿐이잖아. 한숨을 섞어 가며 그런 소리를 미야코는 중얼거린다.

"그래서 뭐가 나쁜데!"

이 짜증 나는 여자를 한 대 쥐어박아 줄까? 그렇게 생각하고 기세 좋게 일어서려다가 교탁에 머리를 부딪쳐 엉덩방아를 찧고 말았다. 머리 꼭대기부터 발끝까지 지잉 하고 통증이 꿰뚫고 지나갔다.

"아아, 뭐 하고 있는 거야?"

"시끄러워요!"

겨우 교탁에서 빠져나와 미야코를 노려본다.

"형이 올 걸 알고 있었죠?"

알면서 나한테 요리 보조 따위를 시킨 거다. 내가 형 이야기를 듣게 만들려고.

"응, 알았어."

순간 주먹이 올라갈 뻔했다. 도대체 소마는 이런 여자가 왜 좋은 걸까? 육상을 계속하는 것보다 이런 여자랑 요리를 하고 있는 편이 즐겁다는 걸까? 사과해, 사과하라고. 나랑 스케가와랑 다른 육상부 녀석들에게, 고문이나 코치에게도 사과해. 육상 그 자체에 사과해.

그런 하루마를 무시하고 미야코는 가볍게 하루마의 가슴팍에 검지를 세웠다. 손가락 끝이 아주 약간 교복 셔츠에 닿았을 뿐인데 그녀의 체온이 전해져 오는 것 같았다.

"너 말이야, 형 입으로 확실히 그만두는 이유를 듣지 않으면 납득이 안 되잖아."

그건 그렇다.

"게다가 마이에 소마는 너한테 형 체면이 있어서 멋진 형으로 남고 싶은 마음을 버리질 못하니까 이길 수 없는 게 무서워서 관둘게,라고는 절대로 말 못 하거든."

"그런 게."

아냐,라고 말할 수는 없었다. 실제로 소마는 자기 입으로 그렇게 말하지 않았던가?

"동생인 네가 생각하는 것보다 훨씬, 네 형은 별 볼 일 없어. 좋은 형 같은 것도 아니고. 동생한테 지는 게 무섭고 용서할 수 없고 싫다는 거지."

이미 앞치마를 벗고 머리도 내린 미야코는 불 위에 놓인 채로 있던 냄비에서 조림과 국을 떴다. 밥도 한 사람분 푼다.

"어쨌든, 일단 먹고 가. 만든 녀석의 특권이니까."

작업대 위에 차려진 밥, 된장국, 순무닭날개조림. 냉차 컵에 담긴 차가운 녹차까지 있다.

필요 없어, 이딴 것. 그렇게 말하고 조리 실습실을 뛰쳐나가 버리고 싶었다.

"네 형이 밭에서 캐 와서 씻고 자른 순무니까 먹어 봐."

자기 몫으로 작은 접시에 뜬 조림을 젓가락으로 집어 가며 미야코는 녹차를 마신다. 미야코는 맛있다,를 되풀이하며 자기가 만든 음식에 자화자찬을 주저하지 않는다.

울면서 순무를 칼로 자르고 있던 소마를 떠올리면, 아무래도 이대로 가 버릴 수는 없다.

그녀 맞은편에 앉아 하루마는 한동안 음식을 바라보고 있었다. 정말이지, 이사카 미야코는 얼굴이나 말투에 어울리지 않게 따스한 음식을 만든다. 건더기가 잔뜩 들어 있는 국에서 된장 향이 나고 다진 파의 녹색이 선명하다. 조림 역시 재빨리 만든 것치고는 순무에 닭 날개 기름과 양념장이 어우러져 반짝반짝 윤기가 흐른다.

아직 뜨거운 순무를 신중하게 불어 식혀 입에 넣었다. 달콤한 양념이 위턱을 간질이는 것 같다. 달콤하고, 짭짤하면서 순무 그 자체의 달큰한 맛이 있다. 날개 역시 부드럽다. 하루마가 자른 들쭉날쭉 돼지고기가 든 된장국 역시 조림의 맛을 방해하지 않는 온유한 맛이다.

"오오, 맛있어서 감동하고 있군."

"그건 좀 허풍이고요."

그러나 확실히 맛있다. 그러고 보니 난 뿌리채소 질색이었는데, 새삼스레 생각한다.

"저기, 이사카 선배."

"뭐?"

닭 날개를 입에 문 채, 대답한다.

"어떻게 해서 형이 여길 오게 된 거죠? 처음에."

"녀석이 담임 미노루한테 생물 실험실 앞에 있는 밭에서 혹사를 당하고 있었지."

"미노루라니, 다나카 선생님요?"

"응, 맞아. 그래서 녀석이 밭에서 거둔 아스파라거스를 이리로 가져왔거든."

"그래서 같이 요리를 했다고?"

하긴 형이 학교에서 아스파라거스를 잔뜩 얻어 온 적이 있었다. 돼지고기와 토란을 넣어 볶은 것도 저녁과 다음 날 아침 반찬으로 나왔던 듯.

적당히 운동장에서 떨어진 장소. 하지만 연습하는 자신들의 모습을 볼 수는 있는 장소. 이곳에서 소마는 이사카 미야코와 요리를 하며 지냈던 것이다.

"어째서 우리 형이지?"

"네 형은 본인 생각보다 유명인이거든? 녀석이 부상을 당해 수술을 했다는 이야기는 꽤나 많은 사람들이 알고 있어. 바로 그 마이에 소마가 부 활동에 가지 않고 미노루 밭일을 돕고 있다니, 신경 쓰이잖아?"

"그럴지도 모르지만."

"게다가 나도 함께 요리를 해 줄 상대가 필요하기도 했고."

"뭐예요, 그건 또?"

"혼자서 하는 것도 질릴 무렵이었거든."

살짝 웃더니 미야코는 하루마의 손을 보았다. 그릇들이 모조리 깨끗이 빈 것을 보고 눈동자를 반짝였다.

"어때? 맛있었지?"

고개를 끄덕였다. 약 오르지만 맛있는 건 맛있는 거다. 그 바람에 몸 깊은 곳에서 눈물이 솟아올랐다. 어째서, 이제 새삼스레, 하고 생각했지만 그치지 않는다. 그대로 양팔로 얼굴을 덮고 테이블 위에 엎드렸다. 미야코는 아무 말 없이 하루마가 먹고 난 그릇을 치우기 시작했다.

2.
뒤쫓는
자

오전 9시 33분 10킬로미터 지점

오늘은 기온이 올라갈 거라더니 아직 그다지 더위가 거슬리지는 않는다. 하지만 조금씩 강해져 오는 맞바람은 신경 쓰인다. 공기도 건조해서 입안이 말라 간다.

뒤쫓아 온 스케가와에게 한 번 추월을 당하긴 했지만 그 후 따라잡았다. 그대로 어깨를 나란히 달리고 있다. 다시 추월을 하는 걸까 했지만 스케가와도 나란히 달리면서 페이스를 안정시켰다. 그냥 두겠다는 걸까, 아니면 자신을 추월할 여유는 없는 걸까. 표정으로 짐작할 수 있으려나 싶었지만 선글라스가 방해했다.

10킬로미터 지점에서 첫 급수가 있다. '급수'라는 글자를 가슴팍에 붙인 부원들이 연도에서 모습을 나타내 물이 든 페트병을 건네준다. 스케가와보다 보도 쪽을 달리고 있던 덕에 무리 없이 병을 받아 들 수 있었다.

"마이에."

운영 관리 차에서 나카타니 감독이 소리쳤다. 스피커를 흔들 듯한 굵은 소리였다.

"여기까지 이십팔 분 오십 초야. 네가 선언했던 이십팔 분 사십오 초보다 오 초 늦었어."

따라서 오늘 저녁밥은 우엉*으로만 깔아 달라고 여관 주인에게 전해 둘게, 어쩌고 하는 쓸데없는 소리까지 했다. 실황 중계 아나운서는 그런 걸 놓치지 않고 적나라하게 텔레비전으로 중계해 버리니 그만두면 좋으련만.

"그게 싫으면 구간 상을 받아 돌아오도록."

10킬로미터 지점의 지시는 그걸로 끝이었다. 이에고와의 기록 차라든가, 그런 건설적인 이야기는 없었다.

뭐, 그래도 이에고의 기록을 알려 주는 것보다는 우엉투성이 저녁밥을 피하고 싶다는 마음 쪽이 훨씬, 후반에 영향을 줄 것 같기도 했다. 하루마는 왼팔을 커다랗게 휘둘러 나카타니 감독에게 알아들었다는 표시를 보냈다.

한 모금, 두 모금 물을 입에 머금어 맞바람으로 말라붙은 입안을

---

* 일본어로 '우엉'은 '오 초'와 발음이 비슷하다.

적신다. 급수 담당에게 물병을 돌려주고 하루마는 다시 한번 앞쪽을 노려본다. 이로써 10킬로미터. 아직 갈 길이 멀다. 우엉밭을 피할 기회는 아직 있다.

나란히 달리고 있던 스케가와에 관해선 너무 깊이 생각하지 않기로 했다. 어찌 되었든 후반에 대비해 힘을 남겨 두어야 한다. 주위의 영향을 너무 많이 받는 것이 자신의 나쁜 버릇이다. 최근 일년, 이 악습을 마주 보며 달려 왔다. 가장 중요한 하코네 역전 2구간에서 실패 따위 절대 안 한다. 너는 이길 수 있는 경기를 그 자리의 분위기에 져서 놓치더라. 그래, 형은 곧잘 그렇게 탄식했었으니까.

지금 이 순간을 그가 보고 있으니 스케가와가 어떻게 달리든, 후지미야가 어떻게 나오든, 혹은 이에고가 맹추격을 하든 허둥댈 때가 아니다. 오늘 저녁밥을 생각하자. 우엉밭이 아닌 맛있고 맛있는 저녁밥을. 하지만 오늘 저녁은 숙박하고 있는 여관에서 먹는 거잖아.

그럴 수만 있다면 형이 만든 밥을 먹고 싶었건만.

가지구이 　스케가와 료스케

집에 돌아오자마자 시키는 대로 욕실 청소를 마치고 욕실 앞에서 젖은 발을 닦고 있을 때였다.

현관 쪽에서 엄마 웃음소리가 들리고 이어서 아하하, 아하하하 하는 호방한 웃음소리가 들렸다. 아주 귀에 익은 소리다.

문을 열고 나서는 나를 본 엄마가 이름을 불렀다. 마지못한 모습을 보이며 현관으로 가니 거기 엄마와 미야코가 있었다.

이사카 미야코가.

"어이, 료스케."

오늘도 부 활동? 수고, 하며 살랑살랑 오른손을 흔든다. 응, 하고 고개를 조금 끄덕인다. 스케가와는 엄마 손에 있는 비닐봉지를 본다. 구멍으로 보이는 건 어여쁜 보라색 가지였다.

"다나카 선생님 밭에서?"

그렇게 묻자 미야코는 당연하지, 하는 듯한 얼굴로 고개를 끄덕인다. 오늘 막 따 온 가을 가지랍니다,라며.

"미노루한테 엄청나게 받아 왔는데, 우리 집만으론 다 못 먹을 것 같아서."

그렇다기보다는 미야코만으로는,이라는 거겠지. 미야코의 아버지는 집에서 저녁을 거의 들지 않는다. 맥주나 청주, 거기 안주를 약간 곁들여 먹는 정도다. 아아, 그래도 가을 가지는 미야코가 안주로 만들어 주면 먹을지도 모른다.

"오늘은 이제 막 밥을 안친 참이니까 이걸로 마파가지라도 만들까?"

"아니, 아주머니. 기껏 신선한 걸 가져왔으니까 가지구이 같은 걸 하세요. 아깝잖아요?"

"자아, 그럼 한번 해 봐?"

어때? 료스케. 뭐라고 반응하면 좋을지 어색해하고 있는 사이 미야코가 그럼, 또, 하며 현관문에 손을 올렸다. 끼익끼익 하며 매끄럽지 못한 미닫이문을 힘차게 여닫고 마당의 조약돌을 리드미컬하게 밟아 가며 돌아갔다.

가지가 든 비닐봉지를 들여다보고 나서 엄마는 스케가와를 쳐다본다.

"미야코 바래다주지 그래?"

"뭐 하러?"

"밖이 완전 깜깜하니까. 일단 미야코도 여자잖아."

분명, 9월 말이 다 돼 가니 해가 짧아졌다. 하지만 스케가와 집에서 미야코네 집까지는 걸어서 십 분 정도다. 깜깜하다곤 해도 차가 다니는 길까지 나가면 가로등이 있다.

그렇게 엄마에게 핑계를 대고 재빨리 방으로 갈까 생각했다. 언제나 그렇게 했었다. 비가 오든 바람이 불든 옛날부터 그랬다.

하지만 문득, 오늘 부 활동이 생각났다. 노을 진 붉은 하늘과 마른 흙냄새. 그런 것까지 눈과 코에 생생하게 되살아난다.

"알겠어. 다녀올게."

신발장 위에 놓여 있던 손전등을 들고 현관 구석에 벗어 두었던 러닝슈즈에 양발을 집어넣자 정작 엄마는 어머나, 웬일이래? 하고 눈을 동그랗게 떴다. 엄마가 바래다주라고 해 놓고는?

현관문이 유난히 잘 안 열리는 듯하다.

"엄마, 이 문 슬슬 기름 칠 때가 된 듯."

"그럼 갔다 와서 네가 좀 치렴."

엄마는 가지를 안고 부엌으로 가 버린다. 말하지 말걸, 하고 스케가와는 어깨를 늘어뜨리고 문을 닫았다.

집에 온 지 삼십 분 정도밖에 안 되었는데 밖은 완전히 깜깜해져 있었다. 스케가와네 집은 큰길에서 벗어나 언덕을 내려간 우묵

한 땅이어서 큰길까지는 길에 가로등이 하나밖에 없다. 일단 아스팔트 포장이긴 하지만 대면 통행 도로는 차 두 대가 비껴가기도 힘든 좁은 길이었다. 집을 나와 바로 그 좁고 어두운 길을 걸어가는 미야코의 등이 보였다. 달리는 스케가와의 발소리를 알아챈 그녀는 발을 멈추고 돌아본다.

"왜?"

"어둡다고 바래다주래, 엄마가."

손에 들었던 손전등을 켜고 발아래를 비춘다. 이렇게라도 하지 않으면 정말 깜깜하다.

처음으로 집을 찾아온 사람이었더라면 틀림없이 길가 도랑에 빠진다. 재수 없으면 그대로 논으로 처박힌다.

"눈 감고도 갈 수 있는데."

"알고 있어."

미야코와는 유치원에 들어가기 전부터 친구다. 서로의 집 역시 몇 번이나 오갔다. 그도 그럴 것이 이 지역에서 동급생은 둘뿐이니까. 엄마들끼리도 아이들이 어릴 때부터 알고 지냈다.

오늘처럼 미야코가 채소를 나눠 주러 오는 일도 있고 스케가와 엄마가 준 채소나 생선을 요리해서 들고 오는 일도 있다. 스케가와의 할머니나 엄마가 토마토를 나눠 주면 토마토고기감자가, 고구마를 나눠 주면 맛탕이 되어 돌아온다.

미야코가 요리를 시작했을 무렵엔 정말이지 형편없었다. 제대로 익지도 않고 맛은 싱겁거나 짜거나 극단적이었고. 일단 식탁에 올리긴 하지만 모두들 한 입 먹고 끝이었다.

고등학교에 가자 그녀는 요리 연구부에 들어가 집에서나 학교에서나 요리를 하게 되었다. 다른 부원이 없으니 언제나 혼자서 하고 있는 것이 가엾긴 했는데, 그것이 올봄부터는 달라졌다.

언제나 미야코 혼자 요리를 하고 있던 조리 실습실에 남학생 하나가 찾아오더니 함께 요리를 하게 된 것이다.

자기와 미야코, 두 사람의 발을 비추고 있는 손전등. 미야코가 그 빛을 어떤 표정으로 보고 있는지, 스케가와는 모른다.

"오늘 육상부 3학년 일부가 은퇴했어."

어차피 알고 있겠지만 말해 주고 싶었다. 비꼰다든가 빈정거린다든가 뭐라고 생각해도 좋으니 말해 주고 싶었다. 그러려고 일부러 손전등 챙겨 들고 미야코를 쫓아온 거니까.

"흐응, 그랬구나."

"소마, 오늘은 조리 실습실에 안 갔지?"

"그렇네. 오늘은 무리라고 전부터 말했어."

오늘이었구나. 그렇게 말하는 미야코 쪽을 보지 않고 스케가와는 손전등 빛만을 지켜보고 있었다.

"있잖아, 이사카."

학교에서는 서로를 성으로 부른다. 다른 곳에서는 미야코, 료스케, 하며 이름을 부른다.

누가 정한 것은 아니지만 미야코가 스케가와 집으로 요리를 가져오기 시작할 무렵부터 그렇게 되었다. 초등학교 고학년 때부터. 지금은 어느 쪽이 좋을지 몰라서 결국 성으로 불렀다. 학교 이야기를 하려는 거니까 괜찮겠지, 싶었다.

"소마랑 같이 있는 거 재밌어?"

"재밌어."

망설임이 없다. 물어본 이쪽이 놀라 버릴 정도로 담백하게 그녀는 대답한다. 망설이지도 않고 얼버무리지도 않고 긍정했다.

미야코는 찾아낸 것이다. 마이에 소마를. 함께 요리를 하고 웃어 가며 먹을 수 있는 상대를. 미야코가 만든 안주를 아무런 감상도 없이 묵묵히 먹을 뿐인 아버지보다, 이혼하고는 단 한 번도 미야코를 만나지 않고 새로운 연인이 생겼다고 소문난 엄마보다 훨씬 훨씬 더 곁에 있고 싶다고 생각하는 녀석을.

"어떤 부분이 재밌는데?"

"녀석이 요리하기를 즐긴다는 걸 아니까 가르치는 이쪽도 기분 나쁠 건 없지. 끈기도 있고 내가 웬만큼 화를 내도 그냥 넘기고."

"그래 봬도 오 년이나 육상을 하니까."

더구나 소마는 중1 때부터 오로지 장거리 전문이었다. 엄격한 훈련도 힘든 경기도 수없이 경험해 왔다. 육체적으로나 정신적으로 내몰리면서도 끝내 녀석은 달린 것이다. 동갑내기 여자애한테 좀 심한 소리를 듣는 정도로 기죽을 리가 없다.

"하니까,가 아니라 했으니까,겠지."

오늘로써 녀석, 육상과는 완전히 갈라섰을 테니까. 걸치고 있던 파카 주머니에 양손을 찌르고 미야코가 밟은 조약돌을 차 버린다. 돌멩이는 도랑에 빠졌다. 땅, 하고 마른 소리가 암흑 속에 울렸다.

"그렇네."

그렇다. 마이에 소마는 오늘 육상부를 은퇴했다. 오늘은 은퇴할 3학년이 나오는 마지막 연습 날이었다. 연습 마지막에 그들이 한 마디씩, 부원이나 고문, 코치를 향해 인사말을 했다. 스케가와를 비롯한 3학년 일부는 가을 겨울 역전 시즌에 대비하여 내일부터 연습을 시작한다.

"마이에 소마, 뭐라고 하고 은퇴한 거야?"

"여러 가지로 폐를 끼쳐 죄송했습니다,라고."

다시, 흙냄새가 난다. 논밭의 습한 흙냄새가 아니라 운동장의 마른 흙냄새. 약간 잔디 향이 섞였다. 너무나 익숙한 냄새.

"결국 부상 후엔 한 번도 경기에 못 나갔지만 즐거운 삼 년이었습니다,라고."

소마가 그렇게 말했을 때 스케가와는 무의식적으로 마이에 하루마 쪽을 보고 있었다. 그는 형의 은퇴 인사를 어떤 얼굴로 듣고 있을까 싶어서. 마이에 소마가 육상을 그만둬 버린다는 사실을 어떻게 생각하고 있는 것일까 하고.

마이에 하루마는 스케가와가 생각했던 것보다 훨씬 고요한 표정이었다. 다른 녀석들처럼 은퇴하는 부원을 웃으며 보내려고 하지도 않았고 그렇다고 슬퍼하는 것 같지도 않다.

굳이 말하자면 표정을 억지로 감추고 있는 듯한 얼굴이었다.

"소마에 관해서는 나보다는 이사카 쪽이 자세히 알고 있는 거 아냐?"

"아마 그렇겠지."

부 활동에 그가 나오면 이야기는 했다. 하지만 그것조차 이전처럼 선수끼리 하는 이야기는 할 수 없었고 업무 연락이라든가 세상 돌아가는 이야기 정도가 되어 버렸다.

그 나름대로 삼 년간 사이좋게 지냈다고 생각하고 있었지만 이런 정도였나? 모르겠다. 도저히, 모르겠다.

큰길로 이어지는 가파른 언덕을 올라가자 갑자기 미야코가 스케가와의 이름을 불렀다. 좀 전처럼 '료스케'가 아니라 '스케가와'라고.

"너 혹시 마이에 소마가 없어져서 쓸쓸한 거니?"

"뭐야, 뜬금없이?"

"평소에 절대 안 그러는 주제에 오늘은 나를 바래다주질 않나. 마이에 소마 이야기를 어떻게든 나한테 해 주고 싶었던 거지?"

이런 날카로운 여자 같으니. 어째서 이 녀석은 이렇게 묘한 데서 감이 날카로운 걸까? 만만치 않아.

"뭐, 그런 거지."

숨겨 봤자 의미 없다. 솔직하게 끄덕여 보였다. 그런 스케가와에게 미야코는 조금 놀란 듯했다. 빛이 닿지 않는 어둠 건너편에서 그녀의 목에 걸린 음성이 들린다.

"흐응, 그렇구나."

"그렇다니까, 오늘 일, 너한테 말해 주고 싶었던 것뿐이야. 굳이 배웅하고 싶었던 게 아니고."

소마가 은퇴한 날을, 그의 말을, 이사카 미야코에게 전해 주고 싶었다. 빈정거리듯이, 비꼬듯이.

"그렇군. 너 쓸쓸했구나."

마이에 소마가 육상을 관두는 게 싫은 거야? 그렇게 덧붙인 미야코는, 스케가와가 비춰 주는 손전등 불빛을 뛰어넘어 단숨에 언덕을 올라갔다.

"별로."

그렇게 말하고 나니, 어째서인지 목 안쪽이 찌릿, 하고 뜨거워졌다.

"그런 식으로 다들 관두는 거야. 모두 다 졸업하고 나서도 육상을 계속할 수 있는 건 아니잖아."

"녀석이 스스로 정한 거니까 괜찮다고?"

"어어, 바로 그거지."

소마 역시 분명 고민하면서 정했을 거다. 고민하고 고민하고 고민한 끝에 그만두기로 한 것이다.

그걸 이쪽에서 아무렇지도 않게 그만두지 말아 줘,라는 둥 그렇게 제멋대로 말하고 싶진 않다.

"그런가? 그렇겠지."

걸음을 멈춘 미야코는 이쪽을 돌아보았다. 손전등으로 그녀의 얼굴을 비추자 스케가와를 향해 조그맣게 손을 흔들었다.

"여기까지면 돼. 안녕."

스케가와의 빛을 뿌리치듯이 미야코는 걷기 시작한다. 돌아보려 하지도 않고 어렴풋한 가로등 아래를 유유히, 큰 걸음으로 걸어갔다. 씩씩하게, 내가 이 세상을 살아가는 데 누구의 도움도 필요하지 않아, 하는 듯한 뒷모습으로.

그녀가 그렇게 되어 버린 것은 초등학교 6학년 때쯤이었다.

원인은 스케가와에게 있다.

*

미야코 부모의 불화는 꽤 이른 단계부터 여러 사람이 알고 있었다. 이웃 사람들, 담임 선생에 반 아이들. 시골이란 무섭구나, 하고 초등학생 스케가와가 생각할 정도로 미야코네 집 사정은 소문이 퍼졌다. 그 집에서 말다툼을 하는 소리가 온 동네에 들린다는 둥. 이혼도 초읽기에 들어갔다는 둥. 부부에게 가장 큰 문제는 딸 미야코를 어느 쪽이 맡을 건가라는 둥. 그런 소문들이 돌았고 많은 이

들이 제멋대로 미야코를 불쌍하다고 말했다.

미야코네 집, 이제 곧 이혼한대. 그런데 아빠도 엄마도 미야코를 데려가고 싶어 하지 않아서 날마다 엄청 싸운대. 미야코 불쌍하네.

그런 식으로 반 아이들이 뒤에서 수군대기 시작했다. 분명 그들의 부모가, 조부모가 그렇게 말했을 것이다. 그것을 학교에서 그대로 흉내 냈다. 미야코, 불쌍하니까 친절하게 대해 주자,라는 등 학급의 여자아이들이 미야코가 없는 데서 이야기를 한 적도 있었지.

그리고 그런 것은 스케가와의 엄마도 마찬가지였다.

그날, 엄마는 스케가와에게 밭에서 수확한 꽈리고추를 들려 주며 미야코네 집에 갖다 주라고 했다.

가는 김에 미야코와 이야기라도 하고 오렴. 매일 학교에서 얼굴을 보는데 무슨, 바보 같은 주문까지 했다.

7월 말, 장마가 끝나고 얼마 되지 않은 때였다. 이어지던 비가 그치고 태양이 의욕을 보이기 시작할 무렵. 이제부터 점점 더워지면서 세상이 점점 씩씩해져 갈 계절.

그런 시기였을 텐데 미야코네 집은 음산했다. 이 집만 장마가 걷히지 않은 거구나, 꽈리고추를 한 손에 들고 이사카네 집 마당에 발을 들여놓으며 스케가와는 생각했다.

스케가와네 집과는 다른, 서양식의 아담한 집 안에서는 작은 소리로 어른들이 다투는 소리가 들려왔다.

초인종을 두 번 누르고 좀 지나서 미야코 엄마가 현관문을 열었다. 어머, 하는 낮은 음성은 아무렇지 않은 척 꾸미고 있었으나 귀찮다는 감정을 숨기지 못했다.

"웬일이야, 이런 시간에?"

"아직 7시도 안 됐는데요."

그 순간 미야코 엄마 얼굴이 험악해졌다.

"쓸데없는 소리 하지 말고. 어두워지면 애들은 나돌아 다니면 안 돼."

할 수 없이 손에 들었던 비닐봉지를 미야코 엄마에게 내밀었다.

"이거, 엄마가 갖다 드리라고. 우리 밭에서 딴 꽈리고추예요."

미야코 엄마는 그렇구나, 고마워, 하고는 스케가와에게 빨리 가라고 재촉했다. 빨리 쫓아 버리고 싶다는 속마음이 뻔히 보인 것은 좀 전의 말다툼을 들었을 거라 여겨서였을까?

"아, 그리고 아줌마, 미야코는요?"

"목욕하는데, 왜? 미야코한테 볼일?"

"꼭 그런 건 아니지만."

거기까지 말하고 어떻게 할까 망설였다. 이 음산한 곳 어딘가에 반 친구가, 어쨌든 소꿉친구라 할 만한 여자애가 있다 싶으니 그냥 두면 안 될 것 같았다.

좀, 볼일이 있어서요. 그런 뻔한 거짓말을 했다.

"오늘 숙제 프린트에 모르는 게 있어서 물어볼까 싶어서요."

"아직 욕실에서 안 나온 모양이니까 내일 학교에서 이야기하면 좋지 않을까?"

그렇게 말하고 미야코 엄마는 얼른 거실로 들어가 버렸다.

뭐, 됐어. 미야코 엄마 말대로 어차피 내일 학교에 가면 만날 거니까. 포기하고 집을 나오는데 등 뒤에서 문이 열리고 닫히는 소리가 들렸다. 젖은 머리카락을 늘어뜨린 채 샌들을 신은 미야코가 달려온다.

"목욕 중이었던 게 아니네."

스케가와의 말을 무시하고 거친 콧소리를 내며 미야코는 어깨를 흔들었다.

"뭐 하러 왔어?"

"꽈리고추, 가져다주라기에."

"거짓말."

"거짓말 아냐. 가져왔다고, 꽈리고추."

거실 창을 가리켰다. 미야코는 그쪽엔 눈길도 주지 않았다.

"너, 엄마 명령 받고 온 거지?"

"뭐?"

"우리 집 엿보고 오라고. 어른이 왔다간 이래저래 귀찮아질 것 같으니까 너를 보냈겠지. 네가 스스로 숙제 가르쳐 줘,라면서 나한테 올 리가 없거든."

이렇게 나오면 뭐라 대답할 말이 없다. 분명 숙제 중에 모르는 게 있다고 해도 미야코에게 굳이 물어볼 생각은 하지 않는다.

그런 사이다. 집이 가깝고 이 지역에서는 유일한 동급생이니 만약 미야코가 남자였다면 분명 어릴 때부터 같이 놀았을 것이다.

"짜증 나."

"왜 그래? 어쨌든 우리 엄마도 할머니도 걱정하고 있는 건데."

그렇게 말하면서도 스케가와는 내심 이해하고 있었다.

"그러니까 짜증 난다고. 너네 엄마 학교 갔다 오는 길에 만나면 굳이 말하거든. 힘들겠지만 잘 견뎌야지,라는 둥 내 등을 두드리며 말한다니까!"

그 정도는 알고 있어! 남들이 말하지 않아도 내가 제일 잘 안다고! 발밑의 조약돌을 발끝으로 차 내며 소리치는 미야코에게 스케가와는 아무 말도 하지 않았다. 정말 그렇겠다 싶었으니까.

"나는 별로 친하지도 않은 남들이 불쌍하다, 불쌍하다, 걱정 같은 것 안 해 줬으면 좋겠어."

그렇겠지, 그럴 거야.

친하지도 않은 녀석들에게 동정을 받고 불쌍하다 불쌍해, 하는 관심을 받는 따위 딱 질색이다. 그런 걸 받아들였다간 정말로 자기는 불쌍한 인간이 되고 만다. 알고 있으니, 짜증이 나는 거다.

만일 자신과 미야코의 입장이 바뀐다면 스케가와 역시 같은 소리를 했을 것이다.

하지만 그렇다고 해도, 고통을 튕겨 내 버릴 만한 힘은 없다는 것도 알고 있다. 어떻게 할 방법도 없다는 것을 미야코 역시 알고 있을 것이다.

"알았어."

이젠 절대 안 가져올게. 고개를 숙이자 미야코는 흥, 하고 콧방귀를 뀌며 현관으로 달려갔다. 미야코를 짐덩어리로밖에 여기지 않는 부모가 있는 집을 향해.

꽈리고추가지볶음 　이사카 미야코

욕실 옆 탈의실에 있으려니 거실에서 부모의 음성이 들려왔다. 이쪽 소리는 어차피 안 들릴 거다 싶어서 미야코는 목욕 타월로 몸을 닦으며 큰 소리로 한숨을 쉬었다. 보통 음성이라면 여기까지 들릴 리가 없다. 싸우고 있어서, 고함을 질러 대는 것까진 아니더라도 격앙된 소리를 주고받고 있어서 여기까지 들리는 것이다.

오늘은 웬일로 엄마와 아빠가 일찌감치 퇴근을 했다. 어느 한쪽이라면 모를까, 두 사람 모두라니 정말 오랜만이었다. 언제나 혼자 지내던 집 안이 갑자기 활기를 띤 느낌이었다.

퇴근이 늦어지면 편의점 도시락이나 슈퍼에서 사 온 반찬으로 저녁을 때우기 일쑤였는데 엄마가 오랜만에 부엌에 들어갔다. 당근, 양배추, 콩나물, 돼지고기로 볶음을 만들 모양이었다. 너무 주위에서 어슬렁거렸다가는 성가시다는 둥 저쪽에 가 있어, 하는 소리를 들을 테니 미야코는 거실에서 숙제를 하기로 했다. 건너편 소파엔 아빠가 앉아 텔레비전에 빠져 있었다.

가방에서 산수 프린트를 끄집어내서 테이블에 펼쳐 놓고 연필을 들었다. 아빠가 말을 걸어 오지 않으니 미야코도 굳이 말을 걸지 않았다.

오늘은 어쩐지 보통 가족 같네. 분수 나눗셈 문제를 풀면서 미야코는 그런 생각을 했다. 엄마가 부엌에서 요리를 하고 아빠는 거실에서 텔레비전을 보고 있다. 초등학교 6학년 딸은 숙제. 겉으로 보기엔 제대로 된 가족이 틀림없다.

그런데 오랜만에 '제대로 된 가족'의 시간을 보낼 수 있을 줄 알았더니 또 부모의 싸움이 시작되어 버렸다.

목이 말랐던지 아빠가 부엌 안쪽에 놓인 냉장고 문을 열었다. 캔 맥주라도 마시고 싶었던 것이리라. 하지만 유감스럽게도 냉장고에 아빠가 찾던 물건은 없었다.

그때, 아빠가 무심결에 한숨을 쉬었다. 피곤해,라고 툭, 한마디. 그것이 엄마 안의 무언가를 건드렸다.

나도 피곤한 건 당연하잖아.

맥주 같은 건 자기가 사 오면 되잖아.

언제나 내가 무거운 걸 사 들고 오잖아.

이 '잖아' 하는 말투의 반복이 이번엔 아빠 안의 무언가를 건드려 버렸다.

굳이 당신한테 하는 소리가 아닌데. 공치사하기는.

두 사람이 말을 내뱉을 때마다 아아, 하는 소리를 낼 뻔했다. 연필을 움직이던 오른손은 완전히 멈췄고 미야코의 눈은 좁아 터진 부엌에서 서로를 노려보고 서 있는 부모를 향했다.

한 마디 할 때마다 두 사람의 음성이 거칠어지더니 엄마는 마침내 가스 불을 꺼 버렸다.

이건 오래가겠군. 말다툼이 끝나도 두 사람은 한동안 험악 모드일 테니.

저녁밥이 문제가 아닐 거야. 어중간하게 프라이팬에서 익고 있던 채소는 기름을 머금고 축 늘어졌다.

이런 저녁밥, 싫은데.

가스 불 앞에 서서 요리를 이어 가고 싶다는 충동이 솟았지만 그런 짓을 했다간 엄마는 더욱 기분이 나빠질 거다. 아빠 역시 쓸데없는 짓 하지 마, 하는 얼굴로 미야코를 쳐다볼 게 분명하다. 애당초, 부모의 싸움보다 저녁밥을 걱정하고 있는 자신도 좀 이상하다.

그래도,

어쨌든.

아빠 엄마 싸움은 지겹게 봤는걸. 이젠 두 사람이 눈앞에서 아무리 심한 소리를 토해 내도, 상대방에게 손찌검을 해도 물건을 집어

던져도, 놀라지 않을 만큼.

지금부터 십이 년 전, 당시 엄마 아빠는 아이를 만들 작정 따위 손톱만큼도 없었다. 결혼이고 아이고 생각도 안 했다. 그런데 미야코가 태어나 버렸다. 부주의였다. 불운이었다.

그리고 불행하게도 가족이 되어 버린 두 사람은 조만간, 아마도 올해 안에 가족이 아니게 될 것이다. 두 사람의 눈은 이미 그쪽으로 향해 버렸고 그저 외동딸을 어느 쪽이 데려갈 것인가만 정해지면 그냥 이혼하리라.

국어나 도덕 수업에서 읽었던 이야기나 어릴 때 읽었던 그림책에는 부모는 아이를 무조건 사랑하고 누구보다 소중히 여기는 존재라고 묘사되어 있었다.

최근 같은 반 여자애들 사이에서 인기 있는 텔레비전 드라마를 보면서 아무래도 부모란 그런 사람들만 있는 건 아니라는 걸 알게 되었다. 남편이 있는데 다른 남성과 사랑에 빠지는 엄마도 있고 아내가 아닌 젊은 여성의 어깨를 끌어안고 히죽히죽 웃는 아버지도 있다. 아이를 때리는 부모가 있는가 하면 옷이나 먹을 건 주지만 전혀 애정을 주지 못하는 인간도 있다.

그런 인간이 공교롭게도 자기 부모였던 것이다. 자기 부모는 그림책 속에 있는 것 같은 인간이 아니라 텔레비전 드라마 속 인간이었던 것이다.

평소엔 싸움의 결과에 따라 엄마는 아무것도 안 먹은 채 목욕을 하고 자기 방에 틀어박힌다. 아빠는 냉장고에서 맥주를 꺼내 집에 있는 오징어포라든가 살라미 같은 걸 안주 삼아 마시기 시작한다.

미야코에 관해서는 두 사람 모두 일단 잊어버린다. 지금은 자기들 일만으로도 정신이 없어서 딸까지 생각할 여유가 없을 터이니.

하지만 오늘은, 냉장고에 맥주가 없다. 목욕물도 아직 덥히지 않았다. 숙제를 하기 전에 목욕 먼저 했으면 좋을걸, 후회스럽다.

못 참겠다. 그렇게 말하고 아빠는 소파 위에 놓여 있던 지갑을 바지 주머니에 밀어 넣는다. 아무 말도 없이 현관을 향해 간다. 분명 근처 편의점이나 슈퍼에 맥주와 안주를 사러 가는 것이다. 그것이 아빠의 저녁밥.

이걸로 오늘 싸움은 끝난 건가 했더니 아빠의 등에 대고 엄마가 내뱉었다. 당신은 그렇게 아무 때나 집을 나가 버리면 그만이니까 좋겠다. 자식이고 뭐고 나한테 밀어 놓고 혼자 어딘가로 갈 수 있으니까, 하고 빈정거리듯이 말했다.

아빠는 돌아보지도 않고 잘났네,라고만 말하고 현관에서 구두를 신더니 집을 나섰다. 마당에서 차 문이 열리고 닫힌다. 엔진이 켜지고 타이어가 지면 위를 구르는 소리가 이어지더니 곧 들리지 않게 되었다.

엄마는 한동안 주방에 서 있었다. 그러고는 천천히 프라이팬 속 채소볶음을 프라이팬째로 쓰레기통에 처박았다. 쿵, 하는 둔중한 소리는 마치 무언가를 두드려 부수는 것처럼 들렸다. 이런 싸움을 부모가 처음 시작했을 무렵이라면 엄마에게 괜찮으냐는 둥 물었을 것이다. 하지만 미야코는 아무 말도 하지 않는다. 묵묵히 분수의 뺄셈 문제를 푸는 일에 집중했다. 괜찮으냐고 물었을 때 엄마가 뭐라고 답할지를 굳이 해 보지 않아도 안다. 그러니 아무 말 없이 미야코는 목욕을 하기로 했다.

미야코가 목욕을 하고 있는 동안에 차로 근처를 한 바퀴 돌고 돌아온 아빠와 엄마는 다시 이 차전을 시작해 버린 모양이었다. 어쩌면 엄마가 쓰레기통 속에 처박아 놓은 프라이팬과 채소볶음을 보고 아빠가 또 엄마의 화를 돋울 만한 소리를 해 버렸을지도 모른다.

파자마를 입고 거실로 갈지, 방으로 갈지 망설였다. 거실에 다 마친 숙제 프린트와 필기도구를 그냥 둔 채였다.

어떻게 할까? 저녁도 아직 안 먹었고. 이대로 방으로 들어가 버리면 분명 밥도 굶어야 할 거야.

그래도 뭐, 그게 나을까? 방에는 이런 경우에 대비한 과자가 몇 개 있다. 그걸 저녁으로 먹어 버리자.

탈의실을 나오자 두 사람의 음성이 커졌다. 말다툼의 내용까지 빠짐없이 들릴 정도로. 이번엔 아빠가 술을 마시기 시작해서 싸움이 된 건지 아빠 음성이 평소보다 거칠고 높아져서 비틀비틀 갈지자로 걷는 것 같다.

거실 문 앞을 지나 계단을 올라 2층으로 가려던 때였다.

아빠 음성이 들렸다, 저 녀석,이라고.

엄마 음성이 들렸다, 저 아이,라고.

걸음을 멈추고 거실 문을 응시했다. 유리창에서 빛이 새 나왔지만 안쪽 모습은 전혀 확인할 수 없다. 두 사람이 마주 앉아 있는지, 서 있는지, 앉아 있는지 미야코는 알 수가 없다.

하지만 무슨 이야기를 하고 있는지는 알겠다.

저 녀석의, 저 아이의 이야기. 이사카 미야코 이야기. 내 이야기.

미야코가 태어났을 때 이야기. 정확하게는 미야코가 생겨 버렸을 때의 이야기. 엄마 배 안에 훗날 미야코가 될 무언가가 자리를 잡았을 때의 이야기. 요컨대 그것은 먼저 네가 말을 걸었다는 둥, 당신의 부주의였다는 둥, 그런 내용이었다. 어디 어디 호텔이었다든가 그런 이야기까지 나왔다.

혹시 미야코가 들어 봤자 어차피 이해 못 할 거라고 생각한 것일까? 멍청, 멍청 멍청 멍청이들. 어떻게 하면 아이가 생기는지 정도는 이미 보건 체육 수업에서 배운 지 오래다. 시청각실에 여자아이들만 모아 놓고 생리 수업도 받았다. 친구들 중에 이미 생리를 시작한 애들도 몇이나 있다. 텔레비전 드라마나 만화에선 중학생이 임신하고 출산해 버린다는 소재를 다룬 것들도 있거든. 그런 걸 초등학생인 나도 얼마든지 읽을 수가 있다고.

당신들이 무슨 이야기를 하는지는 싫어도 알 수밖에 없다고.

그런 건 안중에도 없고 오로지 하고 싶은 소리를, 상대방에 대한 온갖 원한과 원망들을 내뱉고 있을 뿐인지도 모르겠지만.

얇디얇은 거실 문. 그 손잡이에 손을 대고 소리를 내며 열었다.

아빠 엄마 목소리가 일순, 멈춘다.

뚜벅뚜벅 두 사람 앞으로 나가 아직 드라이어로 말리지 않은 머리카락을 휘날리며 크게 숨을 들이쉰다. 물방울이 뺨에서 날아오른다.

그렇게 아이가 방해가 됐으면 낙태를 해 버렸으면 좋았잖아!

중절을 해 버렸으면 좋았잖아!

태어나고 나서 어쩌고저쩌고 불평하지 말라고!

이쪽은 이제 와서 엄마 배 속으로 못 돌아가니까!

목이 터져라 고함을 지르고 눈에 띄는 것들을 모조리 아빠 엄마에게 집어던지고 부수고 집을 통째로 파괴해 버리고, 했으면 좋으련만.

그러면 두 사람은 자기 딸을 조금은 걱정할까?

저 녀석을 걱정해 주는 걸까? 저 아이를 염려해 주는 걸까?

아니면, 이거 잘됐네, 기다렸다는 듯이 죽여 버릴까? 죽여라 죽여, 죽여 버리라고. 방해되잖아, 눈에 거슬리지? 날이면 날마다 시시껄렁한 싸움이나 해 댈 정도라면 차라리 죽여 버리라니까.

죽여 버려.

싸구려 금속 손잡이를 눈도 깜짝하지 않고 노려보며 자기 입에서 그런 소리를 반복하고 있는 것을 알았다. 미야코에게밖엔 들리지 않을 듯한 가늘고 낮은, 체온이 느껴지지 않는 음성이 웅얼웅얼 복도에 떨어진다. 그것이 미야코의 몸으로 기어오른다. 꿈틀대는 벌레처럼 미야코의 몸 위를 기어 다니며 입과 코, 귀, 눈을 덮어 간다. 숨을 쉴 수가 없다. 산소가 공급되지 않는 심장이 허파가 비명을 지르고 멈춰 버릴 것 같다.

그때 초인종이 울렸다. 띵똥, 하는 얼간이 같은 소리. 그것이 미야코의 코와 입을 덮고 있던 것들을 털어 냈다.

띵똥.

두 번째 초인종으로 아빠 엄마 음성도 그쳤다.

엄마가 짜증스럽다는 듯이 문을 향해 걸어온다. 순간, 미야코는 반대편 방으로 도망쳤다. 계단 아래 창고로 쓰고 있던 작은방으로.

현관문을 연 엄마는 어머, 하고 작은 소리로 찾아온 이를 맞았다.

"웬일이야, 이런 시간에?"

찾아온 사람은 잠깐 틈을 두었다가 아직 7시도 안 됐는데요, 했다. 그 담백한 음성, 애교라곤 없는 말투에 그게 누군지 바로 알았다.

근처에 살고 있는 같은 반 남자애다.

남의 집 아이지만 엄마의 말투는 차갑다. 평소엔 그렇지 않지만 오늘은 좀 타이밍이 나빴다. 그렇다고 평소 엄청 명랑하고 상냥한 사람이라는 건 아니지만.

와삭와삭, 하고 뭔가 만지는 소리가 났다. 그리고 변성기 전의 음성이 그 위를 덮는다. 그는 꽈리고추를 갖다 주러 왔다고 말했다. 엄마는 그것을 받더니 서둘러 그를 쫓아 버리려 들었다.

"아, 그리고 아줌마, 미야코는요?"

돌연 그가 그렇게 묻는다. 엄마는 귀찮다는 듯이 목욕하는데,라고 짤막하게 대꾸했다. 그는 미야코에게 숙제 때문에 할 말이 있다고 말했다. 엄마는 내일 학교에서 이야기하면 좋지 않을까? 하고는 거실로 들어갔다.

얼마 후에 현관문 닫히는 소리가 들렸다.

동시에 미야코는 창고에서 나왔다. 반쯤 마른 머리카락 그대로 현관에서 신발을 신고 소리를 내지 않고 마당으로 나섰다.

반 아이는 아직 마당에 있었다. 잰걸음으로 문을 나서려던 참이어서 아무 말 없이 달려가 따라잡았다. 미야코의 발소리를 듣고 그는 돌아보더니 멈춰 섰다.

"목욕 중이었던 게 아니네."

그런 건 아무래도 좋다. 그 앞에 턱 버티고 서서 미야코는 그를 노려보았다.

"뭐 하러 왔어?"

미야코 쪽 키가 조금 더 커서 살짝 내려다보게 된다.

"꽈리고추, 가져다주라기에."

"거짓말."

"거짓말 아냐. 가져왔다고, 꽈리고추."

"너, 엄마 명령 받고 온 거지?"

"뭐?"

7월이라 아무리 해가 길다지만 7시가 가까우니 벌써 어두컴컴하다. 그런데도 알아볼 만큼 그는 곤혹스러운 표정을 지었다.

아아, 정답이야. 역시 그랬구나.

"우리 집 엿보고 오라고. 어른이 왔다간 이래저래 귀찮아질 것 같으니까 너를 보냈겠지."

걔네 엄마가 왔다가는 그야말로 문제 가정을 염탐하러 온 구경꾼 꼴이 되고 만다. 그러니 스케가와를 써먹은 거겠지. 정말이지 얘네 엄마는 오지랖이다. 학교에서 오는 길에 미야코를 보기만 하면 너무나 상냥한 음성으로 힘내렴,이라는 둥 해 대서 기분 잡친다. 신물이 난다.

"네가 스스로 숙제 가르쳐 줘,라면서 나한테 올 리가 없거든."

그와는 유치원에 들어가기 전부터 알고 지냈다. 전교생이 백수십 명뿐인 초등학교는 한 학년에 한 반뿐인 아담한 학교다. 마음이 맞든 아니든 날마다 얼굴을 보고 사는 수밖에 없다. 그러니 그에 대해서는 좋든 싫든 잘 알고 있다. 같은 반 다른 남자애들에 비하면 어른스럽고 침착한 성격. 만화라든가 게임 이야기로 떠들썩한 녀석들을 곁눈으로 보며 언제나 차분하다. 친구는 별로 많지 않다. 선생님들이 특별히 귀여워하는 것도 아니고 후배들이 따르는 것도 아니다. 주변에서 한발 물러나 교실을 관망하고 있는 듯한 그런 남자아이. 꽈리고추를 갖다 주고 오란다고, 오는 김에 미야코를 신경 쓸 만한 녀석은 아니다.

그러니 이건 누군가의 지시인 것이다.

"짜증 나."

"왜 그래?"

어쨌든 우리 엄마도 할머니도 걱정하고 있는 건데,라고 조그맣게 말하는 그를 째려보았다.

"그러니까 짜증 난다고. 너네 엄마 학교 갔다 오는 길에 만나면 굳이 말하거든. 힘들겠지만 잘 견뎌야지,라는 둥 내 등을 두드리며 말한다니까!"

그 정도는 알고 있어! 남들이 말하지 않아도 내가 제일 잘 안다고!

이혼한 집이야 얼마든지 있잖아. 사이 나쁜 부모가 있는 아이들도 얼마든지 있고. 그런데 어째서 주변 인간들은 이렇게 나를 불쌍한 사람으로 만들고 싶은 거야.

"나는 별로 친하지도 않은 남들이 불쌍하다, 불쌍하다, 걱정 같은 것 안 해 줬으면 좋겠어."

왜일까? 가슴 깊은 곳에서 의문이 생겼다. 어째서 걱정하는 게 싫다는 걸까? 도움받고 싶지 않은 걸까. 눈앞에 도움의 손길을 내밀고 있지만 어째서 그 손을 뿌리쳐 버리고 싶은 걸까.

왜라니, 뻔뻔하긴. 다 알고 있다. 스스로 아주 자알 알고 있다. 도움받는 자신을 도저히 도저히, 견딜 수 없이, 용서할 수 없는 거다.

결국 그는

알았어,라고 말했다.

"이젠 절대 안 가져올게."

고개까지 숙였다.

발길을 돌려 돌아보지 않고 집으로 돌아왔다. 자신을 짐덩어리로밖에 여기지 않는 사람들 뿐인 곳으로 돌아왔다.

스케가와 료스케는 아무 말도 없었고 쫓아오지도 않았다. 그래서 진심으로 다행이다 싶었다.

신발을 벗어 던지고 이대로 내 방으로 가자 싶어 거실 앞을 지났다.

반쯤 열린 문 너머에서 뭔가를 볶고 있는 소리가 난다.

거실을 들여다보니 아빠는 없었다. 아마도 목욕을 하러 간 거겠지. 부엌엔 엄마의 등이 보인다. 가스 불 앞에 서서 조리 젓가락을 들고 프라이팬을 흔들고 있었다.

말다툼은 스케가와가 들고 온 꽈리고추 덕에 끝났다. 일시 휴전일지도 모르지만 어쨌든 끝났다.

한 걸음, 두 걸음. 거실로 걸어 들어가 부엌을 향한다. 프라이팬으로 볶고 있는 것은 좀 전의 꽈리고추였다.

엄마는 말없이 프라이팬을 흔들면서 조리 젓가락으로 내용물을 섞었다. 슬슬 됐나 싶을 타이밍에 미야코는 그릇장에서 큰 접시를 꺼내 왔다.

접시를 보고 미야코를 본 엄마는 어머, 고마워,라며 접시에 꽈리 고추를 담았다. 꽈리고추가지볶음.

"밥, 풀게."

선반에서 부모와 자기 밥공기를 꺼내 전기밥솥을 열었다. 솟아 난 김이 얼굴에 끼쳐 오며 왈칵, 눈시울이 뜨겁다.

"아빤 어차피 혼자 먹을 테니 안 퍼도 돼."

엄마의 손이 아빠 밥공기를 선반에 돌려놓았다. 꽈리고추가지 볶음을 식탁에 올리고 미야코가 밥을 푼 공기를 자기 자리에 놓더 니 혼자서 밥을 먹기 시작해 버린다. 엄마 맞은편 자리에 앉아 미 야코도 볶음에 젓가락을 뻗었다. 밥에 얹어 밥과 함께 입에 넣는 다. 타인의 선의 덩어리. 일방적이고 제멋대로이며 성가신 동정이 담긴 녹색 꽈리고추를, 먹었다.

뜨거운 눈물을 참아 가며 먹었다. 슬픔도 고통도 아니고 분노의 눈물이 자꾸자꾸 솟아올랐다.

로스트비프 마이에 하루마

제쳐 버려야지, 생각했다.

학교 정문을 나와 뒷산을 빙글 돌아 선로를 따라 학교 뒷문을 목표로 하는 로드 연습도 마지막 한 바퀴. 그것도 후반에 들어섰다. 거리로 따지면 한 3킬로미터. 출발 직후에야 뭉텅뭉텅 집단을 만들고 있었다지만 지금 선두엔 스케가와와 하루마 둘밖에 없다. 3미터 정도 앞을 달리는 스케가와의 등과 붙지도 떨어지지도 않고 줄곧 달리고 있었다. 스케가와는 주장이었지만 그다지 주장다운 언동은 하지 않는 선배였다. 묵묵히 달리며 등으로 이야기를 하는 타입인가 싶다. 하루마가 들어간 시점에는 2학년이면서 부 내에서 5000미터 기록이 가장 빠른 선수였다. 이 사람을 이기면 부에서 가장 빠른 선수가 된다. 그리고 아마도 현에서도 선두, 키타간토에서도 상위 선수가 될 수 있다. 그런 의미에서 그는 대단히 좋은 기준이 되어 주었다.

올여름에 열린 인터하이 현 예선, 키타간토 예선에서 기록은 모두 엇비슷했다. 인터하이 당일, 5000미터 예선에서만 그에게 졌다. 자신이 늦었다기보다 그의 상태가 너무 좋았던 것이다.

인터하이 후, 한층 더 그를 제치고 싶어졌다. 애당초 아무래도 성격이 맞지 않는 상대였다. 후배에게도 엄하게 대하는 사람이어서, 칭찬을 받아야 성장하는 타입인 자신과는 잘 맞지 않았다. 그러니 3학년이 은퇴할 때까지 그보다 빠른 선수가 되고 싶었다.

어린애처럼 이것도 저것도 겨루겠다는 건 아니지만 이길 수 있는 부분은 이겨 두고 싶다. 그렇게 생각해서 하루마는 스케가와 등 뒤에 바짝 붙어 있던 코스를 바꿨다. 느닷없이 코스를 변경했다간 페이스가 흔들리니까 100미터 정도 거리를 두고 천천히 스케가와 오른쪽 뒤로 이동했다. 이것으로 이 다음의 오른쪽 커브에서 인코스로 돌아갈 수가 있다. 그 순간에 그를 제치자. 줄곧 뒤에서 달리고 있어서 스케가와가 지금 어떤 상태인지 표정을 읽을 수가 없으니 불안하긴 하지만 어차피 스케가와는 힘들 때도 그다지 표정이 바뀌지 않고 여유 있는 듯한 얼굴이니 별 의미가 없다.

커브 없는 직선 코스가 끝나고 커다란 오른쪽 커브로 들어선다. 하루마는 발 회전을 약간 빨리하여 스케가와를 단숨에 제쳤다. 밀당엔 젬병인 자신에게는 어차피 헛일이겠거니 하고 스케가와의 표정은 안 보기로 했다. 여기를 돌면 노선을 빠져나가 가미노무카이 고등학교 뒷문으로 이어지는 언덕에 들어선다. 완전히 올라가면 로드 연습은 끝이다.

스케가와가 뒤쪽에 바짝 붙어 있는 걸 알 수 있다. 자기를 다시 제치고 싶다면 틀림없이 이 뒤의 언덕에서 할 것이다.

오르막에 들어서자 발바닥이 확 무거워지는 느낌이었다. 계속 달려온 몸이 마지막 시련에 비명을 지르는 듯하다. 발바닥 전체로 땅을 차 내야지, 의식하면서 섣부른 짓은 하지 않는다. 달리는 페이스라든가 자세, 호흡 등을 조급하게 바꿨다간 몸이 놀란다. 긴 거리를 달리려면 리듬이 중요한 것이다. 일정한 페이스, 일정한 속도로 달린다. 급격히 뭔가를 바꿔 버리면 안 된다.

등 뒤에서 스케가와의 숨소리가 들린다. 결코 편한 것 같진 않다. 상대 역시 힘들다 생각하면 마음에 여유가 생긴다.

오르막길도 이젠 50미터 정도 남았을 때 시야 구석으로 언뜻언뜻 스케가와의 모습이 보이기 시작했다. 거의 나란히 달리고 있는 상태다. 그의 시선이 자신의 뺨을 찌르고 있음을 알겠다. 뭐야, 이래서야 마치 본선 경기 같잖아. '평소 연습을 본선 경기처럼'이라는 것이 고문이나 코치의 입버릇이니 그는 이를 충실히 수행하고 있다고 할 수 있다.

언덕 끝, 경사가 가장 급한 곳에서 스케가와가 기어를 바꾸는 것을 알겠다. 찰칵찰칵, 하는 소리가 들리는 것 같다.

스케가와의 마지막 스퍼트는 변함없이 강력했다. 남아 있던 모든 힘을 풀어놓듯이 하루마를 제치고 달려간다. 제기랄, 여기서 스퍼트라니, 성격 정말 나쁘네. 바보 아냐? 입으로 말할 힘과 체력과 여유가 있다면 그렇게 내뱉었을 것이다.

결국, 언제나 그렇듯이 스케가와가 1등으로 로드 연습을 마쳤다. 언제나 그렇듯이 하루마가 2등. 기록을 재고 있던 팔목의 스톱워치를 멈춘다. 기록 자체는 나쁘지 않았지만 결국 스케가와에게 지고 말았다.

양쪽 무릎을 손으로 짚고 큰 숨을 들이쉬는 하루마 곁에서 스케가와도 어깨를 들썩이고 있었다. 이러고도 태연했다면 한 대 치고 싶었을 것이다.

"마지막, 아주 잘하던데?"

호흡 사이에 그렇게 말하며 이쪽을 내려다본다.

"덕분에."

잠깐 틈을 두고 스케가와는 다시 한번 이쪽을 보았다. 한 번, 두 번, 하루마에게서 눈길을 거두었다가 저기, 하고 말을 걸어온다.

"소마, 최근에 어떻게 지내?"

갑자기 형에 관해 물어 온다. 인터하이가 끝나고 소마가 육상부를 떠나고 나서 처음 있는 일이다. 이미 스케가와에게는 육상을 그만둔 소마는 과거의 사람이 되어 버렸다고 생각하고 있었다. 수많은 '육상의 세계에서 떨어져 나간 녀석들' 중 하나가 되어 버린 거라고.

"열심히 공부하고 있어요."

"성적, 어때?"

"안 좋은 거 같아요. 전혀 합격선까지 못 가고 있는 것 같던데요?"

소마는 제 입으로 성적 이야기를 하지 않는다. 모두 아버지에게 들은 것이다.

"영양 관리사라, 안정적인 직업을 노린 거네."

"같은 학년 여자와 요리하는 게 즐거워서 생각하게 된 건가 봐요."

"이사카 미야코지?"

"알고 있네요."

"동급생이니까."

거기까지 말하고 스포츠 음료가 들어 있는 병을 한 손에 들고 스케가와는 트랙 밖으로 나간다. 연습 후 스트레칭을 하기 위해 부실 앞의 통로로 가는 것이리라. 결국 무슨 이야기를 하고 싶었던 건지 알 수 없다. 정말 그답지 못하다.

뒤를 따라가며 하루마는 그의 등 뒤에서 물었다.

"스케가와 선배는 어떻게 생각해요?"

"이사카 미야코에 관해?"

"아니, 형이 영양 관리사가 되겠다는 것에 대해."

"글쎄, 녀석이 정한 거니까 그걸로 된 거 아냐?"

한참 전에 미야코에게 물었던 것과 같은 것을 하루마는 물어보기로 마음먹었다.

"스케가와 선배는 형이 입시에 실패했으면 싶어요?"

지익, 하며 스케가와의 러닝슈즈가 흙 위를 미끄러지는 소리가 났다. 뒤를 돌아보더니 하루마를 쏘아보았다.

"싸움 거는 거냐?"

"아닌데요."

"그러면 그런 말 안 되는 소린 하지 마."

말도 안 돼, 굳이 그렇게 되풀이하더니 스케가와는 스포츠 음료를 들이켰다. 목울대가 움직이는 스케가와의 옆얼굴을 응시하며 하루마는 확신했다. 그에게 아직 마이에 소마는 과거의 사람도 기타 다수도 아니었다. 딱딱한 그가 입부 초부터 어렵긴 했지만 가까스로 자기들 사이에도 공통점이랄까, 비슷한 부분이 생긴 모양이다.

입가가 부드러워진 하루마에게 등을 돌리고 스케가와는 혼자, 양어깨를 스트레칭해 가며 트랙을 나간다. 그의 등을 보면서 하루마는 문득 생각했다. 도대체 언제부터 스케가와 다음으로 골인하는 것이 당연해진 것일까? 아무런 위화감도 없이 자신이 부 내에서 2위가 된 것일까?

그리고 형은 그것을 어떻게 생각하고 있었던 걸까?

문에서 한 발 들이미는 순간부터 고기를 굽는 고소한 냄새가 났다. 그냥 프라이팬에 기름을 두르고 고기를 굽고 있는 것이 아니라 마늘이니 생강이니 요리 술과 함께 천천히 굽고 있는 냄새다.

주방을 들여다보니 소마가 조리 젓가락을 한 손에 들고 꼼짝 않고 프라이팬을 내려다보고 있었다. 학교에서 돌아와 교복도 안 갈아입은 채 앞치마를 두르고 주방에 서 있다.

"뭐 만드는 거야?"

말을 걸었더니 슬쩍 이쪽을 돌아보고 맛있는 거, 하고는 다시 돌아서 버렸다. 할 수 없이 다가가 어깨너머로 프라이팬을 들여다보았다.

"우와, 뭐야 이거."

마이에 집에서 가장 큰 프라이팬 위에 고깃덩어리가 마늘이니 생강 조각과 함께 구워지고 있었다. 불고기집에서도 바비큐에서도 알현하기 힘들 듯한 덩어리.

"이거, 어디서 났어?"

"샀어."

"샀어?"

얼마나 하는데, 이거. 그런 웅얼거림에 살짝 미간을 찡그리더니 소마는 하루마를 봤다.

"가격엔 눈 감고 샀어."

"어째서?"

"맛있는 걸 먹고 싶으니까."

아아, 이건 꽤나 끔찍한 일이 있었나 보군. 슬쩍 식탁을 확인해 보니 소마의 가방이 내던져진 채였다. 교과서니 노트, 필기도구들이 튀어나와 흩어져 있었다. 그중에 투명 파일에 끼워진 모의고사 성적표가 있었다. 너무 찬찬히 봤다간 소마에게 들킬 것 같아서 곁눈질로 슬쩍 봤다.

무슨 일이 있었냐는 둥 묻지 않는 편이 낫겠다.

가방 옆에는 미야코의 레시피가 펼쳐진 채 놓여 있다. 요리명은 로스트비프. 소 다리 살 고깃덩어리에 소금 후추를 뿌려 마늘과 생강편과 함께 프라이팬에서 굽는다. 바깥쪽이 구워지면 붉은 와인과 간장을 투입. 그 후 불을 끄고 한 시간쯤 기다린다.

한 시간쯤 기다린다,라는 늠름한 글씨로 쓰인 문장을 확인하고 하루마는 한동안 식탁에 기대서서 소마가 요리하는 모습을 바라보고 있었다. 그 시선을 소마가 어떻게 느끼고 있는지는 어쩐지 알 것 같다. 알지만 한동안 그냥 있었다.

소마가 프라이팬 뚜껑을 덮고 가스 불을 끄는 것을 확인하고 얼른 말을 걸었다.

"한 시간, 기다리는 거지?"

미야코의 레시피 노트를 가리키며 말하자 소마는 의아한 얼굴로 고개를 끄덕였다.

"조깅하고 싶으니까 같이 가자. 딱 한 시간만 제방 한 바퀴 돌고 돌아오자."

시각은 밤 7시. 한 시간을 재워 두면 8시. 그때쯤이면 아버지도 돌아와서 셋이서 고깃덩어리를 먹을 수 있다. 오늘은 로드 연습이 었던 데다가 스케가와랑 꽤 괜찮은 승부를 할 수 있었다. 조금만 더 기분 좋게 달리고 고기를 잔뜩 먹는다. 나쁘지 않아.

"어쩌다 한 번 같이 해 줘도 되잖아, 형?"

오랜만에, 정말이지 오랜만에 그렇게 불러 봤다. 형에게 지는 것이 약 오른다고 느끼기 시작하고부터 이런 호칭은 봉인되어 있었다.

평소라면, 육상을 그만둬 버린 형이라면, 절대 싫다고 한다. 하지만 오늘은 거절하지 않을 것 같은 생각이 들었다. 매일같이 늦게까지 공부하고 있건만 모의고사 성적은 생각만큼 안 나온다. 백분율도 안 오른다. 지망한 학교 합격 가능성이 낮다. 요리를 하는 것으로 짜증스러움을 지워 버리려 하고 있다.

그런 날이라면 자기와 함께 달려도 좋다고 생각해 주는 게 아닐까 싶다.

가죽 구두 따위 신어 본 적 없지. 현관에서 러닝슈즈를 신는 소마를 보며 그렇게 생각했다. 연습할 때 신는 것과 같은 고급은 아니지만 하루마도, 육상부에서 제대로 연습을 하던 무렵의 소마도 러닝슈즈를 일상적으로 신고 있었다. 육상을 계속하는 한, 쭉 그렇게 할 것 같다.

3학년으로 올라가고부터 소마는 고등학교 입학식 때 할머니가 사 주신 가죽 구두를 신고 등교하게 되었다. 불편하고 무거운 발걸음으로 스쿨버스가 서는 교차로에서 교실 건물로 가는 계단을 올라가는 것이다.

"뒤처지면 그냥 두고 가 줘."

"조깅이니까 그렇게 속도를 내진 않아."

러닝슈즈 끈을 확인하고 양쪽 발목을 돌린다. 다음엔 팔을, 팔목을 돌리고 마지막으로 그 자리에서 가볍게 점프해서 보도로 나섰다. 약간 뒤처져 소마가 따라온다.

집을 나와 바로 농로로 들어서서 강변에 가는 걸 목표로 한다. 흙길은 발목에 부담이 적고 제방으로 이어진 길은 기복이 있어 크로스컨트리 하는 기분으로 달릴 수가 있다. 끝없이 강 언덕 풍경만 이어진다는 것이 난점이랄까, 심심하긴 하지만.

초등학교 마라톤 대회에서 달릴 무렵부터 연습을 하는 건 이 길이었다. 중학교, 고등학교로 이어져 가는 사이 거리가 늘어났고 지금은 강을 내려가 호수로 나가서 더 앞쪽까지 달릴 수 있게 되었다.

발바닥이 흙을 밟는 메마른 소리가 리드미컬하게 일정한 페이스로 울리는 것을 유쾌하게 느끼며 한동안 달리고 있으려니 바로 뒤에 있었던 형의 발소리가 약간 멀어져 있다.

돌아보자 눈이 마주쳤다.

"무릎, 아파?"

"네가 빠른 거야."

"거짓말."

"농담."

그래도 힘드네. 역시 몸이 무거워. 한숨과 함께 그렇게 말한 소마는 약간 페이스를 올려 하루마 곁으로 왔다.

"뭐가 몸을 끌어당기는 것 같아. 근육량에도 엄청난 일이 일어난 거야, 이건."

살이 쪘다고 해 봤자, 마른 편이었던 것이 아마 보통 체중이 된 것뿐이다.

"게다가 아무래도 오른발에 부담이 안 걸리도록 달리게 되거든."

뭐라고 좋은 답변이 나와 주지 않았다.

하루마는 지금까지 부상을 당한 적이 없다. 부상이란 도대체 어떤 것일까 체험한 적이 없다. 어떤 기분일까, 어떤 통증일까, 부상을 안고 달린다는 것이 어떤 식으로 두려운 것일지도 잘 모르겠다.

알고 있었더라면 뭔가 달라졌을까?

논길을 빠져나와 흙과 자갈로 된 비탈을 달려 올라가 제방으로 나선다. 시야가 열리면서 비릿한 물 냄새가 코에 들러붙는 것 같다. 어딘가에 물고기라도 죽어 있는 것일까? 평소보다 냄새가 심한 듯하다.

강을 내려와 호수로 나와서 가장 큰 다리까지 가면 딱 3킬로미터. 적당히 높낮이가 있고 자동차가 다니지 않는 달리기 좋은 길. 익숙해진 코스이지만 소마는 한 번도 하루마 앞으로 나서지 않았다. 비스듬히 뒤쪽을 일정한 페이스로 따라온다. 호흡도 흐트러지지 않는 것 같다. 재활을 게을리했다곤 하지만 몇 년이나 열심히 달려 온 것이다. 이 정도는 별것 아닐 것이다.

부상하기 전에는 이 길을 달릴 때 앞에서 달리는 건 소마였다. 연습 때도, 상급생이고 기록도 부에서 두 번째였으니 기본적으로 집단의 앞쪽을 달린다. 그 탓인지 하루마 역시 자연스레 형 뒤에 붙는 일이 많았다. 의외로 그건 초등학교 때부터 버릇이었을지도 모른다. 하다못해 매일 하는 조깅이라도 형 뒤를 달리는 것에 길들어선 안 되지, 싶어 때로는 일부러 형 앞으로 나서서 달리기도 했다. 하지만 정신을 차려 보면 나란히 달리거나 뒤쪽에서 달리고 있었다.

하지만 오늘은 아무리 달려도 그렇게는 되지 않을 것이라 확신하고 있었다.

천천히 주변이 어두워져 가고 근처에서 누군가 낙엽이라도 태우고 있는 것일까, 연기 냄새가 났다. 멀리서 외양간 냄새가 바람을 타고 풍겨 온다.

어둑한 길을 돌아보니 소마와의 거리는 대충 5미터 정도 떨어져 있다. 소마 쪽이 의도적으로 거리를 두고 있는 듯 여겨졌다.

반환점은 언제나 호수에 걸려 있는 커다란 다리다. 자기들이 태어날 무렵 만들어진 다리는 이웃 마을과 이어져 있다. 거기까지 와서 멈춰 서자 형의 호흡이 조금 거칠어져 있음을 느낄 수 있었다. 양 무릎에 손을 대고 가로등 빛이 동그랗게 퍼져 가는 호수를 내려다본다. 숨을 들이쉬고 내쉰다. 그것을 몇 번 반복하면서 숨을 고른다.

완전히 어두워져 있었다. 오가는 자동차는 모두들 라이트를 켜고 오래된 가로등 불도 하얗게 자기주장을 하고 있다.

"오늘 무슨 일 있었어?"

"왜?"

"무슨 일이 있었으니까 그렇게 엄청난 고기를 구운 거 아냐?"

어어, 하고 맥 빠진 대답을 하고 소마는 난간에 턱을 괴었다. 하루마도 바로 옆에서 따라한다.

"모의고사 결과가 나와서 진로 지도 선생님한테 호출당했어."

"일농대, 어렵대?"

"정말 일농대 가고 싶으면 딴짓하지 말래."

딴짓. 그건 조리 실습실에서 미야코와 요리하는 걸 가리키는 걸까? 분명히 지망한 학교에 백분율이 미치지 못하는 수험생이라면 방과 후 요리 따위 하고 있을 때가 아니겠지.

"공부 제일주의로 가야만 하는 건 알고 있지만 말이야."

"그렇게 이사카 선배를 만나고 싶은 거야?"

"만나고 싶다고 할까, 함께 요리를 하고 있으면 기분이 좋거든."

기분이 좋다. 모호한 표현에 하루마는 한숨을 내쉬었다. 그대로 어깨를 흔들며 웃는다. 우유부단한 형다운 말이다.

소마가 왜 웃어? 하고 기분 나쁘다는 듯이 이쪽을 본다.

"아니, 뭐랄까, 재미있어서."

좋아해,라고 말하려나 싶었다. 그렇게 말하면 어쩌지? 하는 생각까지 했었다.

"육상부에서 달리는 것보다 기분이 좋아?"

"그렇지."

아무렇지 않게 말한다. 가슴에 확실히 날카로운 통증이 지나갔다. 그렇게 쉽사리 긍정할 수 있을 만큼 소마 안에서 달리기와 요리는 차이가 생겨 버린 것인가?

바람이 살짝 강해진 걸까, 교각에 부딪히는 물결 소리가 커졌다. 하얀 물결의 파편이 동그란 덩어리가 되어 튀어 오른다. 자신들이 있는 곳까지는 물론 미치지 못하지만 확실히 보였다.

"가자."

소마가 말한다.

"로스트비프 소스를 만들어야지."

천천히 소마의 팔이 양 무릎을 떠난다. 처음엔 고요히, 그리고 서서히 보폭을 넓혀 가더니 달리기 시작한다. 그 뒤로 하루마도 달린다. 조금이라도 사이가 벌어지면 가로등과 가로등 사이의 어둠에 형의 등이 녹아 없어져 버릴 것 같았다.

"그 로스트비프 어떻게 할 거야?"

"덮밥을 할까 싶은데."

"테마리초밥 해 줘. 조그맣고 동그란 거. 저번에 텔레비전에서 본 적 있어."

귀찮은 주문이네. 그렇게 중얼거리면서도 소마의 음성은 어딘가 들떠 있었다. 그게 먹고 싶다,라고 주문을 받는 것은 즐거운 일이겠지.

"고기만으로는 좀 그렇고 달걀이랑 장아찌로도 테마리초밥 만들어 줄게."

신난다. 고마워. 쥐는 것 정도는 도와줄게, 하고 말하려다가 완전히 다른 말이 목을 헤집고 기어 올라왔다.

"있잖아, 형."

"뭐?"

정말이지 오랜만에 형의 뒤를 달린다. 그런 당연한 것이 당연하지 않게 되었다. 그리고 사라져 간다.

"달리기를 그만두니까 좋아?"

대답 없이 달리고 있는 소마의 등을 하루마는 지켜보았다. 흙과 자갈과 풀을 밟는 소리가 기분 좋게 들린다. 두 사람의 발소리가 섞여 우습고 가벼운 하나의 리듬이 된다.

"있잖아."

한 번만 더 물어보고 그 뒤엔 입을 다물고 집까지 달려야지 생각한다.

"내가 달리면, 경기에서 이기면, 부아가 치밀어?"

지익, 하는 무거운 소리를 내며 소마가 멈춰 섰다. 가로등 빛이 닿지 않는 어둠 속에서 소리도 없이 돌아보더니 성큼성큼 하루마에게 다가와서,

하루마의 뺨을 후려갈겼다.

통증이 뺨 위에 솟구친다. 메마른 소리와 한순간 느꼈던 소마의 습한 손바닥. 동시에, 어째서, 하는 소리가 들렸다. 자기 목소리였다.

어째서, 형이 여기 없는 걸까?

작년 겨울, 간토 고등학교 역전 경기 대회. 그 직전에 무릎 부상이 발견되었던 소마는 경기에 나가지 못했다. 3구간을 달린 하루마가 어깨띠를 건넨 것은 보결로 나온 2학년생이었다. 중계 지점이 보였을 때, 거기 소마가 없다는 것은 너무나 잘 알고 있었건만 문득 의문이 생기고 말았다. 어째서, 마이에 소마는 거기서 자기가 어깨띠 건네주기를 기다려 주지 않는 것일까? 현 대회에서 자기가 꼴불견으로 달렸던 탓일까? 그 실수를 간토 대회에서 만회하고 싶었건만.

여름 인터하이도 그랬었다.

하루마 앞에서 달리고 있던 것은 스케가와와 후지미야였다. 옆

에는 물론 뒤에도 소마의 모습은 없었고 수많은 인간들의 발소리, 숨소리, 땀 냄새가 거기 있건만 소마의 것만은 아무리 찾아도 없다. 평생, 없다.

그리고 분명 이번 겨울 역전 대회에서도 같은 생각을 하리라. 내년 대회도 역시. 대학에서도 육상은 계속한다. 그 후 사회인이 되어서도 나는 달리고 있을까?

언제까지나 계속 형의 등이, 발소리가, 호흡이, 냄새가 없는 코스를 줄곧 달린다. 달릴 수 있을까? 과연 나는 견딜 수 있을까?

"열심히 해."

하루마의 뺨을 후려갈긴 오른손도 그대로인 채, 소마는 말했다. 떨리는 음성을 목에 힘을 주어 어떻게든 바로잡아 보려 하는 걸 알 수 있다.

"내 몫까지 넌 달려."

아플 만큼, 이해한다.

"제대로 달려."

언젠가 이사카가 했던 말을 떠올린다.

동생인 네가 생각하는 것보다 훨씬, 네 형은 형편없어.

좋은 형 같은 거 아냐. 동생에게 지는 것이 무섭고 용서할 수 없고, 질색이라고.

그렇다. 내 앞에서 소마는 언제나 형인 것이다. 형으로밖에는 존재할 수가 없다. 내 앞에서 형은 진짜 이야기는 무엇 하나 할 수가 없는 것이다.

"최근에 말이야."

뺨에서 얼굴 전체로 퍼져 나가는 통증을 받아들이며 입에서는 그런 말이 삐져나오고 있었다. 소마는 아직 거기 있다. 지면에 떡 하니 양발로 버티고 서서 하루마를 보고 있다. 노려보는 건, 아니었다.

"달리다가, 본격적으로 힘들어지면 말이야, 생각하거든."

하루마의 시선 끝에는 지금 막 자기 뺨을 후려친 소마의 오른손이 있었다. 아주 살짝 발개진 손바닥. 자신의 뺨도 비슷한 색을 띠고 있는 걸까?

"오늘 저녁밥 뭘까,라고. 형이 오늘은 뭘 만들어 줄까? 하고."

저기, 형. 갈라진 음성으로 그렇게 중얼거리며, 가까스로, 그 말을 짜낼 수 있었다.

"이번 역전, 작년 같은 짓은 안 할게."

얼마나 허망하고 서글픈 말인가, 자신을 비웃으면서도 그래도 입에 올리지 않고는 견딜 수 없었다.

"다음엔 기필코, 일등으로 들어갈게."

청경채햄볶음   이사카 미야코

미야코는 운동회 날 엄마랑 아빠, 누가 보러 와?

여름 방학이 끝난 9월 어느 날, 같은 반 여자아이가 갑자기 그렇게 물었다. 아마, 어느 쪽도 안 올걸. 솔직하게 대답했다.

그날 종례 때 느닷없이 그 아이와 그 친구들이 운동회 날 점심밥은 다 같이 교실에서 먹자고 제안했다.

초등학교 마지막 운동회이니 반 아이들 모두 함께 먹는 편이 좋다고 생각합니다.

가족들과의 도시락도 좋지만 역시 친구들과 먹는 편이 맛있을 것 같습니다.

게다가 가족이 운동회에 못 오는 사람이 있을지도 모르는데 그런 아이들만 교실에서 먹는 것도 쓸쓸하잖아요?

그런 식으로 번갈아 가며 여자아이들이 제안을 이어 가더니 일부 남자애들도 굳이 식구들하고 도시락 같은 거 먹고 싶지도 않고, 하며 찬동을 할 참이었다.

그걸 듣고 담임이 뭔가 이야기를 하기 전에 미야코는 자기 책상을 쾅, 하고 두드리며 일어섰다. 가족이 운동회에 오지 못하는 사람도 있을지 모른다? 그건 자기 혼자일 게 뻔하다.

미야코 부모가 운동회에 오지 않는다. 미야코는 외톨이로 도시락을 먹는다. 그걸 알고 모두 함께 의논을 한 걸까? 미야코가 불쌍하니까 종례 때 제안하자,라고.

그건 분명 옳은 일이다. 친절한 행위다. 불쌍한 사람을 배려하는 아주 좋은 행위.

다만 그걸 받아들이는 내 마음이 꼬여 있을 뿐이다.

모든 반 아이들이 커다란 소리를 내며 벌떡 일어선 미야코를 보고 있었다. 책상 옆에 걸어 두었던 가방을 메고 아무 말도 없이 교실을 뛰어나왔다. 돌아보지도 멈춰 서지도 않고 계단까지 와서 실내화를 신발로 갈아 신고 학교를 뛰쳐나왔다.

운동회 같은 거 안 가면 그만이지. 아아, 하지만 그건 또 그것대로 '아빠도 엄마도 와 주질 않으니까 운동회에 빠져 버린 불쌍한 미야코'가 되어 버리는 건가?

자, 도대체 어떻게 하라는 거지?

걸음을 옮길 때마다 등에 멘 책가방이 위아래로 덜걱덜걱 흔들려서 깔끔하게 달릴 수도 없다.

집까지 거의 다 왔을 때, 미야코, 하는 소리가 났다. 불길한 예감이 들어 돌아보니 자전거를 탄 스케가와네 엄마가 손을 흔들고 있었다.

"학교 벌써 끝났구나."

자전거로 이쪽까지 다가온 스케가와의 엄마는 문득 생각났다는 듯이 자전거 앞의 바구니에서 종이 가방을 꺼냈다.

"미야코, 청경채 좀 가져갈래?"

좀 전에 아무개 씨 밭 앞을 지나는데 너무 많이 주더라, 한다. 절반 가져가지? 하더니 대답도 하기 전에 종이 가방에 흙이 묻은 청경채를 옮겨 담기 시작했다.

"자, 막 거둔 청경채. 엄마더러 채소볶음이라도 만들어 달라고 해."

미야코의 양손에 종이 가방을 들이민다. 필요 없어, 이딴 거. 쓸데없는 걸 받아 가 봤자 귀찮을 따름이라는 걸 왜 모르냐고요? 그렇게 말할 수 있으면 좋겠지만. 미야코의 손은 종이 가방을 받아 들고, 와아, 감사합니다, 하고 멋대로 입이 움직여 버린다.

계속 이렇게 가는 걸까? 언제까지나 줄곧, 중학생이 되어도 고등학생이 되어도 어른이 되어도 자신은 계속 이런 걸까? 이래야만 하는 것일까?

"저기, 미야코, 이번 운동회, 집에서 누가 오실 거야?"

"안 와요."

고개를 옆으로 흔들자 스케가와의 엄마는 같은 반 여자애와 비슷한 얼굴을 했다.

그러고는 말하는 것이다.

"도시락 우리랑 같이 먹을까? 그냥 아줌마가 미야코 몫까지 도시락 싸 가도 되는데?"

괜찮아. 료스케 것도 만들어야 하니까 한 사람분 더 하는 건 어렵지 않으니까. 그렇게 말을 이어 가는 스케가와의 엄마에게 가까스로 목소리를 짜냈다.

"괜찮아요."

정말? 하며 이쪽을 동정하듯이 미소 짓는 스케가와의 엄마에게 미야코는 괜찮아요, 하고 되풀이했다. 그 미소마저 비웃음처럼 보여 견딜 수 없었다.

"도시락, 엄마가 안 만들어 주면 내가 만들 거니까. 먹는 것도 혼자서 아무렇지 않아요."

그럼 안녕히 가세요. 청경채 감사합니다. 그렇게 말하고 종이 가방을 두 손으로 안아 들듯 하며 스케가와의 엄마와 헤어졌다. 자전거로 쫓아오면 어떡하지, 싫었지만 그런 기척은 없었다.

분명 스케가와네 엄마는 자신의 등을 보고 있다. 강한 척하는 가엾은, 안쓰러운 여자아이를 보는 눈으로. 그러니 절대로 돌아보지 않았다.

아무도 없는 집 열쇠를 열고 청경채가 들어 있는 종이 가방을 식탁 위에 집어던졌다.

냉장고를 열고 우유 팩에 입을 대고 마셨다. 굳이 컵을 꺼내는 것도 귀찮다.

한참 전에 스케가와가 가지고 왔던 무화과는 누구 한 사람 손을 대지 않은 채 썩기 시작했다. 썩어 가는 것을 냉장고에 그냥 넣어 두고 있는 걸 아빠가 봤다간 분명 잔소리를 할 거다. 그걸 엄마가 들으면 또 싸운다.

무화과를 쓰레기통에 처박고 빈 공간에 청경채를 종이 가방째 넣으려다가 자신의 말을 곱씹는다.

도시락, 엄마가 안 만들어 주면 내가 만들 거니까. 먹는 것도 혼자서 아무렇지 않아요.

집에서는 줄곧 혼자서 밥을 먹고 있으니 외톨이로 도시락을 먹는 것쯤 아무렇지도 않다. 하지만 자기 몫의 도시락은 못 만든다. 밥에 반찬 몇 가지와 후식용 과일. 그런 건 절대 무리야. 주먹밥 정도라면 만들 수도 있겠지만 그건 또 그것대로 역시나 불쌍한 아이가 되는 건지도 모른다. 모처럼 운동회인데 도시락이 주먹밥뿐이라니. 닭튀김도 달걀말이도 유부초밥도 없이 밥을 뭉쳐 매실장아찌만 넣은 거라니.

어째서 고작 도시락 하나로 이렇게 불쾌한 일을 당하고 이렇게 주변에서 불쌍하다고 여겨져야만 하는 걸까?

집어넣으려던 청경채를 종이 가방에서 꺼내 수돗물로 씻었다. 흙을 씻어 내고 도마도 쓰지 않은 채 개수대 위에서 툭툭, 칼로 잘랐다. 선반에서 프라이팬을 끄집어내서 기름을 두르고 불에 올린다. 냉장고에서 쓰다 남은 햄 봉지를 꺼내 적당한 크기로 아무렇게나 잘라 청경채와 함께 프라이팬에 던져 넣는다. 청경채가 익으면 어떻게 되는지, 어떤 것이 맛있는 상태인지 알 수가 없으니 적당히 줄기가 투명해졌을 때 불을 끈다.

눈에 띄는 밀폐 용기에 청경채햄볶음을 담을 수 있는 만큼 담아 그걸 종이 가방에 넣어 집을 나섰다.

걸어서 십 분 거리에 있는 스케가와네 집을 향해 좀 전에 걸었던 길을 달렸다. 학교에서 집으로 올 때보다 훨씬 빠르고 힘차게 달렸다. 오늘은 줄창 달리기만 하는군. 그렇게 발끈거리며 농로의 조약돌을 걷어차 가면서 금이 간 아스팔트 위를, 스케가와네로 이어지는 내리막길을 속도를 떨어뜨리지 않고 내달렸다.

스케가와 집에는 초인종이 없다. 계십니까? 하는 말도 없이 현관의 미닫이문을 열고 한 걸음, 두 걸음, 집 안으로 발을 들여놓는다.

현관 바로 앞에 있는 거실에서 스케가와가 나타났다. 그는 눈을 동그랗게 뜨고는 이사카? 하고 자신의 이름을 부른다. 책가방을 어깨에 멘 채였다. 지금 막 돌아온 참이겠지. 그 후에 종례는 어떻게 되었을까?

그의 가슴팍에 밀폐 용기를 들이밀었다.

아까 그의 엄마가 그랬던 것처럼.

"너네 엄마가 준 청경채."

"뭐?"

"요리했으니까 돌려주러 왔어."

자, 얼른 받아, 자, 자, 자. 거친 말투로 채근해 대자 스케가와는 당황하면서도 두 손으로 밀폐 용기를 받아 들었다.

"지금까지 채소를 나눠 줬는데도 아무것도 답례를 못 해서 미안해."

빈정거리듯이 말한다.

"눈치라곤 없는 가족이라서 죄송합니다. 다음부터는 제대로 답례를 하러 오겠습니다."

스케가와의 얼굴을 노려보면서 안녕! 하고 현관문을 닫았다. 끼익 끼익 끼익 하며 나무 문이 비명을 질렀고 유리가 거슬리는 소리를 낸다.

다시 달려 돌아왔다. 바보 멍텅구리 머저리. 누가 너 같은 거한테 동정을 받을까 봐? 멍청이! 하고 고함을 지르며 돌아왔다. 그딴건 필요 없다고. 없어도 살아갈 수 있는 인간이 되어 보여 줄게. 눈똑바로 뜨고 보고 있어.

머저리!

＊

"그 채소볶음, 엉망진창 맛없더라."

이튿날, 교실에 나타난 스케가와는 다짜고짜 그렇게 말했다.

"전혀 익지도 않았고, 기름이 질척질척하고, 어떤 데는 짜고 어떤 데는 싱겁고. 엄마가 일단 저녁 밥상에 내놓긴 했지만 다들 한 입 먹는 순간, 침묵이야 침묵. 그 정도로 형편없었어."

설상가상 아침부터 배는 아프지, 어떻게 해 줄 거야? 자기 배를 문지르며 스케가와는 볶음 맛을 떠올렸는지 미간을 여덟팔 자로 찡그렸다.

"답례를 해 주는 건 좋은데 말이야, 하려면 좀 제대로 요리 공부를 하면 좋겠어. 배탈 난다고, 그런 거 먹었다간."

진짜, 진짜 맛이 없었거든. 너 제대로 맛이나 본 거야? 그런 스케가와의 말에 끌리듯이 몇 명인가 미야코의 책상 주위로 모여들었다. 하나하나에게 스케가와는 미야코 요리가 엉망진창이어서 말이야, 아침부터 배탈이 났어,라는 둥 한다.

있는 힘껏, 후려갈겼다.

알았어!

만들어 줄게!

조만간 맛있다고 무릎 꿇고 엎드려 말하게 해 주마!

그렇게 말하며 몇 번이나 그의 머리랑 얼굴, 어깨를 패 주었더니 스케가와는 슬쩍 웃으며 자, 기대하고 있을게, 하고는 자기 책상으로 도망쳤다.

토마토드라이카레 스케가와 료스케

"이사카, 너무 뒤처지면 외톨이 된다."

뒤돌아보니 미야코는 좀 전에 확인했던 것보다 훨씬 뒤쪽에 있었다. 사이에 다른 반이 끼어들어 버렸다.

"아, 이런."

달려와서 반에 합류한 미야코는 손으로 입을 가리지도 않고 커다랗게 하품을 했다.

유치원, 초등학교, 중학교를 같은 학교에 다니던 어린 시절 친구와 설마 고등학교도 같이 올 줄은 생각도 못 했다. 같은 중학교에서 온 것이 스케가와와 미야코뿐이어서일까, 반도 같은 반이 되고 말았다. 그리고 입학식에서 일주일 후. 신입생 간의 교류와 반의 단결을 위한 지역 청소년 수련관에서의 1박 2일 합숙. 스케가와와 미야코는 같은 조로 가게 되었다.

이른 아침 버스로 학교를 출발해서 수련관에서 점심을 먹나 싶더니 오리엔티어링이 시작되었다. 시설이 있는 것은 산 위. 거기서 지도를 한 손에 들고 산속에 정해진 중간 지점을 통과하여 도장을 찍어 가며 돌아와야 하는 지루한 것이었다.

무엇보다 같은 조 멤버들과 보조를 맞추어 느릿느릿 걷는 것이 진력난다. 게다가 스케가와는 가위바위보에서 져서 조장의 임무까지 떠맡았다.

"혼자 떨어지면 안 되니까 잘 따라와라, 응?"

"놓쳐 버린 중간 지점이 없나 싶어서."

스케가와의 조원은 다섯 명. 남자 셋, 여자 둘의 구성인데 스케가와와 미야코 말고는 다들 아는 사이인지 사이좋게 나란히, 즐겁게 이야기를 하며 조금 앞에서 걷고 있다. 가끔씩 이쪽에도 말을 걸어 주긴 하지만 합숙 따위 귀찮아, 하는 스케가와의 기분이 전해져 버린 것인지 그 횟수는 줄어들고 있다.

입학하고 아직 일주일이라곤 하지만 입회한 육상부는 이제 곧 대회가 기다리고 있다. 소중한 시간을 신입생 합숙이 아니라 육상 연습에 쓰고 싶다. 이따위 성가신 행사 같은 걸 굳이 하지 않아도 마음 맞는 아이들끼리는 자연스레 친해질 거고, 안 맞는 애들은 어떻게 해도 안 맞는 건데.

"재미없냐?"

옆에서 미야코가 올려다본다. 앞에서 걷는 세 사람을 턱짓하며 섞이면 좋을 텐데, 하고 덧붙였다.

"됐어, 귀찮아."

작은 소리로 그렇게 답하자 미야코는 뭐야, 하고 맥 빠진 듯 어깨를 움츠렸다.

"나를 혼자 둘 수 없어서 배려했던 게 아니네."

"용케도 저 좋을 대로 생각이 돌아가네."

중학교와 달리 고등학교는 온갖 학군에서 학생들이 모인다. 아무리 스케가와라도 고등학교에서 만나는 새로운 얼굴들에 다소의 불안이나 기대를 느끼며 입학식을 맞았다. 하지만 이렇게 신입생 합숙조에 낯익은 얼굴이 있으면 그런 긴장감도 풀리고 만다.

미야코는 미야코대로 처음이라도 내숭을 좀 떨면 좋으련만 입학식부터 줄곧 이 모양이다. 커다란 소리로, 거친 말투로 떠든다. 다른 중학교에서 진학해 온 여자애들이 약간 거리를 두게 되어 버리는 것도 무리는 아닐 듯하다.

스케가와 역시 그다지 친구를 잘 만드는 편도, 빨리 만드는 편도 아니다. 무의미하게 친구가 많은 게 좋다고 생각하지도 않는다.

"지겹다는 얼굴이네."

"지루해."

"너라면 이런 코스 단숨에 가니까."

"중간 지점 찾기니까 그렇지도 않지."

하지만 이런 오리엔티어링 코스는 크로스컨트리엔 안성맞춤이다. 젖어 있는 땅은 신발 너머로도 상쾌하고, 무성한 나무들은 좋은 그늘이 되어 준다. 시냇물이나 조그만 폭포가 나타나기도 해서 풍경도 계속 바뀐다. 즐겁게 달릴 수 있을 듯한 코스였다.

"역시 1학년 육상부에선 제일 빠르냐?"

"그렇지도 않아. 꽤나 빠른 녀석이 또 있거든."

이미 1학년 신입 부원 경기가 치러져서 함께 입부한 애들이 어느 정도 달리는 녀석들인지는 실제로 확인이 끝났다. 특히 빨랐던 것은 6조의 마이에 소마. 녀석은 빠르다. 중학생 때부터 그랬다. 달리기에 빈틈이 없고 주변에서 어떤 달리기를 하든 자신의 페이스로 안정된 레이스를 한다. 고문은 안심하고 그를 대회에 내보낼 수 있을 거라고 줄곧 생각하고 있었다.

"꼬맹이 때부터 빨랐잖아, 넌."

스케가와에게 반 아이들이 거리를 두게 된 것을 핑계 삼아, 시간 때우기 상대가 되어 버린 건가 싶다.

미야코 말대로 스케가와는 옛날부터 발이 빨랐다. 단거리보다 장거리 쪽에 자신이 있었고 좋아하기도 했다. 도구도 탈 것도 쓰지 않고 자신의 몸만으로 깜짝 놀랄 만큼 먼 거리를 달린다는 것이 좋다. 자기 발로 지면을 차 낼 때의 그 '앞으로 나아가고 있는 느낌'이 좋다.

이런 이야기를 해 봤자 이해할 수 있을 것 같지 않다는 생각이 들어 관두기로 했다. 앞에서 걷는 세 사람이 나무의 빈 옹이에서 중간 지점 표식을 발견했다. 신난다! 찾았다! 다른 여학생인 아마가이가 도장을 찍은 종이를 스케가와와 미야코에게도 보여 주었다.

오리엔티어링은 빠르지도 늦지도 않은 무난한 순위로 끝났다. 그 후엔 각 조별로 현금이 배분되어 저녁 메뉴를 정하고 장을 봐다가 요리를 하기로 되어 있다.

스케가와와 미야코 이외의 세 사람이 산기슭에 있는 슈퍼마켓에 갔고 남은 두 사람은 야외 취사장에서 조리 기구를 준비하기로 했다.

그런데 해가 기울기 시작할 무렵 돌아온 세 사람, 그리고 그들이 들고 온 슈퍼의 봉지를 보고 스케가와는 기가 막혔다.

"카레를 만들 건데 카레 루가 없잖아."

아마가이와 남은 남자아이 둘, 이시카와랑 모리시타를 본다. 아마가이가 주먹을 움켜쥐더니 눈동자를 반짝이며 끄덕였다.

"이왕 모두 함께 만들 바에야 카레 가루부터 시작하자 싶어서."

이시카와와 모리시타는 아무래도 아마가이의 기세에 눌려 하자는 대로 식재료를 사 온 모양이다.

"그리고 이 닭고기, 날개잖아."

"이시카와는 소고기가 좋다고 했지만 너무 비싸서 못 샀어. 닭

고기를 사려면 뼈가 붙어 있는 게 좋다고 역설하기에."

이시카와가 겸연쩍다는 듯이 시선을 피한다.

카레 가루, 닭 날개, 감자, 토마토, 가지, 당근, 양파, 마늘, 사과, 키위, 바나나, 딸기, 웬 요거트까지 있다.

"디저트로는 과일 요거트가 먹고 싶어서."

한숨을 쉬어도 될 것 같았다. 스케가와가 커다랗게 숨을 들이쉬었을 때, 옆에서 미야코가 봉지를 들여다보았다. 카레 가루가 든 병을 집어내더니 미야코는 어깨를 으쓱해 보인다. 미야코가 세 사람에게 폭언을 내뱉기 전에 최대한 부드러운 음성으로 일러 주었다.

"루가 없으면 카레 가루 말고도 향신료라든가 이것저것 넣지 않으면 카레가 안 되거든."

"거짓말. 정말이야?"

아마가이뿐 아니라 이시카와와 모리시타도 눈을 휘둥그레 떴다. 이런. 이 녀석들에게 장보기를 맡겨선 안 되는 거였어. 카레에 토마토니 가지를 넣자는 쓸데없는 생각은 했었던 모양이지만 정작 중요한 루를 안 사오다니.

"어떡할까?"

태평스레 팔짱을 끼는 아마가이, 이시카와, 모리시타 세 사람에게 짜증이 치밀어 선생님한테 다녀올게, 하고 주위를 둘러보며 담임의 모습을 찾기 시작했을 때였다.

"꼭 카레여야 해?"

비닐봉지에서 식재료를 차례차례 꺼내 나무 테이블 위에 늘어놓고 미야코는 아마가이 일행을 보았다. 합숙이 시작되고 지금까지 제대로 미야코와 이야기를 해 본 적 없던 세 사람은 당황하면서 얼굴을 마주 보았다.

"난 먹을 수만 있으면 뭐라도 좋아."

얼른 결론을 내고 싶어 스케가와는 그렇게 말했다. 아마가이도 이시카와도 모리시타도 말없이 끄덕인다. 미야코는 식재료의 산더미를 내려다보더니 커다랗게 끄덕였다.

"하이라이스 싫어하는 사람?"

그렇게 스케가와를 포함한 네 사람에게 물었다. 아무도 싫다고는 하지 않았다.

"자, 닭날개하이라이스를 만들자. 내가 주로 만들어도 돼?"

그렇게 말하면서 이미 그녀의 양손은 조리 준비를 시작하고 있다. 조리 기구가 든 커다란 통에서 도마와 부엌칼을 꺼내고 바구니에 채소를 담아 모리시타에게 씻어 와, 하고 건넸다. 닭 날개를 그릇에 늘어놓고 이시카와에겐 소금 후추 뿌려서 열심히 주물러, 하고 시켰다.

그리고 스케가와에게는 계량스푼과 작은 접시를 들려 주었다.

"넌 말이야, 주변의 다른 조를 돌면서 밀가루를 세 숟가락 정도만 얻어 와."

"밀가루?"

"응. 같은 동아리 애들이라든가 찾아서, 동냥해 오라고."

부탁해, 하며 꽤나 세게 등짝을 치는 바람에 서 있던 작업 공간에서 쫓겨났다. 미야코는 아마가이에게 요거트 팩과 체를 건네며 뭔가 지시를 내리고 있었다.

주변이 어두컴컴해지기 시작하는데 어쩔 수 없이 옆의 야외 취사장에 갔다가, 마침 수돗가에서 쌀을 씻고 있던 마이에 소마를 발견했다.

"밀가루 필요하다고?"

사정을 이야기하자 자기 조의 밀가루를 일부러 계량컵에 담아 들고 와 주었다.

"그쪽은 뭐 만들어?"

"연어뫼니에르*. 전부 여자애들한테 맡겨 뒀어. 스케가와네는?"

"카레를 생각했었는데 루를 안 사왔어."

"어떻게 그래?"

다 씻은 쌀의 물기를 털어 내며 소마는 어깨를 흔들며 웃었다.

"스케가와, 꽤나 덜렁이구나."

"장을 본 건 내가 아냐. 나는 점잖게 냄비를 닦고 있었을 뿐."

"그래?"

* 생선에 밀가루를 묻혀서 굽는 프랑스식 요리.

중학교 때는 곧잘 대회에서 그와 함께였다. 경기 종반에 둘이서만 우승을 겨룬 적도 몇 번이나 있었다. 그런 녀석과 앞으로 삼 년간 함께 연습을 해 나간다는 것은 묘한 기분이었다.

"또 뭐 부족한 거 없어? 찾을 수 있는 거면 모아 올게."

"아니, 됐어. 밀가루만 가져오라고 했으니까."

고마워,라고 말하고 자기 반 야외 취사장으로 돌아오려던 때였다.

"스케가와는 크로컨 나간 적 있어?"

크로스컨트리라는 단어를 뜬금없이 꺼낸 소마를 스케가와는 얼른 돌아보았다.

"난 전혀 경험 없지만 오리엔티어링을 하면서 그런 곳을 달리면 좋겠다 싶더라고."

우연히도 그는 스케가와랑 같은 생각을 했던 모양이었다.

"있어. 초등학교, 중학교 몇 번인가. 나도 꽤 좋아해, 크로컨."

묻지도 않은 소리까지 해 버렸다. 하지만 어쩐지, 그와는 삼 년간 잘 지낼 수 있을 듯한 기분이 들었다.

*

기상 시간보다 훨씬 일찍 깼다. 같은 방 아이들을 깨우지 않도록 옷을 입고 밖으로 나오자 약간 차가운 공기가 볼을 때리는 듯했다.

현관 앞 벤치에 의외의 얼굴이 보였다.

"미야코."

무심결에 이름을 불러 버리곤 얼른 이사카,라고 고쳐 불렀다. 일순 싱긋 웃더니 졸음기 없는 커다란 음성으로 어이, 하고 손을 흔든다. 무릎에 커다란 병을 안고 있다.

"뭐 하고 있어?"

"잠이 깼는데 목이 말라서."

너도 마실래? 하더니 종이컵을 보인다. 시설 안 냉수기에 붙어 있는 종이컵이다. 안에는 하얀 액체가 들어 있다.

살짝 새콤달콤한 과일 향이 났다.

"과일비니거. 어젯밤, 뒷정리하는 북새통에 살짝 만들었지."

무릎 위의 병에는 액체와 함께 둥글게 자른 키위와 사과가 들어 있다. 어제 야외 취사장에서 남은 것들인가 보다.

"물기 없는 요거트를 만들면서 나온 유청에 남은 과일이랑 식초를 넣어 만들었어. 탄산수로 희석해도 좋지만 오늘은 물 희석이야. 맛있어."

반쯤 강요하다시피 종이컵을 내밀더니 과일비니거라나 하는 걸 반쯤 따르고 그 위에 페트병에 든 미네랄워터를 부었다.

신중하게 한 모금 마신다.

"……맛있네."

입을 대는 순간에 키위와 사과의 상큼한 맛이 입과 코를 채운다.

떠 있는 키위 씨앗조차 톡,톡, 하는 씹는 맛을 만들어 준다. 아침의 차가운 공기와 함께 단숨에 몸을 잠의 세계에서 불러내 주는 것 같았다.

"맛있지? 실은 조금 더 담가 두는 편이 좋지만, 이 병 여기서 빌린 거라서 돌려줘야 되니까 아침에 마셔 버려야겠다 싶어서."

한 잔 더 마시겠느냐고 권하기에 사양하지 않고 받았다.

"넌 요리 하난 잘한다."

"고맙다."

그녀가 요리를 하게 된 것은 초등학교 6학년 무렵이었다. 스케가와 엄마가 준 갓이었나 청경채였나를 볶았다며 돌려주러 왔다. 미야코는 종이 가방에 넣은 밀폐 용기를 들고 왔다. 지지리도 맛이 없었다는 사실만은 아직도 기억하고 있다.

그 일 이후, 그녀는 할머니나 엄마가 스케가와더러 갖다 주라고 시킨 채소니 고기니 생선을, 반드시 요리해서 가져오기 시작했다. 받기만 하지는 않는다. 재료를 받았으니 요리해서 돌려준다. 그렇게 함으로써 마치 자기 발밑을 필사적으로 밟아 굳히고 있는 것 같았다.

스케가와네 집에 오는 음식들은 날이 갈수록 발전했고 할머니나 엄마가 감탄하며 걔는 결혼해도 괜찮겠다며 안도할 정도가 되었다. 마치, 미야코의 부모가 언제 이혼을 해도 괜찮겠다, 하는 얼굴로.

그 말대로 미야코는 요리에 숙달될수록, 묘한 힘을 몸에 두르게 되었다. 우선 말투가 강해졌다. 미야코 녀석, 어쩐지 오늘은 엄청 입이 거치네, 싶은 날이 이어지는가 싶더니 어느 샌가 그런 말투가 굳어졌다. 부모가 불화하는 불쌍한 여자애,라는 위치를 날려 버릴 정도로 씩씩한 성격을 획득했다.

그런 그녀가 어제 만든 하이라이스는, 그냥 닥치는 대로 만들었다고는 생각할 수 없는 맛이었다. 하룻밤 지난 지금도 그 맛을 확실히 떠올릴 수가 있다. 닭 날개는 먹는 게 성가시진 않을까 싶었지만 젓가락으로 쉽게 발라졌다. 닭 껍질은 부드럽고 입에 넣으면 보들보들 달다. 어떻게 될까 했던 루 역시 딱 좋은 점도에 토마토 산미가 살아 있었다. 특히 아마가이가 극찬했던 것은 디저트인 물기 없는 요거트파르페였다. 물기가 없어져 크림치즈같이 매끄러워진 요거트에 사과, 키위, 딸기, 바나나를 올린다. 으깬 딸기를 잼처럼 유리컵 안에 깔고 과일과 요거트를 교차로 넣어 컬러풀한 층을 만들었다. 다른 조 아이들이 꺄악 꺄악, 스케가와네 조의 테이블을 둘러쌀 정도였다. 남자애나 여자애나 미야코의 뜻밖의 일면에 놀라서 꽤나 이야기가 풍성해진 듯했다.

"이사카는 이제 괜찮을 것 같아."

"뭐가?"

"친구가 잔뜩 생길 것 같잖아."

"뭐야, 스케가와. 그런 걱정을 해 줬던 거야?"

"애당초 이사카는 그런 건 신경 쓰지 않던가?"

"잘 아네."

스케가와가 쓴 종이컵을 망설임 없이 가져가 미야코는 과일비니거를 한 컵 더 마셨다.

"네가 밀가루를 찾아다 줬으니까. 스케가와에게 부탁한 보람이 있었지."

"그거, 책략이었어?"

눈이 마주쳤다든가, 우연히 옆에 있었으니까, 그런 적당한 이유라고 생각했었다.

"스케가와라면 제대로 찾아다 줄 것 같은 생각이 들더라고."

지겨울 만큼 오래 알고 지냈고 말이야. 제 말에 제가 웃으며 미야코는 양발을 앞으로 뻗었다.

왠지 목울대 언저리가 슬금슬금 간지러워진다. 안쪽에서 목을 간지럼 태우는 듯하다. 그것을 물리치듯이 스케가와는 물었다.

"최근엔 집안일 모조리 이사카가 하는 거야?"

"뭐, 그렇지."

벤치 등받이에 기대어 미야코는 머리 위를 올려다본다. 끌리듯이 스케가와도 그렇게 하고 있었다. 막 날이 샌 하늘은 아직 희뿌옇고 푸른 하늘을 볼 수는 없다.

미야코의 부모는 미야코가 중학교를 졸업하는 때에 맞춰 이혼했다. 이혼의 그림자가 어른거리기 시작하고 삼 년이었으니 꽤나 오래 끈 편일 것이다. 딱 한 달 전, 미야코의 엄마는 이사카네 집을 나와 옆 동네에서 혼자 살기 시작했다.

"혼자서 힘들지 않아?"

"별로, 혼자에는 익숙하니까."

너도 알고 있잖아? 하늘을 올려다본 채 미야코는 툭, 내뱉었다.

"하긴, 혼자서는 아무래도 성가신 일들도 많아서 최근엔 편의점 도시락을 먹고 있어. 아빠도 어차피 집에서 안 먹으니까."

아마도 다른 사람들에겐 그냥 하는 말로 들릴 것이다. 하지만 스케가와에게는 분명히 그 너머가 보이는 듯했다. 젖은 머리카락을 헝클어뜨린 채 화를 냈던 그녀가.

아아, 실은 상당히 힘들어하고 있구나.

"어젯밤엔 오랜만에 여럿이서 왁작왁작 요리를 할 수 있어서 즐거웠어."

너무 뚫어지게 바라보지 않도록 조심하면서 미야코의 표정을 스케가와는 확인했다. 즐거웠어. 그렇게 말한 그녀의 얼굴은 확실히 맑고 기분 좋은 웃음을 담고 있었다.

어두컴컴한 집에서 혼자서 요리를 하고 혼자서 먹는 그녀의 뒷모습을 떠올리고 말았다. 편의점 도시락을 먹는 미야코를, 텅 빈 냉장고를 들여다보는 미야코를.

저녁밥 정도는 가끔 우리 집에 와서 먹으면 어때? 그렇게 말할까 했다. 그러나 그랬다간 꽈리고추를 들고 갔을 때의 자신과 다를

게 없을 것 같았다.

그래서, 억지로 다른 것을 뱃속 바닥에서 끄집어냈다.

"요리를 하는 동아리에라도 들어가면 어때?"

제멋대로군, 싶었다. 적당히 해 본 제안이다. 무책임하다. 그래도 그렇지, 좀 더 그럴듯한 위로를 해 주고 싶었건만.

"동아리라면 집과는 다른 기분으로 할 수 있지 않겠어?"

"그런 동아리, 있기나 하냐?"

그렇게 말하면서도 그녀의 표정은 아주 조금이지만 밝아졌다. 적어도 스케가와의 눈앞에서 어두컴컴한 부엌과 텅 빈 냉장고를 지워 줄 정도로는.

"쉬고 있는 것 같지만 있다고는 들은 적이 있어."

"조리 실습실 쓸 수 있을까?"

아직 태양이 완전히 솟아오르지 않은 하늘을 올려다본 채, 미야코는 심각한 얼굴로 말했다.

"요리 연구부가 학교에서 요리를 안 할 수는 없잖아?"

"그렇지?"

종이컵을 근처 쓰레기통에 던져 넣더니 미야코는 힘차게 일어났다.

"합숙 끝나고 가면 알아볼게."

고마워. 어울리지 않는 소리를 하더니 현관으로 이어지는 계단을 뛰어 올라갔다.

"아침 조깅, 잘 해."

그런 말까지 덧붙이고 자동문을 통과한다.

딱 한 번 스케가와를 돌아보았다.

"아까 료스케처럼 달리러 나간 녀석이 있었어. 친구 아냐?"

안녕, 하며 입구 쪽으로 미야코는 사라졌다. 가볍게 스트레칭을 하고 손목, 발목을 열심히 돌려 주고, 스케가와는 달리기 시작했다. 4월 이른 아침의 공기는 차갑고 아침 안개 탓에 시야도 나빴다. 그런 만큼 고요하고 청신한 기분이다. 수련원 주변 도로는 이미 체크했다. 그다지 인적이 없는 길이니 자동차도 성가시지 않게 달릴 수 있을 것이다.

얼마쯤 달리니 아침 안개 속에서 달리고 있는 누군가의 등이 보였다. 중심이 지면에서 쫙 줄로 그은 듯이 안정되어 있다. 그리고 발바닥의 정중앙으로 지면을 움켜쥐듯이 달린다.

저런 달리기는 마이에 소마다.

그는 상당히 깔끔한 자세로 달린다. 축이 흔들리지 않고 추진력이 있는 달리기였다. 안개를 가르는 듯한 힘찬 달리기에 자신의 몸이 끌려가는 듯한 감각을 스케가와는 맛보았다. 따라붙어서 나란히 달릴까, 이대로 일정한 페이스로 그냥 달릴까, 일순 스케가와는 망설였고 전자를 택했다.

*

현관문이 열려 있었다. 평소 자물쇠 따위 걸지 않는 집이긴 하지만 그래도 오늘처럼 비어 버리는 날 정도는 잠글 수도 있으련만.

스케가와의 의문은 금세 풀렸다.

현관에 여자 신발이 한 켤레 있었다. 약간 굽이 높고 부드러운 헝겊으로 된, 걷기 편할 듯한 신발. 여고생이 신기엔 살짝 밋밋한 디자인이다.

주인은 주방에 있었다. 앞치마를 입고 머리를 하나로 묶고 한 손엔 부엌칼을 든 채 이쪽을 돌아보았다.

"오, 다녀왔냐? 료스케."

빨간 토마토를 뚝뚝 자르고 있는 옆에 냄비가 불에 올려져 있다. 포닥포닥 하며 뚜껑이 흔들리고 채소가 익어 가는 좋은 냄새가 퍼졌다.

스케가와는 커다랗게 한숨을 쉬었다.

"엄마였어?"

"응, 우리 아들을 부탁한다고."

뭘 부탁해? 쓸데없는 짓을 해 주는군.

"오늘 아저씨도 안 계시지?"

아버지뿐 아니라, 엄마도 할머니도 오늘 집에 없다.

"할머니도 참 덜렁이시네."

오늘 아침, 할머니는 근처의 누군가랑 게이트볼을 간다고 가방을 들고 집을 나서던 참에 현관에서 미끄러져 넘어졌다. 오른쪽 무릎을 콘크리트 바닥에 세게 부딪혀 골절이 되고 말았다. 그대로 응급 호송 되어 한동안 입원하게 되었다. 엄마는 할머니를 간호하러 병원에 묵는다. 그리고 이런 날 하필 트럭 운전사인 아버지는 원거리 일을 맡아 가 버렸다. 돌아오는 건 내일 새벽이다.

"료스케 밥만이라도 만들어 주지 않겠느냐 하시기에."

그렇게 말하며 미야코는 도마 위로 눈길을 돌리더니 토마토를 뚝뚝 잘랐다.

"굳이, 하루 저녁쯤은 혼자서 때울 수 있는데."

"보통 때라면 그래도 되지만 내일 입시잖아? 아무래도 혼자 두긴 좀 걱정이었던 거 아냐?"

내일 스케가와는 대학의 추천 입시를 치른다. 시험이야 면접과 논술뿐으로 간단하다지만 혼자서 고속버스를 타고 도쿄까지 가야만 한다.

"그리하여 미야코 님께서 도움을 주시게 되었다는 말씀."

자, 안 거들어도 되니까 목욕이나 하고 와. 손으로 욕실 쪽을 가리키더니 미야코는 요리에 집중하기 시작했다. 엄마가 생각해 낼 만한 일이었다. 낮에는 할머니가 골절로 입원하시게 됐어! 엄마 오늘 하룻밤만 병원에서 돌봐 드릴 건데 너 내일 입시 괜찮겠어? 하고 휴대 전화로 소란을 떨더니.

목욕물은 이미 덥혀져 있었다. 한 사람이 들어앉아도 아슬아슬

넘치지 않을 만큼 절묘한 분량의 물이.

얼굴을 철벅철벅 씻어 내고 욕조가에 머리를 올려놓고 천정을 올려다본다. 물방울이 하나 떨어지더니 어깻죽지에 맞았다.

이 상황을 소마가 알면 도대체 어떻게 생각할까? 그런 생각이 떠올랐다. 애당초 녀석은 스케가와랑 미야코가 어릴 적 친구라는 사실을 알고나 있는 걸까? 미야코는 이야기했을까?

어느 쪽이든 미야코가 요리를 하고 있는 것과 같은 건물 안에서 스케가와가 목욕을 하고 있다는 걸 안다면 소마가 좋아하진 않겠지?

어쩌면 그런 걸 고민하는 자신이 우스운 것일 수도 있다. 이제는 가미노무카이 고등학교 3학년 중에서 두 사람이 사귄다는 걸 모르는 사람 쪽이 적은 것 아닐까? 봄부터 조리 실습실에서 함께 요리를 하게 된 두 사람은 어떻게 보아도 연인 사이였다. 미야코에게 직접 물어본 적은 없지만 설령 정식 교제는 아니라 할지라도 어느 한쪽이 분명 상대를 좋아하고 있는 것이리라.

만약 어느 쪽이냐고 한다면 그건 필시 미야코 쪽이지 않을까?

스케가와가 욕실에서 나오자 마치 타이밍을 재고 있기라도 했다는 듯 미야코가 주방에서 얼굴을 내밀었다. 저녁밥, 하고 짤막하게 말하고는 다시 주방으로 들어간다. 수건으로 머리를 닦으며 주방을 들여다보니 두 사람 몫의 카레가 식탁에 놓여 있었다. 후쿠진

장아찌*와 초마늘도 있다.

새하얀 밥 위에 돼지고기와 채소가 몽땅 들어간 드라이카레. 토마토를 많이 써서인지 보통의 드라이카레보다 빨간색이 진해 보인다.

"내일이 입시이기도 하고, 실은 가쓰카레**로 할까 하다 위에 부담이라도 주면 안 되지 싶어서 채소를 잔뜩 넣은 카레로 해 봤어."

그렇게 허약한 위장은 아닌데. 떨떠름하게 감사를 표하며 스케가와는 의자에 앉았다. 미야코가 냉차 잔에 차가운 보리차를 따르더니 스케가와 앞에 놓는다. 이어서 맞은편 의자에 앉아 그녀는 수저를 들었다.

"채소가 잔뜩, 고기도 들어 있고. 연습 후엔 딱 좋지?"

연습 후엔 고기가 좋다. 돼지고기가 몽땅 들어 있는 드라이카레는 분명 안성맞춤이다. 수저를 들자 서늘한 금속의 감촉이 열 오른 손바닥에 상쾌하게 느껴졌다.

한 입 먹은 드라이카레는 토마토의 산미가 입안을 가득 채우고 상큼한 향기가 코를 간질인다. 무슨 채소를 넣었을까? 양파와 당근과 피망, 대량의 토마토, 그리고 또 뭐지?

---

* 발효시키지 않은 장아찌의 일종으로 소금에 절인 채소를 소금기를 빼고 잘게 썰어 간장과 설탕, 맛술 등으로 만든 조미액에 절인 음식이다.
** 돈가스를 올린 카레. '이기다'라는 뜻의 '가쓰'와 발음이 같아 길한 음식으로 여긴다.

"1학년 때."

토마토의 공격적인, 하지만 입에 넣는 순간 부드럽게 변하는 산미가 그날 일을 떠올리게 한다.

"신입생 합숙에서 이런 느낌의 음식을 미야코가 만들었었지?"

"아니, 그건 하이라이스. 이건 카레. 전혀 달라."

"그랬던가?"

"그렇다니까."

여전히 미야코가 만든 건 맛있다. 하지만 토마토 산미가 혀끝을 스칠 때마다 아무래도 그날 일이 떠오른다. 그리고 후회한다.

요리 연구부에 들어가라는 등, 미야코에게 말하는 게 아니었다.

"저기, 미야코."

그랬더라면 마이에 소마는 설령 무릎을 부상했다 하더라도 계속 달리지 않았을까? 지금도, 그리고 앞으로도. 그런 엉뚱한 후회를 하고 만다.

"요즘, 마이에 소마와 요리하고 있어?"

"입시 공부가 바빠서 별로 시간이 안 나는 거 같아."

그래도 그는 어떻게든 시간을 내서 조리 실습실로 발을 옮긴다. 성적이 좋아지지 않아 힘들어도, 담임이나 진로 지도 교사에게 야단을 맞으면서도.

소마가 그렇게까지 하는 이유를, 그렇게까지 할 수 있는 이유를, 스케가와는 하나밖에 생각할 수 없었다.

"쓸쓸하거나 하지 않아? 다시 혼자서 요리하는 거."

한참 전, 로드 연습 중간에 소마를 본 적이 있다. 아마 6월경이었을 것이다. 미야코와 함께였다. 자전거에 같이 타고 역을 향해 달리고 있었다. 마치 청춘 영화의 한 장면 같았다. 스케가와가 사는 세계와는 도저히 섞일 수 없는 곳에 두 사람은 있는 듯했다.

스쳐 지나가듯, 소마와 눈이 마주쳤다. 미안하다는 듯한 표정을 하고 있었다. 그것은 부 활동에도 나오지 않고 마키 클리닉에도 가지 않고 여자아이와 지내고 있다는 것 때문이었을까? 아니면 함께 있는 것이 이사카라는 것 때문일까? 아니, 그럴 리는 없다.

자전거 페달을 밟는 미야코는 약간 숨이 찬 듯했지만 스케가와의 얼굴을 보고도 아무 말이 없었다. 하지만 스케가와에게 웃어 보였다. 여어, 오랜만, 그런 소리가 들린 것도 같았다.

두 사람은 전혀 성격이 맞지 않을 것 같고 소마가 미야코 엉덩이에 깔려 지내다 못해 싸우고 헤어져 버릴 것 같았다. 하지만 그래서 잘 지내는 것일지도 모른다.

두 사람이 탄 자전거는 스케가와와는 반대쪽으로 나아갔고 분명 엄청나게 멀리에 가 버렸을 것이다.

"설마. 도우미가 없어져서 살짝 불편하긴 하지만."

정말일까?

너 실은 마이에 소마를 좋아하는 거 아냐?

아무리 그래도 그 말을 입에 올리진 못하고 한동안 말없이 카레를 먹었다. 토마토드라이카레는 스케가와의 기분과는 관계없이 어디까지나 맛있다.

"저기, 료스케."

미야코가 카레를 반쯤 먹고, 천천히 그렇게 입을 열었을 때, 그 온화한 음성에 등줄기에 소름이 끼치는 것 같았다.

"너, 마이에 소마가 좋아?"

"뭐야, 뜬금없이?"

"이상한 의미가 아니라, 그냥 같은 동아리 녀석으로, 친구로서, 그런 의미에서."

"좋아."

좋아하지 않는 녀석하고 어울릴 만큼, 그런 짓이 가능할 정도로 요령이 좋지는 않다.

"마이에 소마가 달리는 걸 그만둬 버려서 쓸쓸하지?"

바로 얼마 전에도 같은 질문을 미야코는 했었다.

"……별로."

그때도 같은 대답을, 스케가와는 했었다. 다시 목 안쪽이 찌릿, 하고 아프다. 카레 탓은 아니다. 이 통증은 이전보다 심하고 깊게, 스케가와 속으로 파고드는 것 같다.

사이좋게 지내던 동료가 어떤 계기론가 육상을 떠나가는 일이야 흔한 일이다. 그리고 앞으로도 얼마든지 경험하게 될 일이리라. 그런 것에 일일이 걸려 넘어질 순 없다.

줄곧 자신을 그렇게 타일러 왔건만 어째서 이렇게도 힘든 걸까?

"쓸쓸하지."

그렇다. 다른 누구도 아닌 마이에 소마가 없어진다는 것은 견딜 수 없이 쓸쓸한 일이다. 어째서일까? 고작 삼 년간 부 활동을 같이 했을 뿐 아닌가? 어째서 그렇게까지…….

그렇게까지 마이에 소마가 옆에서 달려 주기를 바라는 것이다.

"그런가? 너, 역시 그렇게 생각하고 있구나."

미야코는 테이블에 턱을 고이고 이쪽을 올려다본다. 커다란 검은 눈동자가 스케가와의 진의를 찾고 있는 듯이 흔들렸다.

"역시 그랬구나."

"뭐가?"

자기들 말고 아무도 없는 집은 너무나 조용하다. 텔레비전이라도 켜 두면 좋았을 것을, 스케가와는 후회했다.

"마이에 소마는 지금, 마치 '가까스로 달리기에서 해방되었다' 하는 얼굴을 하고 있거든."

한 마디, 한 마디, 꼭꼭 씹듯이, 스케가와에게 새겨 주듯 말한다.

"그래도 난 그렇게 생각 안 해."

"무슨 뜻이야?"

"녀석은 '달리는 게 무서워서 달리고 싶지 않아', '지는 것이 싫어서 달리고 싶지 않아' 하는 욕심에 사로잡혀서 달릴 수 없게 되어 버린 것뿐이야."

그런 건 알고 있어,라고 말하려던 스케가와의 입을 틀어막듯이 미야코는 빠르게 쏟아 냈다.

"자전거에 타면 넘어지니까 자전거 타고 싶지 않다고 소리를 지르는 꼬맹이한테 넌 어쩔 수 없으니 자전거 타기는 포기하자,라고 할 수 있어?"

"그렇게 단순한 문제가 아니잖아. 녀석은 부상을 입었다고. 할 맘이 없어서 육상을 그만두는 게 아니라."

그렇다. 그냥 슬럼프라면 때려서라도 고친다. 그런 시시한 이유로 그만두면 안 된다고 말할 수 있다. 하지만 오른쪽 무릎의 박리 골절로 반년간의 전선 이탈이라니, 누가 뭐라든 '시시한 이유'는 아니다. 너무 무겁다. 그리고 너무나 치명적이다.

몸을 내밀어 미야코의 눈을 똑바로 응시한다.

"이사카, 너 설마 소마더러 그렇게 말한 건 아니겠지? 자전거에 안 타겠다고 응석을 부리는 꼬맹이 같다고, 녀석에게 말한 건 아니지?"

그렇다면 설령 미야코라 해도 나는 용서 못 한다. 입이 거칠다든가 성격이 여자답지 못하다든가, 그런 문제가 아니다. 어릴 적 친구고 뭐고 용서하지 않는다.

"화내지 마. 그런 지독한 짓을 할 사람으로 보이냐?"

무례하네. 턱을 고인 채 미야코는 식사를 재개한다.

"그런 소릴 어떻게 해?"

그런 소릴 한다면 너 아니면 마이에 하루마겠지. 우물우물 입을 움직여 가며 미야코는 내뱉는다. 숟가락으로 스케가와의 얼굴을 가리키며, 스케가와 료스케나 마이에 하루마,라고 한번 더 말했다.

"절친 중의 절친을 자부하는 스케가와 료스케가 한마디, 그래도 돌아오라고 해야 하는 거 아닌가?"

"무슨, 말도 안 되는……."

"상처가 재발하더라도 전처럼 빨리 달릴 수 없더라도, 그래도 돌아오라고, 왜 말을 하지 않는 거야?"

그런 가혹한 짓이 또 있을까? 그런 무책임한 소리는, 난 마이에 소마에겐 할 수 없다.

하고 싶지 않다.

"어째서 말하지 않아?"

"넌 이해 못 해."

그녀는 초등학교 때부터 이렇다 할 운동을 진지하게 해 본 적이 없다. 중학생 때는 배구부였지만 만년 지역 대회 패배 전문의, 의욕도 실력도 없는 동아리였다. 미야코 본인 역시 열심히 연습을 했던 것도 아니었다.

그러니 결코, 이사카 미야코가 자신의 마음을 이해할 리가 없다.

하지만 자신은 한 번이라도 말했던가? 수술 때문에 입원한 소마에게 빨리 돌아와,라곤 말했지만 육상부에 발길이 뜸해지기 시작한 그에게 돌아와 줘,라고 제대로 전했던 걸까?

녀석은 부상을 당했으니까,라든가 수술했으니까,라든가 재활 때문에 한동안 달릴 수 없으니까,라든가 그런 쓸데없는 신경은 쓰면서도 정작 중요한 말은 하지 않은 채 여기까지 와 버린 건 아니었을까? 해답을 찾아 미야코를 보니 그녀가 일순 눈가를 찡그리며 울 것 같은 표정을 짓는 것이 보였다. 잘못 보았나 싶었다. 하지만 확실히 스케가와는 제 눈으로 보고 말았다. 여느 때와 전혀 다른 미야코의 얼굴을.

"미야코, 너 마이에 소마를 좋아하는구나."

나는 네가 누군가를 위해 그런 식으로 말하는 걸 처음 봤어. 그렇게 말하자마자 그녀는 험악한 얼굴이 되었다. 바보, 하고 무안함을 감추려는 것인지, 자기 같은 남자에게 속마음을 들킨 것에 화를 내는 것인지 미간에 주름을 잡았다. 나는 그런 멍청이 질색이야, 하며 남은 카레를 먹어 치웠다.

대충 삼 년 전, 아침 숲속에서 미야코에게 얻어 마신 과일비니거 맛을 문득 떠올렸다. 정말이지 요리 연구부 같은 걸 미야코에게 가르쳐 주는 게 아니었다.

소마와 함께 있는 것이 미야코 말고 다른 아이였다면, 미야코와 함께 있는 것이 소마 아닌 다른 녀석이었다면 얼마나 좋았을까?

식기를 씻고, 냄비에 남은 카레를 밀폐 용기에 담아 냉장고에 넣더니 미야코는 서둘러 돌아갈 채비를 했다. 앞치마를 가방에 개어 넣더니, 거실에 잠깐 앉아 텔레비전을 보려고도 하지 않고 그대로 현관을 향했다.

"내일, 늦잠 자지 마."

"안 자."

"카레 덥혀서 먹고. 밥도 내일 아침 6시에 지어지게 설정해 놨으니까."

"네가 우리 엄마냐?"

"아줌마한테 부탁을 받았으니 엄마 같은 거지."

가방을 어깨에 걸치고 미야코는 현관문을 연다. 11월의 차가운 공기가 그 틈으로 결을 만들 듯이 새어 든다.

"내일, 잘하고."

뭐, 내가 말 안 해도 너야 잘하는 건가?

아하하, 아하하.

멋대로 격려의 말씀을 남기고, 멋대로 취소하고, 멋대로 웃더니 미야코는 돌아갔다. 바래다줄까 망설였지만 미야코는 신발장 위의 손전등을 이미 손에 들고 있었다. 빌려 갈게, 하고 스위치를 켠 손전등을 획획 휘두르며 마당을 달려 나갔다.

추위가 목욕 후의 몸을 식혀 간다. 하지만 스케가와는 한동안 그대로 손전등 불빛이 사라질 때까지 거기 서 있었다.

*

고등학교 역전 이바라키현 대회 전날, 합격 통지는 아무런 감동도 없이 도착했다. 대학 이름이 쓰인 누런 봉투에는 이미 '합격 통지 재중'이라는 도장이 찍혀 있었다. 합격인지 불합격인지, 두근두근하면서 봉투를 자른다, 같은 일은 일어날 수 없었다. 어제까지는 안절부절이었던 엄마도 어이가 없었는지, 맥이 빠진 듯 이거 왔더라, 하며 덤덤하게 봉투를 내밀었다.

에이와 학원 대학. 알파벳 E와 G를 사용한 엠블럼. 예쁘장한 서체의 대학명. 그 옆에 찍힌 '합격 통지 재중'이라는 활자는 더없이 미스매치였다.

내용은 '당신을 우리 대학에 넣어 주겠다'라는 간결한 문서. 에이와 학원 대학을 포함하여 세 개 대학으로부터 스카우트가 있었다. 가장 센 곳을, 가장 경쟁률 높은 곳을 고른 셈이었다.

고등학교를 졸업하고 대학에 들어가면 아마도 사 년 동안 오로지 달리기를 계속하게 될 것이다. 오직 줄곧 달리고 대학 졸업 후에도 분명 달릴 것이다.

합격 통지엔 그다지 찬찬히 읽을 만한 것도 없어서 스케가와는 책상 서랍에 봉투를 집어넣었다. 마치 그러기를 기다렸다는 듯이 책상 위에 놓여 있던 휴대 전화가 울렸다.

마이에 소마. 화면에 뜬 그 이름에 깊고 깊은 한숨이 새어 나왔다. 꾹 참고 통화 버튼을 누른다. 문자가 아닌 통화라니 정말 오랜만이다. 제대로 된 이야기를 하는 것도 몇 주일 만인지.

"무슨 일 있어?"

망설이다가 그렇게 말했다.

"미안, 지금 괜찮아?"

"어, 아무것도 안 하니까."

"미안, 학교에서 말했으면 좋았을걸."

"뭐, 괜찮아."

일부러 집에 온 후에 전화를 걸다니, 아마도 뭔가가 있겠지.

작년 이맘때쯤, 그는 무릎을 부상했다. 수술이 필요할 만큼 중상이었다. 수술 후, 재활을 하면 3학년 대회도 함께 나갈 수 있다고 스케가와는 믿고 있었다. 그로부터 딱 일 년, 그는 끝내 단 한 번도 대회에 나가지 못하고 은퇴했다.

설마, 하필이면 마이에 소마가 그렇게 되다니, 생각지도 못한 일이었다.

침묵 끝에, 전파 너머에서 소마가 숨을 들이쉬는 것이 느껴졌다.

"아킬레스건이 아프다고, 하루마가 그러네."

너무 무겁고 떨림마저 느껴질 것 같은 힘없는 음성이었다.

"미안, 너한테 이야기를 해도 별수 없을 건 아는데."

"언제부터야?"

"오늘 연습 끝나고부터래."

"많이 아픈 건가?"

"아니, 약간 위화감이 있는 정도라고 본인은 그러는데."

그렇다면, 내일 현 역전엔 나올 작정이겠지.

"나한테 이야기를 했다는 건 녀석도 나름대로 걱정을 하고 있다고 할까, 일단 불안하다고 느끼는 것 같아. 그렇다고 어쩔 수 있는 건 아니겠지만……."

"아니, 알고 있는 거랑 모르는 건 혹시 일이 있을 때 대응이 달라지니까. 알려 줘서 고마워."

상태는 고문이나 코치에게 확인하게 되겠지만 소마의 이야기로는 그렇게 심각한 통증은 아닌 듯하다. 내일 경기에도 아마 하루마는 나올 수 있을 것이다.

하지만 스케가와가 출전자 변경을 고문에게 제안할 가능성 역시 있었다. 그것을 알면서도 그는 자기에게 전화를 건 것이다.

"내일 조금이라도 이상하면 바로 그만 달리게 할게."

"고마워."

그 뜻만은 그대로 받아 주고 싶었다.

"에이와, 어땠어?"

가벼운 질문에 이 녀석은 왜 이리 감이 좋은 걸까 생각한다.

"붙었어. 오늘 집에 오니까 합격 통지가 와 있더라."

"그래? 축하해. 이제 정월엔 네가 하코네를 달리는 걸 볼 수 있는 거네."

"그렇지."

육상부 내의 극심한 경쟁부터가 고등학교와는 전혀 다를 거다.

온 나라에서 빠르다는 소릴 듣고 자란 놈들이 모여서 그중에서 또 누가 더 빠른지를 겨루어 살아남는 녀석만이 대회에 나갈 수 있다. 거기서 타 대학 사람들과 겨룬다. 자신은 분명 인터하이라는 전국 무대에서 싸워 왔다지만 대학에 들어가고 나서도 순풍에 돛 단 배일 리는 없다는 건 너무 잘 알고 있다.

하지만 그렇지,라고 말해 두고 싶었다. 분명, 지금밖에 말할 수 없다. 그리고 누구에게나 할 수 있는 말도 아니다.

"넌 어때? 내가 정월에 하코네를 달리고 있는 걸 텔레비전으로 보면서 고타츠에 들어앉아 떡국을 먹는 거야?"

말한 것에 후회는 없다. 오히려 훨씬 이전에 말해야 했다. 아직 햇살이 따가웠을 때. 반소매를 입고 있을 때. 수박이 최고로 맛있었을 때. 소마가 미야코를 만났을 때.

하다못해 그 무렵에.

"1밀리그램도 미련은 없는 거야?"

"뭔 소리야? 느닷없이."

"정말로 그만둬 버리는 거구나."

여름에 같은 질문을 했을 때 그는 모호한 대답밖엔 돌려주지 않았다. 이러쿵저러쿵 이쪽의 질문을 흐리면서, 하지만 녀석은 이렇게 말했었다.

소마라는 이름은 그 녀석에게 주고 싶었어.

아아, 이젠 안 되는 거다. 직감적으로 그렇게 생각했다. 이 녀석의 마음은 이미 그만두는 쪽으로 기울어져 있어서 누가 무슨 소리를 하든 결코 두 번 다시 이쪽을 향하는 일은 없으리라고.

그러나 마이에 소마는 상냥한 녀석이다. 설마 그런 소리를 스케가와에게 직접 말할 수는 없을 테니 이대로 어중간한 위치 그대로 가을, 그리고 겨울을 그냥 지나갈 것이라고. 그리고 아마도 단 한마디 미안,이라고 사죄의 말을 하고 졸업할 것이다. 육상을 떠나두 번 다시 스케가와의 인생과 그의 인생이 교차할 일은 없어져버리는 것이리라.

그런 것은 누구보다 자신이 견딜 수 없을 것 같았다. 게다가 그런 식으로 끝내는 것은 분명 소마 자신을 괴롭힐 것이 틀림없다.

그래서 말했다. 너는 이제 필요 없다고 말했다.

가슴에 구멍이 뚫리는 것 같은 기분을 난생 처음 느꼈다. 소마는 그런 자신에게 고마워,라고 말했던 것이다.

"괜찮아. 어차피 사회인이 되어서도 계속할 생각은 없으니까. 그만두는 게 좀 빨라졌을 뿐이지."

그때라면 아직 괜찮았을까? 소마는 육상으로 돌아왔을까? 도대체 어느 시점이라면 괜찮았단 말인가?

"현 역전."

부상이 재발해도, 전처럼 빨리 달리지 못해도, 그래도 돌아오라고, 넌 말하지 않는 거야? 미야코의 음성이 귓속에서 소곤댄다. 타닥 타닥 타닥, 통증과 열을 동반하고 튄다.

"미즈호리를 이겨 현 대표가 되면 육상을 계속해 줘,라고 말하면 어쩔 거야?"

스읏, 하며 소마가 숨을 멈추는 것이 들린다. 한동안 침묵. 길게 느껴졌지만 실은 정말 짧은 시간이었다고 생각한다.

소마가 한차례, 숨을 크게 들이쉬는 것을 알겠다.

"자기 이외의 누군가를 승패에 써먹지 마. 너답지 못하게."

"그렇네."

무슨 바보 같은 소리를 하고 있는 걸까, 스스로도 생각한다. 압도적이고 절망적으로 홀로 해야 하는 장거리 달리기에서 유일하게 팀으로 겨루는 것이 역전 경기였다. 하지만 자신을 위해 달리지 못하는 녀석이 팀을 위해 달릴 수 있을 리가 없다. 그것이 스케가와의 생각이다. 어째서 지금 나는 그걸 왜곡하려 드는 것일까?

"작년 현 역전, 하루마가 큰 실수를 해서 이젠 끝났다고 생각했었어."

침묵하는 스케가와를 마치 위로라도 하듯이 소마는 이야기를 시작했다.

미즈호리 학원 고등학교가 절대 강자였다. 미즈호리가 일등인 것은 당연. 2위 이하가 어떤 얼굴들이 되느냐가 볼 만하다,라는 둥 야유를 당할 정도였다. 하지만 작년 가미노무카이 고등학교 멤버라면 미즈호리에 맞설 수 있지 않을까 생각했었다. 1, 2구간은 호조였지만 3구간에서 하루마가 실패해서 10위까지 가라앉았다. 1위

미즈호리와는 절망적인 기록 차였다. 승부는 마지막까지 포기하면 안 돼,라고 말로 하는 건 간단하지만 그래도 무리다 싶을 압도적인 차이였다.

"여기서 순위를 올려서 만약 미즈호리의 후지미야를 따라잡으면 나는 아직 해 볼만 하지 않나 생각했지."

"넌 그 후지미야까지 제쳤잖아."

숨을 들이쉬는 소리. 직후, 빠른 말투로 소마는 이렇게 말했다.

"어, 제쳤어. 그리고 무릎을 완전히 망가뜨려 버린 거지. 현 역전 전부터 무릎이 이상했었거든. 거짓말을 해서 미안. 이젠 안 된다 싶은 선을 몇 번이나 넘어갔어. 지금 부상당하면 정말 끝이다 싶어서 말을 안 하고 있었던 거야."

소마가 무릎이 아프다고 말해 온 것은 간토 대회 직전이었다. 맨 처음 눈치챈 것이 스케가와 자신이라서 잘 기억하고 있다. 그때 그는 현 대회 땐 아무렇지도 않았어, 요 며칠 사이에 갑자기 아프기 시작한 거야,라고 말했다.

"지금 부상한다면, 멈춘다면, 더 이상 너도 하루도 따라갈 수 없다, 절대 따라잡지 못한다. 그렇게 생각했거든."

멍청하긴. 정말이지 소마는 멍청한 짓을 한 거다. 부상을 숨기고 그럭저럭 연습을 하면서 악화시킨다는 게 무슨 의미가 있을까? 더구나 그런 상태로 미즈호리를 따라잡으면, 후지미야를 제치면 아직 할 수 있을 것 같았다고?

바보 멍텅구리다.

"네가 초조해하는 건 알고 있었어."

어딘가 태평스러운 성격에 마이 페이스에 느긋하게…… 안절부절하지 않고 달린다. 다른 부원들은 소마를 그렇게 보고 있을 것이다. 아니다. 전혀 아니다. 스케가와와 마찬가지로 이기는 일에 집착하고 탐욕스러운 것이 마이에 소마다. 줄곧 함께 달려 왔으니 스케가와는 잘 알고 있다.

"네가 그런 걱정을 해 준다는 것도 알고 있었어."

작년 여름 무렵부터 마이에 하루마가 엄청 좋아졌다. 3000미터, 5000미터 모두 소마의 개인 최고 기록을 넘어섰다.

형제라곤 하지만 각자 장점이 있는 법이니 굳이 소마가 초조할 필요는 없다. 그건 그 스스로도 알고 있을 것이다. 하지만 형제라고 하는 것은 그런 논리로 이러쿵저러쿵 할 수 있는 것도 아닐 것 같다. 외동아들인 스케가와는 분명 죽을 때까지 모를 것이다.

재능 있는 동생과 평범하기 짝이 없는 형이라니, 옛날이야기에서 곧잘 듣는 흔해 빠진 이야기다. 하지만 그것이 소마를 조금씩 벌레 먹고 있었을지도 모른다. 한참 연습 중에 오른쪽 무릎을 찌르는 통증을, 위화감을 무시할 수밖에 없을 만큼.

"그러니까 스케가와, 넌 바보 같은 생각 말고 제대로 달려. 기껏에이와에 붙었잖아. 부상당하지 않도록 하고 제대로 달려서 대회에 나가 제대로 달리라고."

제대로 달려라. 간단하지만 어려운 것이다, 제대로 달린다는 것은.

제대로 달리기를 계속한다는 것은.

*

고문과 코치의 판단은 '출전자 변경 없음'이었다. 다른 부원에 겐 알리지 않고 스케가와와 하루마만 이야기를 나누고, 그렇게 정했다. 구간 변경도 없었다.

달릴 수 있다는 건 기쁘지만 자신이 달릴 구간에는 불만이 있다. 대회장에 도착한 후에도 하루마가 그런 표정을 짓고 있어서 일부러, 누구보다 먼저 말을 걸었다.

"하루마, 언제까지 그러고 있을 거야?"

거친 말투가 아니라 달래듯이 말했다. 형과 한 살 차이밖에 안 나지만 하루마는 소마에 비하면 생각이 꽤나 아기 같다. 시건방진 태도도 눈에 띈다. 하지만 유감스럽게도 선수로서의 소질은 하루마 쪽이 위일 것이다. 스케가와뿐 아니라 고문이나 코치 역시, 아마도 다른 부원들도 눈치채고 있다.

"죄송."

머리를 숙이는 하루마. 기분파에 칭찬하면 좋아지는 타입. 스케가와랑은 정반대 성격이다. 하지만 오히려 그래서 그는 관객이 많은 본선에 강하다. 응원이 많으면 많을수록 그는 상태가 좋아진다.

"1구간은 제일 길기도 하고 가장 주목을 받아. 너한텐 안성맞춤이라고."

작년, 하루마는 1구간을 달리고 싶어 했었다. 가장 거리가 긴 구간. 각 학교의 에이스들이 투입되는 것이 1구간이다. 하지만 올해 그가 원했던 건 다른 구간이었다.

"네가 3구간을 달리고 싶다는 건 잘 알아."

작년의 실수를 같은 구간에서 만회하고 싶다. 그런 마음은 당연하다.

"하지만 4구간에서 소마가 기다리는 게 아냐."

"알고 있어요."

짜증 나, 하는 얼굴로 하루마는 끄덕였다.

이름이 불렸다. 스케가와와 하루마, 둘의 이름을 부른 음성은 소마였다. 돌아보니 보도에서 커다란 종이 가방을 든 소마가 손을 흔들고 있었다. 육상부 부원으로서가 아니라 은퇴한 3학년으로 이 대회를 응원하러 온 것이다.

보도와 잔디 광장을 구분 짓는 낮은 나무들을 뛰어넘어 소마는 육상부 멤버들 쪽으로 왔다. 부원들이 수고하십니다, 하고 고개를 숙이는 가운데, 소마는 스케가와에게 들고 있던 종이 가방을 건넸다.

"요깃거리."

종이 가방 안에는 보냉 백이 있었다. 고맙다며 받아 들고 안을 확인했다. 밀폐 용기가 두 개. 한쪽엔 조그만 주먹밥, 또 한쪽은 깍둑썰기한 카스텔라가 있다. 경기 전 에너지 보충 메뉴다. 주먹밥은 위에 부담이 되지 않도록 밥은 적게 양념을 많이 넣은 듯하다.

"주먹밥은 뱅어랑 매실장아찌, 순무잎절임 세 가지야."

하루마의 출전에 대한 고문과 코치의 승인이 떨어진 사실을 전해 주자, 소마는 안심했다는 듯 가슴을 쓸어내렸다. 다행이다, 잘해. 그렇게 하루마의 어깨를 두드리더니 주먹밥을 그의 손에 쥐여 준다. 스케가와도 고맙다며 주먹밥 두 개를 받았다.

뱅어와 순무잎절임. 레이스 세 시간 전 가볍게 먹기에 딱 좋다. 랩을 벗겨 한 입 먹어 보니 정말 맛있다. 적당한 간으로 소금기도 보충하고, 순무 잎이 밥에 넉넉히 섞여 있으니 꽤 포만감이 있는 것치곤 무겁지 않다.

"그러고 보니 어젯밤에 계속 달걀이, 달걀이, 하고 난리 치던데 뭐 한 거야?"

카스텔라를 입에 넣으며 하루마가 소마를 본다. 벌꿀과 레몬과 즙을 넣어 만든다는 카스텔라는 옆까지 달콤한 냄새가 풍겨 온다. 그 속에 분명 레몬의 상큼함이 느껴진다.

"달걀을 말이야, 흰자랑 노른자를 같이 섞느냐 따로 섞느냐에 따라 상당히 촉감이 다르다고 미야코가 그랬거든. 어느 쪽으로 할까 고민하고 있었어."

"그런 아무래도 좋을 일로 그렇게 고민했다고?"

"아무래도 좋은 게 아니거든. 딱딱하면 불평하는 주제에."

서로의 어깨를 치고 있는 형제를 앞에 두고, 소마의 입에서 이사카 미야코의 이름이 나왔다는 사실을 애써 신경 쓰지 않으려 했다. 그가 '이사카'가 아니라 '미야코'라고 이름을 부르는 걸, 처음 들었으니까.

"자아, 그럼 나중에."

스케가와에게 그렇게 말하더니 소마는 남은 주먹밥과 카스텔라를 들고 고문에게로 걸어갔다. 가는 도중 후배들에게 말을 걸곤 한다. 잘해라, 잘해. 마치 나처럼 되지 말고,라고 전하는 듯하다.

"요즘, 저런 식이에요."

카스텔라를 천천히 씹고 있던 하루마가 지나가듯이 말했다.

"얼마나 이사카 선배한테 영향을 받았는지."

"절대 안 맞을 듯한 성격들인데 말이야."

스케가와가 미야코의 성격까지 알고 있다는 것에 놀라면서도 하루마는 그러게요! 하며 몸을 내밀었다.

"그런 사람하고 용케도 같이 지낸다, 진심으로 생각한다니까요."

말하면서 말꼬리가 점점 잦아든다. 왜 그래? 하고 고개를 갸웃하니, 하루마는 웬일로 한숨을 쉬어 보였다.

"그런 무신경한 느낌이 좋은 거겠지."

조그맣게 그런 소리까지 한다.

"이사카 선배가 둔감하다든가 거칠다든가 무신경하다는 것. 분명 형은 곁에 있으면서 그런 게 마음 편한 거예요."

"……그럴 수도 있겠지."

달리는 걸 보면 상대의 상태를 알 수 있다. 이야기를 나누지 않아도 그냥 상대가 뭘 생각하는지 알 수 있다. 싸움을 해도 다음 날이면 신기하게 평소처럼 이야기를 할 수 있다. 그런 분위기는 나쁠 건 없다 싶지만 동시에 뭔가 중요한 걸 잃어버리고 있었던 건지도 모른다. 간과해서는 안 될 기회를, 계기를 상실하고 있는 것인지도 모른다.

"있잖아 하루마, 달린다는 건 고독한 거지."

"네?"

"앞에서 달리는 녀석과도 뒤에서 달리는 녀석과도 자기 자신과도 계속해서, 줄곧 싸워야만 하니까. 그러면서 아주 작은 일로 달릴 수 없게 되어 버리기도 하고. 너무 힘든 종목이지, 정말. 그걸 몇 년이고 몇 년이고 계속하기 위해서는 그 나름의 정신적인 소질이 필요한 거라고 생각해."

"형에겐 그런 소질이 없었다는 이야긴가요?"

발끈하는 것이 전해져 온다. 하루마의 표정에서 음성에서, 정직하고 정직하게.

"그런 게 아니고. 그런 건 너보다 내가 더 잘 알고 있어. 하지만 녀석은 부상을 당했고, 다시 한번 그 힘든 세계로 돌아올 기력이 없어져 버린 거야."

녀석은 이미 송곳니를 뽑아내 버린 거라고.

"무릎이 언제 재발할까 줄곧 걱정을 해야 하는 거야. 오늘 재발할지도 모른다, 이 경기 도중일 수도 있다. 무릎에 부담이 가지 않도록 자세를 교정할 필요가 있을지도 몰라. 무섭지, 분명. 난 잘 모르겠지만 틀림없이 엄청나게 두려울 거야. 앞으로 육상을 계속하는 한, 부상의 공포와 계속 싸워야만 하는 거야. 녀석은 그걸 견딜 수 없을 거라고 생각한 게 아닐까?"

달리는 것으로 강자가 되기를 원했던 남자가 달리는 것을 스스로 포기할 정도의 힘겨움. 복귀해서 다시 달리기 시작했을 때, 더 이상 강자가 될 수 없을지도 모른다는 두려움. 그것을 이기지 못한 마이에 소마를 스케가와는 비난할 수 없다고 생각했다.

작년, 현 역전에서 소마가 힘껏 달린 덕분에 가미노무카이 고등학교는 간토 대회에 출전할 수가 있었다.

그 직후부터 소마와 함께 달리면서 이상하다고 생각하는 일이 늘어 갔다. 자랑하던 깔끔한 자세가 때때로, 정말 때때로 흐트러진다. 오른쪽 무릎을 보호하듯이 균형이 무너지고 다리를 억지로 앞으로 밀어내고 있는 듯한 자세가 된다.

마음을 다잡고 부 활동 마지막에 소마를 불러내어 추궁했던 것은 간토 대회 닷새 전이었다.

무릎, 이상하냐?

단 한마디에 소마는 떨리는 음성으로 미안,이라고 중얼거렸고 더 이상 아무 말도 못 하고 울었다. 울면서 혼자 고문과 코치를 찾아갔다.

"무서웠을 거야. 무릎에 위화감을 느끼게 되었을 때도, 의사에게서 부상을 선고받았을 때도, 수술을 했을 때도."

무릎 부상을 지적한 것을 소마는 원망하고 있지는 않을 것이다. 하지만 그는 그때 어떤 기분이었을까? 나였다면 더 빨리 부상을 하소연할 수 있었을까? 위화감을 느꼈던 그날 안으로 감독이나 코치에게 보고할 수 있었을까?

"너도 어제 무서웠으니까 형한테 의논한 거잖아."

"의논이 아니에요. 그냥 통증이 약간 있어서 지나가는 이야기처럼 한 건데 형이 소란을 떨어서."

"녀석, 작년 현 역전 전부터 무릎이 이상했나 봐."

하루마가 숨을 멈춘다. 그리고 천천히, 고개를 억지로 움직이듯이 끄덕였다.

"알았더라면 경기는 어떻게든 막았을지도 몰라."

나는 녀석이 계속 달려 줬으면 했어. 그렇게 중얼거리자 하루마가 내가 할 소리를, 하듯이 나 역시 그렇게 생각하고 있어요, 하고 덧붙였다.

"오늘, 일등으로 스케가와 선배에게 넘겨줄게요."

"미즈호리의 후지미야를 따돌리고?"

"엄청난 차이로 선배에게 연결할게요. 확 벌려 놓고. 그러니까 선배는 일등으로 3구간 이다 선배에게 이어 주세요."

그래서 어쩌려고? 네가 하려는 짓은 어젯밤 나랑 같아. 그러다가 소마에게 사람을 너 좋을 대로 써먹지 마, 같은 소리나 듣는 거다.

"이기면 네 형은 어떻게 생각할까?"

그야 뻔하죠. 하루마는 스케가와의 물음을 웃어넘기며 가슴을 폈다.

"당연히 기뻐하죠. 우리 형이잖아요?"

달리기 전에 조용히 있고 싶다. 누군가와 이야기를 함으로써 긴장이 풀린다는 녀석도 많지만 스케가와는 가능한 한 조용히, 혼자 있고 싶다. 도우미 역의 후배도 그 점을 이해해 주는 듯해서 쓸데 없이 신경을 쓰지 않아도 좋았다. 나무 그늘에 앉은 스케가와에게서 일정한 거리를 두고 1구간 출발을 기다리고 있다.

1구간 출발까지 십 분 정도.

전국 고등학교 역전 경주 대회의 이바라키현 예선. 그다지 많은 사람이 관전하러 온 건 아니지만 그래도 코스를 따라 관객이 모여 있다. 거기 섞여 지역 라디오니 텔레비전 방송국 스태프들이 기자 재를 들고 오락가락들 한다.

그 속에서 소마의 모습이 보였다. 하루마의 출발뿐 아니라 1구 간과 2구간의 중계 지점에서, 마지막으로 가장 힘든 곳에서 응원을 할 작정이리라.

"소마!"

약간 소리를 높여 그를 불렀다. 스케가와의 음성에 소마가 무슨 일 있어? 하는 얼굴로 달려온다.

중계소 가까이에는 이미 2구간을 달릴 선수가 모여 있다. 3킬로미터라는 짧은 거리를 달리는 2구간에는 각 학교 모두 스피드에 자신 있는 선수를 집중 배치한다. 얼굴을 보면 이름이 떠오르는 익숙한 녀석들이다. 그래서인지 별로 무섭지 않다.

"어제 이야기 말인데."

소마의 얼굴이 굳어진다. 하루마의 아킬레스건 이야기, 스케가와의 대학 이야기, 이것저것 있었지만 명색이 절친이니 어떤 이야기를 하려는 것인지 알겠다는 듯.

"굳이 네가 무리해서 한 번 더 달렸으면 하는 건 아냐."

"자, 그럼 뭔데?"

"이사카랑 계속 요리를 하면서 뭐 좀 달라졌냐?"

이사카 미야코의 이름에 소마는 특별히 놀라지도 당황하지도 않았다.

"하루마가 당근을 먹게 됐지."

참지 못하고 웃음을 터뜨리고 말았다. 녀석, 당근도 못 먹었던 거야?

"그래? 다행이네."

"그리고 자신에 대해 잘 알게 되었지."

스케가와 곁에 앉으며 어딘가 맑갛게 갠 얼굴로 소마는 커다랗게 숨을 내쉬었다.

"사실을 사실로서 받아들일 마음의 준비를 조금씩 할 수 있었다는 느낌이랄까?"

"뭐야, 사실이라는 게?"

"나는 부상한 거구나,라든가 동생보다 달리는 재능이 없는 거구나,라든가 한 번 부상한 것으로 달리는 게 무서워질 만큼 겁쟁이구나,라든가, 여러 가지야."

스스로 말로는 하면서도 마음 깊은 곳에서 외면하고 있던 것들을 제대로 받아들일 수가 있었지. 그렇게 이어 가는 소마는 슬플 만큼 산뜻한 얼굴이었다.

"반 아이들이 말이야, 내 앞에선 육상 이야기를 피하는 거야. 부상도 수술도 없었던 것처럼 아무 말도 하지 않고, 아무것도 못 본 척하는 거지."

"분명, 그랬을지도 몰라."

"처음엔 고맙다 싶었지만 점차 거기 길들여지면 안 된다는 걸 알았어. 뭐랄까 괴로운 거야, 그게. 비참하고."

자기 무릎 위에 턱을 올려놓고 스케가와는 어깨를 움찔했다. 미야코는, 안 보이는 척했던 것을 억지로 보게 만든다. 외면하고 있던 것을 지적하고 큰 소리로 웃는다. 비웃는다. 심하다 싶지만 그것이 고마울 수도 있는 거겠지. 마이에 소마처럼 상냥한 녀석이라면 더구나.

"그래서 넌, 그만두기로 한 거야?"

"응, 그만둘래."

그는 포기할 수 있는 용기를 손에 넣은 것이다. 자신과도 동생과도 다른 미래를 발견하고 다른 길을 걸어가겠다고 선택해 버린 것이다.

"영양 관리사가 되는 거지?"

"스포츠 영양사가 될 거야."

뭐? 한 박자 있다가 스케가와는 얼굴을 들었다. 소마의 얼굴을 본다. 정확하게 같은 타이밍에 소마도 이쪽을 보고 있었다.

웃었다.

"달리지 않으면서, 그러면서도 운동과 연결될 수 있을까? 솔직히 잘 몰랐지만 올 한 해, 육상부와 떨어져 지내면서 깨달았어. 난 역시 육상이 좋아. 육상을 하는 녀석들이 좋다고."

소마에게 이끌리듯이 자기도 볼이 부드럽게 풀려 있다는 사실을 깨닫는다. 스포츠 영양사. 그것이 어떤 건지 스케가와는 상세히 모르지만 전혀 다른 방향으로 가 버린다고 생각했던 친구가, 약간은 시야에 들어오는 곳에서 달려 주는 듯한 느낌이 들었다.

커다랗게 손을 흔들고 소리쳐 이름을 부르면 돌아봐 줄 장소에 있는 것 아닌가?

"아까 그 벌꿀 카스텔라, 남아 있나? 전부 먹어 치웠어?"

"아이고, 뭐야. 배고파?"

"그런 건 아니지만 달리고 나면 달콤한 게 먹고 싶을 것 같아서."

입안에, 조금 전 먹었던 카스텔라를 견딜 수 없이 넣고 싶다. 부드러운 감촉에 말랑말랑, 적당히 달콤한 카스텔라를.

"……녀석, 진짜 일등으로 들어와 버렸어."

주로에 선 진행 요원이 가미노무카이 고교를 불렀다. 1구간과 2구간 중계 지점에서 미즈호리 학원 고교의 이름이 맨 처음 불리지 않다니, 도대체 몇 년 만일까?

걸치고 있던 바람막이를 옆에 있던 후배에게 건네준다. 중계 지점 근처에서 관전하고 있는 소마는 1구간 출발 직후부터 계속 안절부절 어쩔 줄을 모른다. 지금이라도 동생의 아킬레스건이 끊어져 버리기라도 하는 건 아닌가 싶은 거겠지.

가볍게 제자리 뛰기를 하고서 스케가와는 주로로 나섰다. 동시에 코스 앞쪽 커브를 돌아오는 하루마의 모습이 보였다.

기록은 삼십 분을 여유 있게 끊었으리라. 1구간 거리는 10킬로미터. 그걸 이십구 분 삼십 초대에 달린다면 전국 대회 구간상감이다. 점점 커져 오는 하루마의 모습을 스케가와는 꼼짝 않고 응시한다. 가까스로 턱은 올라가지 않았지만 팔을 억지로 내미는 듯한 모습은 한계가 가깝다는 증거. 미즈호리의 후지미야는 하루마 뒤쪽 10미터 정도를 따라오고 있었다. 그쪽도 고통스러운 표정이어서 이 차이를 줄일 만한 체력이 남아 있어 보이진 않는다. 큰소리 친 만큼 엄청난 차이는 아닐지라도 그래도 저 미즈호리의 후지미야보다 먼저 어깨띠를 날라 왔다.

시야 구석에 있던 소마가 뛰기 시작하는 것이 보였다.

코스를 역주행하는 식으로 연도를 달린다. 도대체 저 녀석이 달리는 모습을 본 것이 얼마 만인가? 부상을 당한 주제에, 연습도 땡땡이친 주제에, 육상을 그만둘 주제에, 변함없이 깔끔한 자세다. 상반신이 거의 흔들리지 않고 무릎이 앞으로 높이 나온다. 저렇게 아름답게 달리는데 부상을 당해 버리다니, 정말, 어려운 경기다.

중계 지점까지 50미터 되는 곳에서 소마와 하루마가 마주쳤다. 연도의 관객을 사이에 두고 소마가 뭐라고 소리쳤다. 뭐라고 했는지 스케가와까지는 들리지 않았지만 하루마는 제대로 알아들었으리라. 아주 살짝 하루마의 표정이 풀렸다.

양손을 입가에 갖다 대고 스케가와는 커다랗게 숨을 들이쉬었다.

"하루마아! 우승하는 거야!"

다시 한번 들이쉰다.

"우승해서 네 형을 다시 끌어오는 거야!"

소마에게도 들리도록 확실히, 큰 소리로 소리쳐 주었다. 소마가 놀라 이쪽을 보는 것을 알겠다. 그래그래, 바로 너 말이야.

하루마가 어깨띠를 벗어 주먹에 둘러 움켜쥐었다. 후지미야와의 거리를 유지한 채 중계소로 들어온다. 주먹을 내밀어 어깨띠를 스케가와에게 건넸다.

충혈된 눈으로 스케가와를 노려보며.

"졌다가는 날려 버릴 거야!"

스케가와의 손에 어깨띠를 들이밀 듯이 힘차게, 힘차게.

"맡겨 둬."

그렇게 말하고 뒤는 돌아보지 않았다. 선배한테 그 말투가 뭐야, 하고 싶었지만 참는다.

어깨띠를 두르고 남은 부분 길이를 조절한다. 미즈호리 선수와는 10미터 거리를 유지하고 있으리라. 더 넓혀 주지. 제멋대로 일방적인 희망을 흘날리며 나는 나를 위해 달려서 이기고 돌아온다. 기뻐해라, 질투해라, 후회해라, 웃어라, 울어라, 부러워해라. 승리의 쾌감을 기억해 내라.

욕심을 내라고, 소마. 어느 한쪽이 아니고 양쪽 모두 끌어안고 가렴. 스포츠 영양사든 뭐든 목표로 삼아. 그리고 달리는 일을 생각해 내.

포기할 용기가 있었잖아. 계속되는 공포 따위, 분명 극복할 수 있을 거야, 너는.

오전 9시 39분 12킬로미터 지점 호도가야 다리

호도가야 다리라는 조그만 다리를 건너, 이로써 12킬로미터. 2구간도 이제 10킬로미터 정도다. 10킬로미터 지점부터 스케가와가 함께 달려왔는데 별다른 움직임은 보이지 않는다. 후지미야는 무서울 정도로 조용히, 하루마와 스케가와의 뒤를 지키고 있는 듯하다. 바람막이로 딱 좋아, 하고 있는 거겠지.

스케가와와 후지미야, 두 사람과 동급으로 무서운 것이 쫓아오고 있는 이에고다. 좀 전에 나카타니 감독이 전한 기록 차보다 아마도 훨씬 더 단축했을 것이다. 지금 돌아보면 분명 녀석의 모습이 보인다. 단단한 근육을 오렌지색 유니폼으로 감싸고 트레이드 마크인 형광 핑크 러닝슈즈를 신고 자기들을 따라오고 있다.

돌아보고 싶다는 충동에 시달리면서도 하루마는 견뎠다. 뒤를 돌아보면 이에고뿐 아니라 후지미야의 모습도 눈에 들어오고 만다. 아주 잠깐이라도 자세가 무너지고 달리기도 흔들릴 것이다.

그 틈을 스케가와 료스케가 놓칠 리 없다. 분명 제치려 들 것이다.

스케가와는 하루마를 따라붙었고 하루마는 쫓기는 쪽이다. 지금은 자신의 입장이 불리하다. 따라붙은 녀석과 쫓기는 녀석. 압도적으로 유리한 것은 따라붙은 놈이다. 쫓기는 쪽은 대개 따라붙은 녀석을 이기지 못한다.

관전하던 군중들 사이에서 '이제 10킬로미터'라는 플래카드가 보인다. 딱 좋은 때다. 15킬로미터 지점의 급수를 마치면 이젠 중계소를 향해 오르막이든 내리막이든 다른 두 사람을 떨쳐 내고 가는 수밖에 없다. 갈 수 있을까? 하고 자기 다리에게, 심장에게, 허파에게, 온몸의 모든 부위에게 물어본다. 이상은 없다. 괜찮아.

무엇보다 이 앞에 형이 있다. 설령 다리가 한계에 달하더라도, 경련을 일으킨다 해도, 심장이 터져 버린다 해도 허파가 찢어지더라도, 형이 기다리고 있다고 생각하면 자신은 달릴 수 있는 것이다.

사 년 전 11월, 전국 고등학교 역전 경주 대회 이바라키현 예선. 그때의 우승을 하루마는 떠올렸다. 일등으로 선배에게 어깨띠를 건네줄 테니, 결코 따라잡히지 마. 그렇게 스케가와랑 약속하고 하루마는 1구간 주자로 출발했다.

최후의 직선은 거의 기억이 없다. 꼴불견 달리기였으리라 생각한다. 오직 그저 앞만을 보고, 중계 지점에 서 있는 스케가와만 바라보고 달렸다.

그때 소마의 음성이 들렸다.

오늘 저녁, 기대하고 있어!

환청 아닐까 싶었다. 하지만 기대된다, 생각했다. 과연 뭘 만들어 줄까? 하다못해 오늘만이라도 내가 싫어하는 건 안 내놨으면 좋겠네.

그런 생각을 할 여유가 자기에게 있다는 사실에 하루마는 놀랐다. 그리고 뭐야, 아직 괜찮잖아, 생각했다. 시야가 열리면서 주변의 함성이 선명하게 들려왔다. 들이쉬는 공기의 차가움이 지친 몸을 정화해 가는 듯했다.

스케가와가 우승하는 거야! 하고 하루마를 향해 외쳤다.

우승해서 네 형을 다시 끌어오는 거야!

맞아, 다시 끌어와야지. 이곳으로, 마이에 소마를 다시 한번.

가미노무카이 고등학교는 현 예선을 돌파했다.

약속대로 형은 그날 저녁밥으로 엄청 손이 간 햄버거를 만들어 주었다. 돼지고기와 소고기를 섞어 간 것에 셀러리니 톳이니 호박이니 피망까지, 하루마가 싫어하는 건 모조리 집어넣은 것이었다. 질색하는 건포도까지 잔뜩 들어 있었다.

장난하냐? 열심히 달린 동생한테 뭐 하는 짓이야! 그렇게 화를 냈지만 선택지는 없었다. 이름하여 '하루마가 싫어하는 것만 든 햄버거'를 만든 형의 눈이 새빨갰기 때문이다. 울고 울고 울어서 목소리까지 쉬어 눈 뜨고 못 볼 지경이었기 때문에.

그것이 꼭 기쁜 눈물만은 아니라는 것을 하루마는 알고 있었다.

케첩과 우스터소스를 뿌린 햄버거 맛은 잘 기억하고 있다. 질색하는 채소가 잔뜩 들어 있었지만 깜짝 놀랄 만큼 맛있었다. 때로 격렬하게 자기주장을 하는 건포도라든가 호박, 셀러리 맛에 기겁을 했지만 그래도 지금까지 먹어 본 적이 없는 맛이었다.

그리고 형은 맹렬한 공부 끝에 일본 농업 대학에 합격했다. 일반 입시로 입학한 학생이 육상부에 들어가는 유일한 방법인 셀렉션에 합격해서 당당히 장거리 팀에 소속되었다. 형이 없어진 집에서 아빠와 함께 와와 떠들어 가며 집안일을 하고, 달리고. 그걸 반복하다 보니 육상 명문 후지사와 대학에서 스카우트가 왔다.

최후의 인터하이에서 입상했을 때도 후지사와 대학 합격이 정해진 날도, 마지막 고교 역전에서 재차 전국 대회 출전권을 따 냈을 때도 소마는 일부러 도쿄에서 돌아와서 '하루마가 싫어하는 것만 든 햄버거'를 만들어 주었다. 만들어 달라고는 한번도 하지 않았지만 정신 차려 보니, 축하할 일이나 노력해야 하는 일이 있는 전날의 고정 메뉴가 되어 있었다.

하코네 역전, 2구간. 이 앞에서 기다리는 형의 모습을 생각하면서 하루마는 규칙적으로 호흡을 반복했다. 괜찮아. 먹을 것 생각을 할 여유가 나에겐 있다. 스케가와에게도 후지미야에게도 이에고에게도 지지 않아.

1월 2일의 차가운 공기는 그 현 예선 날처럼 하루마 속에서 쓸데없는 것들을 지워 준다. 어제는 식사도 제대로 했고 밤엔 푹 잤다. 아침은 일본식 정식이었지만 생선도 콩도 찜도 남김없이 먹어 치웠다. 몸도 가볍고 출발점에서 여기까지 큰 문제도 없다.

이길 수 있다. 스케가와랑 후지미야를 이기고 형의 마지막 하코네 역전에 어울리는 달리기를 할 수 있다.

그때, 스케가와와 반대쪽에서 커다란 그림자가 불쑥 앞으로 뛰어나왔다. 기척을 죽이고 있던 후지미야가 기어를 바꿔 넣은 것을 알 수 있다. 하루마와 스케가와 앞으로 나서더니 그대로 확확 두 사람을 떨어뜨려 놓기 시작했다. 이 앞에 있는 인물에게 한심한 모습은 보일 수 없다. 오히려 최고의 달리기를 보여 줘야만 한다. 그런 소리가 들린 것 같았다.

후지미야 도이치로는 형과 사 년간 팀 동료였다. 하루마도 스케가와도 모르는 소마의 얼굴을 그는 많이 봐 왔을 것이다.

곁에서 달리는 스케가와의 온도가 변하는 것을 알겠다. 하루마는 웃음을 터뜨릴 것 같아 필사적으로 참았다. 뭐야, 이 사람도 이 앞에 형이 있다는 걸 알고 있나 보네.

대학도 다르지만 성격도 다르다. 하지만 지금, 선두를 달리고 있는 자기들 세 사람은 마이에 소마라는 인물로 연결되어 있다.

이 앞에 있는 그에게 무언가를 전달하고 싶어서, 보여 주고 싶어서, 달리고 있다.

매실과 다시마 오차즈케 마이에 소마

큰길에서 하나만 벗어나도 나무들이 늘어선 골목으로 들어선다. 최근 사 년간, 날마다 달렸던 낯익은 조깅 코스다. 봄, 여름, 가을, 겨울. 온갖 풍경을 봐 왔다. 달려왔다. 이미 나뭇잎은 떨어져 버렸지만 그늘에선 마른 가지 냄새가 난다. 들이마신 공기가 한층 차가워진 듯하다.

자신의 양다리에게 묻는다. 너희들 괜찮니,라고. 상태는 좋으냐고, 해 볼 마음은 있느냐고.

괜찮아,라고 답이 오는 일도 있었다. 무리예요, 안 돼요, 하는 대답이 올 때도 몇 번이나 있었다. 괜찮다는 답을 들었지만 이기지 못한 일도 얼마든지 있었다. 세기 시작하면 끝이 없을 만큼, 잔뜩,

잔뜩.

다리가, 아니, 다리뿐 아니다. 몸이 아무리 괜찮고 상태가 좋더라도 의욕이 넘치고 있더라도 못 이기는 건 못 이긴다.

사 년 전, 고등학생일 때는 스스로에게 묻기를 포기했었다. 자신의 양다리를 배신하고 자신을 배신하고 여러 사람을 배신했다.

죄의 무거움을 깨달은 날의 잔디 냄새는 지금도 잘 기억하고 있다. 도쿄의 콘크리트로 둘러싸인, 독특한 젖은 냄새 속에서도 확실하게 비강에 되살아난다.

전국 고등학교 역전 경주 대회 이바라키현 예선, 최종 7구간. 5킬로미터 거리를 달려온 마지막 주자 네모토가 골인 테이프를 끊는다. 오른손을 치켜들고 무언가 소리를 치며 골인했다. 그 말을 들을 수 없었던 것이 그날의 마이에 소마는 서글펐다.

1구간 스타트 직후부터 1위에 선 가미노무카이 고교는 하루마에서 2구간 스케가와에게 어깨띠 릴레이를 하고 나서도 선두를 달렸다. 스케가와는 2위의 미즈호리 학원과의 차이를 점점 넓혀 갔고 마지막 주자 네모토가 어깨띠를 받을 무렵에는 일 분 이상 차가 벌어져 있었다.

미즈호리 학원의 후지미야가 잔디 위에 양 무릎을 디딘 채 얼굴을 묻고 울고 있었다.

그런 왕자를 물리친 어깨를 끌어안고 이쪽도 같이 운다. 승리의 맛을 되씹으며 자신들이 세상의 중심에 있다는 얼굴로 웃고 울었다. 무척 상큼한 광경이었다.

정말 잘 싸운 녀석들에게만 부여되는, 인생 최고의 시간이었다. 그런 소중한 시간을 냉정한 눈으로 응시하며 이탈하는 자가 있었다. 고문을 헹가래 치고 자, 다음은 너야, 하는 참에 굳이 동료들을 뿌리치고 환성의 도가니를 빠져나왔다.

2구간을 달린 스케가와 료스케였다. 그가 2위인 미즈호리에 큰 차를 벌인 덕분에 가미노무카이 고등학교의 승리는 부쩍 가까워졌다. 마이에 하루마, 스케가와 료스케가 그 자리에서 가장 기뻐할 자격이 있었다. 그런데 그는 성큼성큼 환성으로부터 벗어나더니 조금 떨어진 곳에 홀로 있던 사람에게로 걸어간 것이다.

그것이 마이에 소마였다. 잔디를 짓밟고 코스에서 떨어진 높직한 보도에 서 있는, 도전하는 것으로부터도 노력하는 것으로부터도 도망쳐 버린 인간에게로 그는 굳이 찾아갔다.

그리고 웬일이야,라는 말을 삼켜 버리고 축하해,라는 말을 짜낸 소마의 멱살을 잡은 것이다.

"약 오르지?"

소마의 셔츠 깃을 움켜쥐고 자기 쪽으로 확 끌어당기며 내뱉었다.

"부럽냐?"

어이, 팀 동료였던 사람에게 무슨 소리야? 그렇게, 그는 말하려 했다. 그 정도라면 어떻게든 말할 수 있을 것 같았다.

"형."

하지만 거기 동생까지 찾아온 것이다. 스케가와를 말리려 들지도 않고 오히려 그와 마찬가지 험악한 얼굴로 소마에게 덤벼들었다.

"나, 제대로 일등으로 들어왔다고."

어, 보고 있었어. 잘했어. 정말로 일등으로 들어왔지. 그렇게 말하고 싶었지만 마이에 소마의 시선은 자기 오른쪽 무릎으로 자연스레 옮겨 간다.

"우리는 가미고에서 처음으로 전국 역전에 나가는 선수가 되는 거야. 줄곧 겨루어 왔는데 넌 구경꾼의 하나냐?"

뭐라고 말을 해. 스케가와가 소마의 멱살을 잡은 오른손에 한층 더 힘을 준다.

"히죽히죽 하고 있지 말고 확실히 말을 해 보라고."

소란을 알아챈 대회 운영 스태프가 허둥지둥 달려온다. 근처에 있던 관객 하나가 말리려고 하루마와 스케가와의 어깨를 잡았다.

오늘 가미노무카이 고교는 12월 교토에서 열릴 전국 고등학교 역전 경주 대회의 출전권을 따 냈다. 교토대로를 무대로 벌어질, 역전의 일본 제일을 정하는 대회. 몇십 명이나 되는 선수를 무찌르고 선택된 자만이 달릴 수 있는 엄청난 무대.

그곳을 마이에 하루마는 달린다. 스케가와 료스케도 달린다. 일 년 전까지 마이에 소마와 함께 연습하던 녀석이 달린다. 일 년 전엔 그보다 기록이 뒤처졌던 녀석까지 달린다.

"그렇네."

바람의 방향이 달라졌는지, 운동장 잔디 냄새가 돌연 진해진 듯한 느낌이 들었다. 볼을 흘러내리는 눈물에 그 냄새가 섞이는 듯 느껴졌다.

"어째서…… 나는 거기 없는 걸까?"

다른 누구도 아닌 스스로에게 묻는다. 대답은 돌아오지 않는다. 너무나 잘 알고 있기에, 대답할 필요가 없다.

볼과 귀를 아플 만큼 찌르던 12월 밤의 추위도 달리고 있으면 신경 쓰이지 않게 된다. 체온이 올라가 추위 따위 아무래도 좋아진다. 달림으로써 자신의 몸이 추위로부터 스스로를 보호하듯이 점점 따뜻해진다.

아스팔트를 차 내는 양다리는 무척 가볍다. 묘한 통증도 위화감도 아무것도 없다.

마이에 소마는 지금, 상태가 좋은 것이다. 아마도 대학에 입학한 후 사 년 중에서 가장 '달릴 수 있는' 상태로 자신의 몸은 완성되었다.

에너지가 모자라, 하며 위장이 꾸룩, 울었다.

배가 고프다. 점심 도시락이 좀 부족했는지도 모른다.

미야코에게 가자. 그렇게 생각하고 소마는 속도를 늦추지 않은 채 코스를 바꿨다. 굳이 무슨 목적이 있어서 달리고 있었던 것은 아니다. 대학을 나와 그저 목적 없이 달리다 보니 언제나 달리는 조깅 코스에 들어와 버렸던 것뿐이다.

골목을 우회하여 좀 전에 달리고 있던 큰길로 돌아와 미야코에게 가자. 오늘은 아무리 바빠도 아무리 늦었어도 배고프다고 말하면 뭔가 내줄 거야. 오늘은 평소와는 다른, 특별한 날이니까. 한심하다는 둥 지질하다는 둥 야단치고 불평하면서.

그녀는 항상 그렇다.

오늘은 매실과 다시마 오차즈케 정도가 좋은데. 어쨌든 달리기를 그만두면 몸이 식을 테니까 따스하고 뱃속 든든한 게 좋다.

배가 고프다. 그리고 지금, 먹을 것을 기대하고 있다.

좋아, 괜찮아. 밥을 기대하는 이상, 나는 괜찮아. 아스팔트를 러닝슈즈로 힘주어 밟으며 호흡의 간격, 다리를 내딛는 타이밍, 모든 것을 일정하게 유지하면서 미야코가 있는 곳으로 달렸다. 괜찮다, 괜찮아. 몇 번이고 몇 번이고 가슴속에서 되풀이했다.

귤술 　이사카 미야코

폐점 직전 아무도 없는 가게 문이 갑자기 열렸다.

"벌써 라스트 오더 끝났는데."

"잠깐 몸 좀 녹일게."

노렌*은 거뒀지만 문은 잠그지 않았다. 그런 건 아랑곳없이 마이에 소마는 카운터석 가장 안쪽 자리에 미야코와 마주 보듯 앉았다.

"아무것도 못 내놓는데 괜찮은 거야?"

"아무것도 안 먹고 아무것도 안 마실 거니까 됐지?"

그렇게 말은 하지만 배고프다는 얼굴을 하고 있다. 뭐 좀 먹게

---

* 상점 입구에 쳐 놓는 천으로, 문을 닫을 때 떼어 둔다.

해 줘, 하는 얼굴.

12월 들어 두 주일 정도 지나고 나자 추위도 한층 심해졌다. 소마가 열었던 문에서 들어온 냉기가 가게 안 공기를 단숨에 식혀 놓았다.

할 수 없이 따뜻한 차를 내준다. 고맙다며 찻잔을 받았지만 소마는 입을 대지 않는다.

"주인장은 어디?"

"안에서 계산대 정리하고 있어."

식당 '아지랑이'는 2층짜리 건물로 1층이 점포, 2층엔 집이 있다. 폐점까지 십 분 정도 남았으니 점주 테스로 씨와 부인 미쓰에 씨는 아르바이트생인 미야코에게 가게를 맡겨 놓고 2층에 올라가 뒷정리를 하고 있는 것이다.

"안 됐어."

말이 없네, 싶더니 그렇게 말을 꺼낸다. 무슨 말인지 알아들어 버린 자신을 칭찬해 주고 싶다고 생각함과 동시에 무의식중에 목에 힘이 꽉 들어가는 걸 느꼈다.

"그렇군, 안 됐구나."

"응."

"유감이네."

"미노루, 하코네라면 관전하러 온다고 했었는데. 미안하게 됐지."

신기하게 그는 한숨을 쉬지도 않고 풀이 죽어 고개를 떨구지도 않고 고요히 고개를 끄덕여 보였다.

등 뒤의 가스 불 위에 있던 냄비에 남은 내장탕을 작은 접시에 덜어 내놓았다.

"라스트 오더 끝난 거 아냐?"

"남은 거야. 아직 따뜻해."

자, 사양하지 않고. 그렇게 말하고 소마는 손을 나무젓가락 통으로 뻗었다. 톡, 하는 건조한 소리를 내며 젓가락을 가르더니 내장과 푹 무른 양파를 함께 입으로 옮긴다. '아지랑이'의 요리는 뭐든지 맛있다 맛있어, 해 가며 먹는 그이지만 오늘은 입안에서 음식을 삼킬 때까지 말이 없었다.

천천히 시간을 들여 음식을 삼키더니 후, 하고 작은 한숨을 쉰다.

"나의 육상 인생도 오늘로 끝이야."

"……그런 건가?"

유감이네, 라고 다시 말하려다가 미야코는 삼켜 버린다.

"수고했어."

선반에서 잔을 꺼내더니 자기 얼굴 옆으로 가져간다. 술, 내줄까? 하고 고개를 갸웃해 보이자, 소마는 쓴웃음을 지으며 고개를 옆으로 흔들었다.

"됐어, 마실 수 있을 것 같지도 않아."

한번 그만두기로 결단을 내렸던 육상에게로 마이에 소마는 돌아갔었다.

체육 특기생 추천으로 입학한 녀석들이 수두룩한 가운데 일반 전형으로 입학한 단 한 명의 학생으로 일농대 육상부 장거리 팀에서 달렸다.

고교 졸업과 동시에 끝나는 줄 알았던 그와의 인연은 지금도 이렇게 이어지고 있다.

그가 진학한 대학과 미야코가 합격한 대학은 같은 지역에 있었다. 혼자 살고 있는 아파트 역시 걸어서 이십 분 정도의 거리였다. 입학하자마자 슈퍼에서 장을 보고 돌아오는 길에 조깅 중인 그와 딱 마주쳤다. 그리고 그에게 소개받은 가게에서 아르바이트까지 시작해 버렸다. 게다가 그곳은 그가 진학한 대학 육상부가 단골로 삼고 있는 밥집이었다.

성인이 되고 나서도 소마는 알코올을 한 방울도 마시지 않는다. 그게 아니라도 즐거운 일도, 유혹도 많은 사 년이었을 것이다. 하지만 그는 그 모든 것과 절연한 채 영양 관리사 양성 과정 공부와 육상에만 매달려 왔다. 마음만 먹으면 여자 친구 한둘은 만들고도 남았겠지만 그조차 하지 않았다. 그런 그를 한마디로 표현한다면 금욕주의자였다. 한번 경주를 떠나려 했던 인간이기에 그렇게 될 수 있었을 것이라고 생각한다.

"조금은 괜찮잖아? 알코올은 조금만 넣을 테니까."

"자, 조금만."

오른손 엄지와 검지를 살짝 마주쳐 보인다. 네에, 네, 하고 미야코는 유리잔에 아주 약간 정종을 따른다. 겨우 정종 한 숟갈 정도에 나머지는 콸콸 귤주스를 더한다. 이래서야 거의 주스다. 냉동실에서 디저트용 냉동 귤을 잘라 넣어 준다.

"정종과 귤로 만든 귤술."

거의 주스라곤 하지만 받아 든 소마는 그것을 제대로 된 술을 마시는 듯한 얼굴로 마셔 보더니, 결국 주스와 뭐가 다른지 알 수 없어 반쯤 웃는 얼굴이 되었다.

"이것으로 정말 육상과도 안녕이네."

"이제 3월 시험에만 붙으면 되겠다."

영양 관리사 국가시험은 3월 하순에 있다. 그때까지 육상부 연습이야 있겠지만 그의 육상 인생은 분명 오늘, 끝난 것이리라.

"기껏 취직했는데 실수로라도 떨어지지 마라."

소마는 대학을 졸업하면 사가미하라 병원에서 영양 관리사로 일하기로 되어 있다.

자격 취득 예정자로서 내정된 것이니 무슨 일이 있어도 국가시험에는 붙을 필요가 있다.

"떨어졌다간 하루마가 비웃을 테니까."

그 동생은 고등학교 졸업 후에 육상 강호 대학으로 진학했다. 1학년 때 하코네 역전 데뷔에 성공하여 스케가와와 나란히 정월의 안방을 들썩이게 만들었다.

마이에 하루마. 식성 까탈스러운 초딩 입맛의 시건방진 꼬맹이
는 아마도 대학 졸업 후에도 달리기를 계속할 것이다. 대회라는 대
회를 휩쓸고 기록 면에서도 기억에 남을 만한 달리기로 여러 사람
을 매료하고 별난 녀석일세, 하는 귀여움을 받으며 잘해 나갈 것이
다. 편식도 조금은 나아졌는지 지난번 전 일본 대학 역전에서 보니
몸집도 조금 늠름해진 듯 보였다. 방송 인터뷰에서 최근에 가장 애
써서 해낸 일이 무엇이냐는 질문에 간 요리를 먹을 수 있게 된 거
죠, 하며 으스대던 것 같은 짓은 안 했으면 싶다만.

문득 소마를 보니 그 역시 이쪽을 올려다보고 있었다. 저쪽은 의
자에 앉아 있고 카운터를 사이에 두고 이쪽이 약간 높은 위치에
있으니 미야코가 소마를 굽어보게 된다.

어쩌면 아까부터 이쪽을 보고 있었는지도 모른다.

최근 사 년간, 연습이 끝나 기진맥진한 모습으로 이곳에 오는 그
에게, 생각만큼 기록이 좋아지지 않아 힘들어하는 그에게, 부상 때
문에 괴로워하는 그에게, 몇 번이나 몇 번이나 숨이 끊어지는 것
같았다.

죄책감이라는 얇고도 날카로운 칼날에 몇 번이나 몇 번이나 베
었다.

제멋대로, 혼자서.

"옆에 앉아도 돼?"

소마가 정면에서 얼굴을 보는 것을 견딜 수 없어 미야코는 카운

터에서 나와 그의 옆자리에 앉았다. 손 둘 곳이 어색할 것 같아 뜨거운 차 한 잔을 들고 갔다.

"너한테 사과해야 할 것이 있어."

"짐작 가는 구절이 너무 많아서 도대체 무엇일지."

"고3 때 널 이용한 적이 있어."

찻잔을 오른손으로 꽉 쥐고 눈앞의 메뉴판을 응시한다. 눈 안쪽이 아파질 때까지, 본다.

"……무슨 일이 있었던가?"

유리잔을 기울여 소마는 귤술을 빙글빙글 돌린다.

"넌 네 동생과 스케가와의 도발로 육상을 계속하기로 했었지?"

"오래된 이야기를 꺼내 주시네."

어느 쪽이든 좋다. 그렇게 생각했다. 마이에 소마가 육상을 그만두든 계속하든, 물론 본인은 육상에 미련이 있는 모양이었지만, 그것은 그가 생각하고 결단할 일이라고 생각했다.

굳이 말하자면 함께 요리를 해 주는 사람이 있어서 나쁠 건 없다고 생각하던 정도.

그가 요리를 시작했을 때, 기뻤다. 미노루에겐 그런 소리 한마디도 하지 않았지만 마이에 소마 덕분에 함께 요리를 하는 사람이 있다는 것이 어떤 느낌인지를 알았다. 설령 그가 요리를 하는 이유가 현실도피였다고 하더라도. 그래서 그가 육상을 그만두든 계속하든 어느 쪽이라도 좋다고 생각했다.

그날까지는.

"스케가와를, 그렇게 하도록 몰아붙인 것은 나야."

"뭐?"

무슨 소리야, 소마의 말에 자조의 웃음이 비어져 나온다.

"네가 마이에 소마더러 다시 육상으로 돌아오라고 말해야 된다
는 둥, 마이에 소마가 육상을 그만둬서 쓸쓸하다면 어째서 억지로
라도 다시 데려오려고 하지 않느냐는 둥, 마음에도 없는 소리를 했
지. 적당히 녀석의 심금을 울릴 법한 소리를 일부러 골라서 했었다
고."

그런데 그는 어디서 오해를 한 건지, 미야코가 소마에게 호감을
느껴서, 소마를 좋아해서 그런 거라고 믿었다. 이사카 미야코는 마
이에 소마를 좋아한다. 그래서 사랑하는 남자가 정말로 가고 싶다
고 생각하는 길을 가게 하고 싶다. 그런 식으로 생각했던 거라고.

"스케가와는 그대로 내 계략에 빠졌다,라는 이야기."

"그걸 왜 사과하는데?"

"네 생각 같은 건 손톱만큼도 안 했었거든."

소마는 귤술을 입에 머금었다. 어째서 그런 성가시고 복잡한 짓
을 한 거야. 미야코의 눈을 본다.

"자, 누구 생각을 한 거야?"

"스케가와."

스케가와 료스케. 내 죽마고우.

"어째서?"

온화한 음색이었지만 살짝 긴장감이 섞인다.

"네가 육상을 떠나서 스케가와가 괴로웠으니까."

스케가와 료스케 역시 그렇게 말했었다. 소마가 육상을 그만둬 버리는 것은 쓸쓸하다고.

"스케가와가 힘들어하는 게 싫었던 거구나."

설령, 소마의 미래를 비틀어 놓더라도.

"스케가와를 좋아했던 거야?"

아니다. 그런 게 아니다. 그런 것이, 아니었다. 그를 그런 식으로 본 적은, 한 번도 없다.

"나도 잘 모르지만 싫었어, 녀석이 힘들어하는 것이."

우리 집, 부모 사이가 나빴거든.

그런 진부한 표현을 머리말 삼아, 미야코는 소마에게 처음으로 자기 집안 일을 이야기했다. 간혹 소마가 물어도 얼버무리곤 하더니, 처음이었다.

"부모가 싸우고 있을 때 스케가와가 우리 집에 푸성귀를 나눠 주러 오면 싸움이 그치는 거야."

미야코가 생겨 버린 날에 관해 생생한 말들로 맞부딪히는 부모의 싸움을 스케가와의 방문이 멈추게 만들었다. 더구나 그가 가져온 꽈리고추로 엄마와 정말 오랜만에 저녁을 먹었다. 그런 일이 몇 번이나 몇 번이나 있었다.

"실은 나, 스케가와랑은 어릴 적부터 친구야."

놀랄 거라 생각했지만 소마는 미야코가 예상했던 것보다 훨씬 냉정하다. 그래? 그랬었구나, 하더니 웬일인지 훗, 하고 웃어 보인다.

그의 눈에 지금 자신은 어떤 식으로 비치고 있는 걸까?

"그래도 말이야, 그런 식으로 스케가와네 집에서 채소를 보내고 하는 게, 당시엔 정말 너무너무 싫었어. 다들 불쌍한 아이를 보는 눈을 하고 있으니까."

소마도 이해할 것이다.

"그래서 화가 나니까 스케가와가 가져오는 채소를 모조리 요리해서 돌려줘 버리곤 했지. 녀석, 내가 만든 요리를 맛없어, 맛없어, 했었어."

사실, 당시 요리 솜씨는 지독했다. 용케 그는 매번 그걸 받아 주었다. 미야코가 답례라고 가져왔어, 하며 자기 집 식탁에 내놓았던 건지, 한 입 맛을 보고는 바로 버렸는지는 알 수 없다. 알고 싶지도 않고.

"고등학교 입학하고 부모가 이혼하고 나름 힘들어할 때 요리 연구부에 들어가면 어떻겠냐고 말해 준 것도 스케가와였어."

녀석은 그다지 깊이 생각하고 제안했던 건 아니겠지만. 분명 기억조차 못하고 있을 거야.

언제부터였을까? 처음엔 스케가와나 그의 어머니에 대해 오기를 부린 것이었지만 요리를 한다는 것으로 이사카 미야코는 부모의 불화로부터, 자신이 귀찮은 존재라는 사실로부터 눈길을 돌렸다. 그렇게 함으로써 힘차고 씩씩한 이사카 미야코가 될 수 있었다.

언제 그때가 와도 상관없어. 그렇게 생각하고 있었지만 막상 중학교를 졸업함과 동시에 엄마가 집을 나가자 온몸에서 힘이 빠져버리는 듯했다. 자신의 몸이 흐물흐물 녹아내리는 것 같았다.

그럴 때, 그가 미야코에게 요리를 하라고 말했다.

요리를 한다는 행위가 스스로에게 얼마나 중요한 일이었는지를 요리 연구부에 들어가고 깨달았다. 요리를 함으로써 이사카 미야코의 마음은 안정되었던 것이다. 당혹감이나 짜증이나 불안, 그런 것들이 요리에 몰두하면서 해소되었던 것이다.

"그래서, 스케가와가 슬퍼하는 게 싫었던 거야?"

어릴 적 친구라곤 해도 엄청 사이가 좋았던 건 아니지만, 그 정도 교류가 있다 보면 싫어도 그에 관해 알게 된다. 자신에게나 타인에게나 엄격하고, 특히 육상에 관해서는 유별나게 엄격. 농담을 해도 전혀 농담으로 듣지 않는 고지식함. 하지만 재미있는 녀석이었다. 때때로 드러내는 순박함이 귀여울 정도였다.

그런 스케가와가 마이에 소마 때문에 힘들어하고 있었다. 그런 본심을 한마디도 입 밖에 내지 않고, 뚜껑을 덮어 뱃속 깊이 숨겨둔 채, 이해심 있고 냉정하고 쿨한 모습으로 스스로를 옭아매고 있었다.

초등학교 6학년 때 미야코처럼, 그의 널찍한 가슴에도 휑한 바람이 불고 있는 것이라 생각하면 안절부절 견딜 수 없었다. 아무것도 아니라고 믿고, 자신이 괜찮지 않다는 사실을 깨닫지 못하고 있구나 싶어서.

아아, 마이에 소마를 육상으로 되돌려 놓아야만 해.

미련을 남겨 놓고도, 결단과 용기를 가지고 마이에 소마는 육상을 포기하려 하고 있었다.

그 마음을 밀쳐 내고라도 스케가와를 웃게 하고 싶었다. 그가 그다워지기를 바랐다.

스케가와는 필시 미야코가 마이에 소마를 생각해서 그를 부추긴 것이라고 생각하고 있을 것이다. 그걸로 좋다. 제멋대로 고마워하고, 제멋대로 행동한 여자가 있다는 건 녀석은 몰라도 된다. 녀석은 기분 좋게, 환한 얼굴로 어디까지고 달려가면 된다.

"난 너에 관해선 아무 생각도 하지 않았어. 네가 대학 사 년간 다시 괴로워하게 되더라도 상관없다고 생각했었지."

미안해, 마이에 소마.

신기하게 음성은 떨리지 않았다. 눈 안쪽이 아픈데도 눈물은 나오지 않았다. 그런 단계는 대학 사 년 동안 이미 통과해 버렸는지도 모른다.

있잖아, 미야코, 설령 그랬다고 하더라도 말이야.

귤술이 든 유리잔에서 흘러내리는 물방울을 엄지손가락으로 훔쳐 가며 소마는 어깨를 움칫해 보였다.

"나는 정말로, 사 년간 노력할 수 있어 다행이었어."

그런 소리를 한다.

"사 년간 육상을 계속하기로 정했을 때 생각했거든. 분명 이제부터 몇 번이고 이 결단을 후회하게 될 거다,라고. 연습이 힘들거나, 레이스 중에 고통스럽거나, 좋은 결과가 나오지 않을 때, 부상이 재발할 때."

그는 지난 사 년간, 그 모든 것을 경험했으리라. 기록이 좋아지지 않고 하급생에게 추월당하고 대회 직전에 엔트리 변경을 당해출전할 수 없었을 때. 예전에 다친 오른쪽이 아니라, 왼쪽 무릎을부상해 버렸을 때. 재발 역시 최근 일 년간, 엄청나게 시달렸다.

그때마다 그는 지금 앉은 것과 같은 자리, 미야코의 맞은편 자리에서 어깨를 떨구고 조그맣게 한숨을 쉬었다. 이 모습을 도대체 몇번이나 보았던가? 눈을 감으면 그냥 눈꺼풀 안쪽에 떠올릴 수 있을 만큼, 미야코는 그를 봐 왔다.

"그래도 계속할 수 있어서 좋았어. 마음 깊은 곳에서 그렇게 생각하고 있어. 미야코가 무슨 생각을 했었는지, 누구를 생각해서였는지, 상관없어."

평소와 다르지 않은 온화한 얼굴로 소마는 잔을 입으로 가져갔다. 그리고 역시, 술은 잘 모르겠군 어쩌고 하며 웃어 보인다.

"당사자인 내가 후회하고 있지 않으니까 그걸로 된 거지?"

그렇게 아무렇지 않게 용서받아도 되는 걸까?

"나 역시 미야코가 힘들어하는 건 싫거든."

미야코가 스케가와에게 그렇게 은혜를 갚을 수 있었다고 하는 거라면 그걸로 좋다고. 양손으로 들고 있던 잔을 기울여 한 번 더 귤술을 입에 머금는다.

정말 저 편한 대로네, 싶다.

장난하나? 싶기도 했다.

"고등학교 3학년 5월, 미노루가 널 보냈지."

"속수무책인 녀석이었으니까, 나."

당시의 자신을 떠올린 걸까, 소마는 머리를 벅벅 긁었다. 아, 창피해, 하며 눈을 감고 고개를 좌우로 흔든다.

"육상부를 땡땡이치는 나한테 다른 뭔가를 시켜 보자 싶었던 거겠지."

카운터에 턱을 받치고 소마는 어깨를 흔들었다. 정말이지, 미노루, 하고 중얼거리고 나머지는 말하지 않았다.

"네가 와 줘서 좋았어."

즐거웠다. 정말로, 즐거웠다.

그렇게 생각하지만 자신은 소마를 밀쳐 내는 듯한 짓을 했다. 그건 아마도 평생 기억할 것이다. 마이에 소마가 이사카 미야코에게 있어 틀림없이 소중했었다는 사실을. 그런 마이에 소마를 또 한 사람의 소중한 스케가와 료스케를 위해 이용했다는 것도. 설령 소마

본인이 그것을 용서한다 해도 언제까지나 언제까지나 기억하고 있으리라.

"그러고 보니 요전번에 스케가와를 만났어."

돌연 소마는 그의 이름을 꺼냈다. 어? 하고 미야코가 얼굴을 든 순간, 카운터 안에서 식기세척기 알람이 울렸다. 그 높다란 소리를 그다지 좋아하지 않는 미야코는 얼른 뛰어가 세척기에 손을 뻗었다.

알람이 그치고 다시 가게는 조용해진다. 세척기 뚜껑을 열자 안에서 새하얀 김이 올라왔다. 가게도 난방이 되긴 하지만 그래도 김은 하얗다. 아직 뜨거워서 식기를 꺼낼 수도 없어서 다시 소마 쪽을 돌아보았다. 배 속 깊은 곳을 간질이는 듯한 편치 않은 기운을 느끼면서.

"스케가와 말이야, 히타치 일렉트로로 간대."

"역시 굉장한 데로 가는구나."

히타치 일렉트로 실업 팀엔 지난 올림픽에 국가 대표로 마라톤에 출전했던 선수가 소속되어 있다. 1월 2일, 3일 하코네 역전에서, 이번엔 설날의 뉴이어 경기에서 그 달리기를 알현하게 되려나 보다.

"마라톤, 달릴 것 같아. 도쿄 올림픽도 있고."

잘됐지, 작은 소리로 그렇게 이어 가는 소마 앞에서 미야코는 몸이 굳어졌다. 미야코의 가슴속을 들여다보듯이 소마는 말을 계속

한다.

"몇 번이나 말하지만 나는 후회 안 해. 사 년간 육상을 계속할 수 있어 다행이었어."

누구에게나 떳떳하고, 후회도 없고, 무엇보다 개운하다. 인컬리에서도 결과를 내지 못했고 이즈모 역전에도 전 일본 대학 역전에도 하코네 역전에도 나가지 못했다. 그건 약 오르지만.

"하지만 괴롭진 않아."

"그래도."

"그러니 신경 쓰지 마, 미야코."

세척기에서 솟아오른 증기가 미야코의 얼굴을 덮었다. 그걸 손으로 휘저어 가며 소마가 알아채지 못하게 눈가를 훔쳤다.

"나도 스케가와를 좋아해. 하루마도 좋아하고. 두 사람이 달리는 모습을 우리는 이제부터 언제까지나 보고 있을 수 있잖아. 행복하지 않아?"

아주 조금 손가락 끝이 젖어 있다. 김 때문인지 눈물인지 판단은 하지 않기로 했다.

알코올 도수가 한없이 낮은 귤술을 소마가 전부 마셔 버리기를 기다려, 먹은 거라곤 내장찜뿐이어서는 시장할 것 같아 오차즈케를 내놓았다. 남아 있던 흰밥에 다시마절임을 섞어 매실다시마차를 부어 준다. 거기에 매실장아찌와 잘게 썬 파와 깻잎절임을 얹어 주면 소마가 좋아하는 매실과 다시마 오차즈케가 된다.

어째서일까? 그에겐 음식을 먹이고 싶어진다. 처음 만났을 때부터 그랬다. 배가 부르게 먹이고 맛있다는 소리를 듣고 싶다.

아마 맨 처음 조리 실습실에 나타났을 때의 얼빠진 듯한 얼굴이, 이 녀석에겐 뭔가 먹여야 해, 싶었던 얼굴이, 미야코는 잊히지 않는 것이다.

"역시나 맛있네, 이거."

내장찜의 기름기 후에 깻잎의 개운한 맛과 매실의 산미는 한층 맛있게 느껴질 것이다.

"미야코는 이사하는 거야?"

"아니, 여기서 다닐 거야. 가이엔마에니까 그다지 멀지도 않고"

미야코는 미야코대로 '아지랑이' 점주의 주선으로 4월부터 시내의 요리점에서 일하게 되었다.

첫 일 년은 오로지 설거지와 감자 껍질 벗기기만 하게 될 것이다.

"언젠가 가게를 내면 다시 미야코의 음식을 먹을 수 있게 되겠네."

"도대체 몇 년 후 이야기를 하는 거야?"

"나도 그때쯤 대학이라든가 실업 팀에서 일할 수 있게 되면 좋으련만."

그때 갑자기, 소리를 내며 가게 문이 열렸다.

끼워진 유리가 깨져 버리는 거 아닐까 싶을 기세로 열린 문은 바깥의 냉기를 한꺼번에 옮겨 왔다.

노렌도 걸리지 않은 가게에 기척도 없이 쳐들어오는 녀석이라면 대충 짐작이 간다.

"……후지미야."

후지미야 도이치로의 스포츠형 머리엔 살짝 땀이 배어 있었다. 12월인데도 가게 형광등이 비쳐 이마가 번쩍번쩍 빛난다.

"역시나 여기였네."

미야코에게 수고하십니다, 하며 고개를 꾸벅하고 후지미야는 소마 옆 의자를 끌어낸다. 좀 전까지 미야코가 앉아 있던 자리에 앉더니 후우, 하고 커다란 한숨을 내쉬었다.

아무 말 없이 차가운 우롱차를 내놓았다. 그걸 천천히 시간을 들여 반쯤 마시고 나서 후지미야는 소마를 원망스럽다는 듯이 곁눈질한다.

"연습이 끝나자마자 속공으로 가 버려서 걱정했잖아."

"그래서 일부러 찾으러 와 준거야?"

"운동장에서 네 아파트, 아파트에서 여기까지. 기가 막힌 로드 연습이야."

남은 우롱차를 다 마시고 탁, 하고 카운터에 잔을 놓는다. 그 모습에 소마는 쿡쿡, 웃었다.

"웃을 일이 아니지. 엔트리 발표가 끝났을 때 너 얼굴이 창백하더라고."

얼음만 남은 잔을 응시하며 후지미야는 험악한 표정을 짓는다. 턱을 받치고 그 모습을 지켜보면서 소마는 어깨를 떨구었다. 일본 농업 대학은 올 1월 하코네 역전에서 시드를 차지해서 내년 출전도 자동적으로 정해져 있다. 12월 이 시기에는 각 대학 출전자들의 엔트리 발표가 있다.

하코네에서 이기느냐 지느냐의 전 단계. 하코네를 달릴 수 있을지 어떨지를 정하는 날. 부원들에게 출전자 발표가 있는 날.

일농대에게, 마이에 소마에게 '그날'은 오늘이었다.

"그야 희망은 마지막까지 버리지 않고 있었으니까. 하지만 열여섯 명 엔트리 멤버에 뽑히지 못했으니 이젠 정말 끝이잖아?"

"그럴지도 모르지만……."

"넌 뽑혔잖아. 제대로 달려."

잠깐 틈을 두었다가 후지미야는 응, 하고 커다랗게 끄덕인다. 그 표정은 전혀 밝아지지 않는다. 반비례하듯이 소마의 얼굴은 마치 한걸음 먼저 봄을 맞은 것 같았다.

그리고 그의 눈은 후지미야에게서 미야코에게로 옮아왔다.

"난 꽤 만족하고 있어. 배신하지 않아도 되니까."

"뭘?"

미야코 대신 후지미야가 물었다.

"여러 사람들이라든가, 육상 그 자체라든가, 나 스스로."

이제부터는 차분히 은혜를 갚아 나갈 거야. 그 말이 미야코의 귀

를 자극했다. 간지럽게 웃으며 달려간다. 아니, 미야코의 온몸을
물들여 간다.

"몇십 년 후에 돌아보면 겨우 사 년간이겠지만 말이야, 그래도
넌 육상을 계속해서 다행이었던 거야,라고 생각할 수 있도록 해 나
갈게."

비어 버린 오차즈케 그릇에 숟가락을 놓은 소마는 그렇게 웃어
보였다. 그리고 그대로 두 손으로 얼굴을 감싸더니 카운터에 엎드
렸다. 후지미야가 아무 말 없이 그의 등을 딱 한 번 두드린다.

밥공기를 손에 들어 물이 든 통에 던져 넣었다. 쿨렁쿨렁 수면이
흔들리다가 천천히 고요해진다. 소마의 흐느낌에 미야코도 후지
미야도 침묵하는 것 말고 아무것도 하지 않았다. 필요 없다고, 아
플 만큼 이해하고 있었다.

오전 9시 47분 15킬로미터 지점

"왔다."

길 끝. 커브를 돌아온 중계차. 그 너머로 확실히 후지미야의 모습이 보였다. 표정은 아직 안 보인다. 텔레비전 중계에 보이는 한, 무슨 문제가 있는 것 같진 않다. 주행에도 문제는 없는 듯하다. 평소대로 지면을 발바닥으로 움켜쥐듯 하는 힘찬 달리기.

후지미야의 후방, 5미터 정도 간격을 두고 두 명의 주자 모습이 보인다. 더 뒤쪽에는 고료 대학의 다니엘 이에고. 정말이지, 겁나는 녀석들을 셋씩이나 이끌고 곤타자카를 오르다니 얼마나 힘든 싸움인지.

"별 차이가 없네요."

등 뒤에서 자신과 마찬가지로 도우미를 맡고 있는 오모리가 말했다. 23.14킬로미터 하코네 역전의 2구간. 이미 15킬로미터 가까이를 달리고 있건만 여전히 선두 그룹은 세 사람이 앞서거니 뒤서거니를 반복하고 거기 외국인 유학생까지 섞여 든다. 선두로 어깨띠를 받은 하루마에게 스케가와와 후지미야가 따라붙었고 스케가와가 나란히 달렸다. 후지미야는 약간 후방을 달리고 있었지만 마지막 10킬로미터쯤에서 단숨에 두 사람을 제쳤다. 하지만 아직 승부는 알 수 없다.

"아직 8킬로미터 있어. 후지미야라면 괜찮아."

게다가 아직 2구간이다. 전체 10구간. 이틀에 걸친 하코네 역전은 막 시작한 참이다.

"어쨌든 선두 그룹 전원이 아는 사이라는 것도 좀처럼 없는 일이네."

마이에 소마는 쓴웃음을 지으며 급수용 병을 집어 들었다.

중계차가 다가온다.

양 옆길에서 흔들리고 있는 수많은 깃발. 색색의 대학 이름이 들어간 헝겊들.

그 가운데서 소마는 아는 얼굴 둘을 발견했다. 사 년 지나면서 약간 이마가 넓어진 미노루가 선수가 아닌 소마를 바라보며 싱글싱글 깃발을 흔들고 있다. 그 옆에서 미야코가 심각한 얼굴로 깃발을 움켜쥐고 있었다. 특정 대학 것이 아니라 요미우리 신문사가 배

포한 빨강과 흰색의 작은 깃발이다. 푸른 글씨로 쓰인 출전교 일람엔 일농대도 후지사와대도, 물론 에이와 학원도 있다.

두 사람에게 가볍게 오른손을 들어 인사하고 소마는 병을 고쳐 들고 차도로 나섰다.

천천히, 천천히 다리를 교대로 움직인다. 중계차가 소마를 추월해 간다. 겨우 후지미야의 얼굴이 확실히 보이기 시작한다. 괜찮다. 이 녀석은 아직 여력이 있다. 이 뒤에 기다리고 있는 승부처 곤타자카 정상도 중계소 앞 오르막도 넘을 수 있다. 무엇보다 그는 사 년 전 현 역전 대회의 패배를 아직도 억울해하고 있는 것이다. 스케가와 하루마가 이 레이스에 어떤 마음으로 임하는지를 소마는 잘 알고 있다.

더구나 그는 하코네 길을 달리고 있는 것이다. 소마가 등에 지고 싶었으나 그러지 못했던 일본 농업 대학이라는 이름을, 어깨띠를 짊어지고 달린다. 최선을 다해 줘.

"조금만 더, 좋아."

소리 높여 그렇게 말하고 병을 든 오른손을 후지미야 쪽으로 내민다. 그가 달리는 데 방해가 되지 않도록, 그 다리가 새겨 가는 가느다란 선 위에 살짝 병을 내밀듯이. 그의 페이스도 기분도 전혀 흔들리지 않고 급수가 가능하도록 소마는 세심한 주의를 기울였다.

하코네 역전 2구간에선 두 차례 급수가 허용된다. 10킬로미터 지점과 15킬로미터 지점. 이 급수가 끝나면 이젠 중계소의 어깨띠 릴레이를 향해 마지막 승부가 시작된다. 좋은 상태로 집중하고 있는 후지미야의 긴장의 끈을 끊어서는 안 된다.

후지미야가 살짝 팔을 들어 소마가 내민 병을 받아 든다. 우선 머리로 가져가서 전신에 물을 뿌린다. 그리고 한두 모금 입에 머금더니 자기 진로에 방해가 되지 않도록 보도 쪽으로 던졌다.

"힘내!"

주절주절 말을 걸 필요는 없다고 생각했다. 그는 자기보다 훨씬 잘 달리고 조절에도 능숙하며 심리적으로 강하다. 곤타자카를 넘어선 앞쪽에 있을 마지막 오르막도 이미 머리에 들어 있을 것이다.

후지미야가 왼손을 가볍게 흔들어 급수 담당 소마에게 감사를 표한다. 지금 이 순간은 텔레비전에 중계되고 있는 걸까? 사전 방송 취재에서 후지미야는 소마 이야기를 했다. 입학 때부터 사이좋은 친구로 함께 하코네 경기를 목표로 하고 있다고. 만약 이 급수가 중계되고 있다면 실황 아나운서는 그 이야기를 하고 있을지도 모른다.

일본 농업 대학의 후지미야가 하코네를 달릴 수 없었던 친구로부터 급수를 받으며 새로이 다짐했다는 등 이 급수는 후지미야에게 큰 힘을 준 것 아닐까요, 해 가면서.

후지미야가 보도에 던진 병을 줍기 위해 걸음을 좀 늦추려는 참이었다.

등 뒤에서 묵직하게, 하지만 선명하게 숨소리가 들렸다. 타다다닥, 타다다닥, 하며 이쪽으로 달려오는 소리가 무엇인지, 돌아보지 않아도 알았다. 자신의 마음이 아니라 몸이, 이 소리를 잘 알고 있다. 원통함과 슬픔과 부러움과, 기특함으로 기억하고 있다.

이 소리가 자신을 육상의 세계로 되돌려 놓았던 것이다. 사 년 전, 고등학교 3학년이었던 마이에 소마의 마음을 형편없이 짓밟아 놓고, 온갖 감정들을 벌거숭이로 만들면서.

자신의 오른쪽을 그들은 달려 나갔다. 자주색 유니폼의 스케가 와 료스케와 연보라색 유니폼을 입은 마이에 하루마. 소마에겐 눈 길도 주지 않고 오직 후지미야를, 그 앞에 이어지는 코스를 응시하 며 아름다운 자세로 달려간다. 순식간에 소마를 제쳐 놓고 5미터, 7미터 멀어져 간다.

세상에, 하코네 역전의 꽃인 2구간, 거기서 선두를 달리는 세 선 수가 고교 시절 친구와 대학 친구, 동생이라니 길고 긴 하코네 대 회의 역사 속에서 그런 건 아마 나 혼자 아닐까?

보도 근처에서 멈춰 서서 소마는 병을 주웠다. 아아, 할 수만 있 다면 이대로 그들을 따라 달려가련만. 그렇게 생각하니 배 속이, 횡격막 언저리가 간질간질해졌다. 그것을 떨쳐 내듯이, 소마는 고 함을 질렀다.

"제대로 달려!"

제대로 달려. 어디까지고 달려가라. 멀리멀리, 나는 물론이고 다 른 녀석들이 도저히 닿을 수 없을 만한 높은 곳까지 달려가 줘.

소리를 지른 목이 1월의 차가운 공기로 찌릿, 아팠다. 기분이 좋다. 이 멋진 기분을 자신은 평생 잊지 못하리라.

자신의 말은 후지미야에게 가 닿았을까? 그에게 닿았다면 분명 스케가와 하루마에게도 들렸을 것이다. 그러면 좋으련만. 한참 경기 중에 다른 대학 급수 담당의 소리 따위 신경 쓰지 않을지도 모르지만. 그것이 소마였다는 사실조차 어쩌면 알아차리지 못했을지도 모르지만.

그걸로 좋다.

각 대학 감독이 탄 운영 관리 차가 세 사람을 따라간다. 고료 대학의 이에고도 탱크 같은 모습으로 달려 나갔다. 두 번째 그룹을 따르는 중계차도 15킬로미터 지점을 통과한다. 조금 전, 바로 자기 옆을 달리고 있었을 그들은 훨씬 앞쪽으로 가 버렸다.

저런 속도로 몇십 킬로미터를 달리는 것이니 정말로 그들은 괴물이다. 하지만 그런 녀석들과 지금, 한순간이라곤 해도 나란히 달렸던 것을 소마는 자랑스럽게 여겼다. 장래, 만약 소원이 이루어져 스포츠 영양사가 된다면, 실은 나는 하코네를 달렸었다고 말해 줘야지. 급수 담당이었지만 말이야, 하고 덧붙이면 완벽하다. 언젠가 연인이 생겼을 때도, 아이가 생겼을 때도, 손자가 생겼을 때도 말해 줘야지. 자신이 장거리 선수였다는 사실을. 동생이, 친구가, 대단한 장거리 선수였다는 것을.

달리고 있는 세 사람의 등은 곧 보이지 않게 되었다. 자신의 손이 닿지 않는 곳으로 달려가 버린다.

　마이에 소마의 처음이자 마지막 하코네 역전은, 급수 담당으로 나란히 달린 수십 미터뿐이었다. 허망하다고 웃을 사람도 있을지 모른다. 고등학교 3학년, 육상을 떠나려던 자신이라면 못 봐 주겠네, 하고 분개하고 있을지도 모른다. 꼴좋다, 한심해라, 하면서.

　괜찮아.

　고교 3학년 자신의 어깨를 토닥여 준다.

　괜찮아.

　괜찮다고.

　관객이 흔드는 작은 깃발 소리가, 응원 소리가 한순간 멀어졌다. 자기 옆을, 보이지 않는 무언가가 달려 나간 듯한 기분이 들었다. 안녕, 하고 그 보이지 않는 등을 향해 가슴속에서 손을 흔든다.

　소리 없이 눈물이 한 줄기, 볼을 타고 흘렀다. 말로는 도저히 표현할 수 없는 마이에 소마의 복잡한 감정이 스며 있는 눈물방울은 1월의 바람을 타고 날아가 버렸다.

　멀리멀리, 자신은 도저히 가닿지 못할 장소를 목표 삼아 달리는 그들에게 다가서듯이.

작가의 말

 안녕하세요?『달리기의 맛』을 쓴 누카가 미오라고 합니다. 이번에『달리기의 맛』을 한국에서 간행해 주셔서 큰 영광입니다.

 여러분은 역전 마라톤을 알고 계신가요? 선수 몇 명이 바통 대신 어깨띠를 주고받으며 장거리를 릴레이 형식으로 달리는 경기입니다. 일본에서는 누구나 아는 스포츠이지만 해외에서는 별로 행해지지 않는 듯합니다. 하코네 역전 경기라는, 설날 무렵 이틀간 열리는 성대한 대회도 있습니다. 일본 설날의 풍물이랍니다.
 그러한 '역전 마라톤'과 인간에게 없어서는 안 되는 '밥'이, 이 책의 두 기둥입니다. (『달리기의 맛』의 원제는 '다스키메시(タスキメシ)'로,

'다스키'는 어깨띠를 뜻하고 '메시'는 밥을 뜻한다 ―편집자) 육상에 청춘을 건 소년들이 울고 웃고 분노하고 달리고 밥을 먹는다, 그런 이야기지요.

지금 이 순간 무언가에 인생을 걸고 애쓰는 사람. 열심히 계속해 온 일을 앞으로도 이어갈 것인가, 다른 길로 나아갈 것인가, 인생의 갈림길에 서 있는 사람. 울면서 밥을 먹어 본 적이 있는 사람. 그런 이들이라면 분명 재미있게 읽어 주시리라 생각합니다. '역전'이라고 하는 경기의 재미를 많은 이들과 공유할 수 있다면 기쁘겠습니다. 그리고 작품 속에 등장하는 음식을 '맛있겠다'고 생각해 주신다면 행복하겠습니다.

제 방의 조그만 노트북에서 태어나 마침내 일본을 날아오른 『달리기의 맛』을 부디 잘 부탁드립니다.

달리기

달린다. 앞에 가는 사람, 뒤에 오는 사람, 그리고 자기 자신과 끊임없이 싸워 가며 달린다. 힘차고 아름다운, 군더더기 없이 깔끔한 달리기로 인정받는 소마에게는 동생 하루마가 있다. 한 살 차이라곤 해도 동생보다 형이 앞서 달리는 것은 자연스러운 일이고 소마는 그것에 익숙했지만 언제부턴가 동생에게 뒤지는 것 아닐까 하는 두려움이 생겼다. 이바라키현 예선. 예상치 못했던 부조로 계속 뒤처지더니 10위로 어깨띠를 건네주며 울상 짓는 동생에게 소마는 말한다. 아무도 듣지 못하게 조용히 "괜찮아." 하고. 하루마가 최선을 다했다는 것을 알고 있었기에 할 수 있는 말이다. 최선을 다했건만 최악의 결과가 나오기도 하는 것이 우리의 삶. 동생의 실수를 만회하기 위해 있는 힘을 다해 달렸던 소마에게서 심각한 부상이 발견되고 재활 치료를 받는 동안 소마의 마음은 흔들리는데, 말없이도 서로를 아는 친구 스케가와는 마침내 "너는 이제 육상부에 필요 없어."라고 말해 준다. 차갑지만 더없이 따스한 배려가 담긴 이 한마디로 소마는 육상이 아닌 다른 꿈을 꿀 수 있게 되었다.

밥 짓기

소년들 곁에 미야코가 있다. 부모의 불화로 초등학교 6학년 운동회 도시락을 제 손으로 싸야 할 처지에 놓였던 그녀는 고등학교 1학년 신입생 행사에서는 어쩔 줄 몰라 하는 친구들 사이에서 맛있는 하이라이스와 요거트파르페를 만들어 내는 신공을 보여 준다.

아이를 때리는 부모가 있는가 하면 옷이나 먹을 건 주지만 전혀 애정을 주지 못하는 인간도 있다.
그런 인간이 공교롭게도 자기 부모였던 것이다. 자기 부모는 그림책 속에 있는 것 같은 인간이 아니라 텔레비전 드라마 속 인간이었던 것이다.(201면)

그러니 어쩌겠어? 좀 억울하지만 받아들이는 수밖에……. 그들 역시 처음 하는 어른 노릇이 쉬울 리가 없으니. 원치 않는 아이로 태어나 끊임없는 부모의 다툼과 이혼을 겪으면서, 걱정과 배려를 빙자한 이웃들의 저급한 호기심과 동정을 힘을 다해 견디고 되받아치면서 그녀는 속 깊고 씩씩한 어른으로 자라날 수 있었다. 무엇보다 그녀는 음식을 스스로 만들 수 있게 됨으로써 인간적 존엄을 회복하며 어른이 되어 간다.

그리고 소마에게 "달리기로부터도, 동생에게 지는 것으로부터도 도망쳐도 된다고 생각해." 하고 말해 준다. 그리고 아무 말 없이 그냥 같이 앉아 있는 것만으로 제대로 된 위로를 건넬 줄 아는 사람이 된 것이다.

미야코와 함께 음식을 만들면서 소마 역시 더없는 기쁨을 느낀다. 밥 짓기는 달리기와 달리 누구와도 경쟁할 필요가 없다. 오직 먹는 이를 다독이고 힘을 주고 쉬어 가게 만들 뿐.

부상 때문에 형제가 다투고 괴로움에 휩싸인 날엔 채소와 고기가 듬뿍 들어간 달콤한 카레, 모의고사 성적이 형편없어 절망적인 날엔 엄청나게 커다란 로스트비프로 자신들을 달래며 그들은 인생을 건너간다.

어른 되기

때 이른 어머니의 죽음이나 부모의 이혼은, 하루마의 심한 편식이나 미야코의 약간 과도한 씩씩함처럼 아이들에게 영향을 미치긴 하지만 아이들은 주저앉지 않는다.

더구나 그들 곁엔 제대로 된 어른들이 있다. "돌아갈지 아닐지는 네 자유야." 마키 선생님의 이 말로 소마는 자신이 더 이상 달리고 싶어 하지 않는다는 것을 확실히 알게 되었고 "쓸데없는 소리를 일절 하지 않"는 그 덕분에 오히려 "자신의 마음속이 아주 잘 보였다."

"그렇게 정했으면 나는 이러쿵저러쿵 안 할게." 소마의 진로에 대해 담임 미노루는 말한다. 이것이 그들의 기본적인 자세.

어떤 경우에도 듣기 좋은 거짓말이나 뻔한 설교를 늘어놓지 않고 가차 없이 진실만을 말하며, 참다운 의미에서 아이들을 대등한 인간으로 존중하는 어른들.

결국 어른이 된다는 것은 "사실을 사실로서 받아들일 마음의 준비를 조금씩" 하는 것이고 "자신에 대해 잘 알게 되"는 것이라고 이 소설은 말한다.

소년이 청년으로 자라는 과정을 보여 주면서 동시에 좋은 어른이란 어떤 것인지를 알려 주는, 어른을 위한 작품이기도 하다.

이 작품을 쓴 누카가 미오(額賀澪)는 1990년 일본 이바라키현에서 태어난 젊은 작가로, 고등학생 시절 전국 문예 콩쿠르에서 우승하면서 문학적 재능을 드러냈고 일본 대학 예술학부 재학 중 문학상을 받으며 등단했다. 대학 졸업 후, 광고 대리점에 근무하면서 쓴 『옥상의 윈드노츠』와 『외톨이들』로 2015년 연이어 문학상을 받왔다.

제22회 마쓰모토 세이초 상을 받은『옥상의 윈드노츠』(屋上のウインドノーツ, 은행나무 2017)는 내성적인 주인공 시온이 학교 취주악부에 들어가 드럼을 연주하며 상처를 치유하고 성장해 가는 이야기이다.『외톨이들』(ヒトリコ, 창비 2018)은 초등학교 시절부터 시작되는 극심한 따돌림을 다루면서 친구 사이의 소통과 우정을 그린다. 절망적 고독 끝에 보이는 어렴풋한 빛줄기가 인상적인 새로운 청소년소설로 제16회 쇼가쿠칸 문고 소설상을 받았다.

2016년『달리기의 맛』(タスキメシ)은 제62회 '청소년 독서 감상문 전국 콩쿠르'의 고등학교 부문 과제 도서로 선정되며 더욱 널리 읽혔고 청소년 독자들에게 많은 사랑을 받았다. 작가는 2016년 말에 광고 대리점을 퇴사하고 전업 작가로 활동 중이다.

2017년 8월
서은혜

창비청소년문학 80

달리기의 맛

초판 1쇄 발행 • 2017년 8월 25일
초판 7쇄 발행 • 2022년 4월 12일

지은이 • 누카가 미오
옮긴이 • 서은혜
펴낸이 • 강일우
책임편집 • 정소영 윤자영
조판 • 신혜원
펴낸곳 • (주)창비
등록 • 1986년 8월 5일 제85호
주소 • 10881 경기도 파주시 회동길 184
전화 • 031-955-3333
팩시밀리 • 영업 031-955-3399 편집 031-955-3400
홈페이지 • www.changbi.com
전자우편 • ya@changbi.com

한국어판 ⓒ (주)창비 2017
ISBN 978-89-364-5680-1 43830